JULIA BÄHR

Bauherr sucht Frau

D1934593

Buch

Carla liebt alte Häuser, ihre Freundinnen Mia und Rebecca und ihre Katze. Das mit ihr und den Männern hat in letzter Zeit allerdings nicht ganz so gut geklappt, mit Häusern kommt sie deutlich besser klar: Carla arbeitet beim Denkmalschutz. Einen ihrer Schützlinge, ein altes Forsthaus im Taunus, hat sie besonders ins Herz geschlossen. Doch dann stirbt die Besitzerin – und vererbt das Haus ihrem Großneffen Lorenz, der offenbar lieber in einem topmodernen Loft wohnen und das alte Gemäuer entsprechend umbauen will. Carla rast vor Wut. Aber ist es wirklich nur Wut, oder empfindet sie noch etwas ganz anderes?

Autor

Julia Bähr, geboren 1982, absolvierte die Deutsche Journalistenschule in München und arbeitet als Redakteurin im Feuilleton der *Frankfurter Allgemeinen Zeitung*. Ihr Herz schlägt für Pommes frites und Karaoke. Zusammen mit Christian Böhm verfasste sie 2013 den Hochzeitsroman *Wer ins kalte Wasser springt, muss sich warm anziehen*, gefolgt von ihren romantischen Komödien *Sei mein Frosch* und *Liebe mich, wer kann!*.

Weitere Informationen unter: www.julia-baehr.de

Besuchen Sie uns auch auf www.facebook.com/blanvalet und www.twitter.com/BlanvaletVerlag

Julia Bähr

Bauherr sucht Frau

ROMAN

blanvalet

Sollte diese Publikation Links auf Webseiten Dritter enthalten, so übernehmen wir für deren Inhalte keine Haftung, da wir uns diese nicht zu eigen machen, sondern lediglich auf deren Stand zum Zeitpunkt der Erstveröffentlichung verweisen.

FSC
www.fsc.org
MIX
Papier aus verantwortungsvollen Quellen
FSC® C014496

Verlagsgruppe Random House FSC® N001967

2. Auflage
Copyright © 2018 by Julia Bähr
Erschienen im Blanvalet Verlag
in der Verlagsgruppe Random House GmbH,
Neumarkter Str. 28, 81673 München
Dieses Werk wurde vermittelt durch die
AVA international GmbH Autoren- und Verlagsagentur, München.
www.ava-international.de
Redaktion: René Stein
Umschlaggestaltung: www.buerosued.de
Umschlagmotiv: © living4media/Gallo Images Pty Ltd.
LH · Herstellung: sam
Satz: Buch-Werkstatt GmbH, Bad Aibling
Druck und Bindung: GGP Media GmbH, Pößneck
Printed in Germany
ISBN: 978-3-7341-0593-7

www.blanvalet.de

Für Andrea und Patrick.
Ohne euch gäbe es dieses Buch nicht.

Kapitel 1

»Man kann das gar nicht zu dritt spielen.«

»Sagst du jedes Mal.«

»Weil es stimmt!«

»Selbst wenn es stimmen sollte, es hat nun mal Tradition. Wenn Schafkopf zu dritt geht, geht Flaschendrehen ja wohl auch!«Schwungvoll dreht Rebecca die leere Rotweinflasche und sieht zu, wie sie immer langsamer kreiselt und schließlich auf Rebecca selbst zeigt.

»Ha!« Mia beugt sich begeistert nach vorne. »Okay, ich nehm's zurück, vielleicht könnte das hier doch noch Spaß machen.«

»Wieso muss ich die Erste sein?«, beklagt sich Rebecca. »Ich hab doch Geburtstag!«

»Deshalb spielen wir das ja überhaupt nur, Hasi«, sage ich mitleidslos. »Und du wolltest es mit harten Fragen spielen. Uns wären zarte auch recht gewesen.«

»Menno!« Rebecca zieht sich ihre rote Mähne vors Gesicht wie einen Vorhang. »Wer fragt?«

»Ich!« Mia grinst. »Das wollte ich dich schon lange fragen, aber ich bin zu gut erzogen.«

Genau deshalb spielen wir das hier nämlich jedes Jahr zu Rebeccas Geburtstag: Damit wir einander endlich den

Kram fragen können, den man normalerweise nicht mal die besten Freundinnen einfach so fragen würde. Dass wir alle drei – Rebecca, Mia und ich, Carla – bereits ziemlich einen sitzen haben, ist sehr hilfreich.

»Also, mal ehrlich: Nervt es dich nicht zu Tode und killt es nicht völlig euer Sexleben, dass die Zwillinge nachts immer noch in euer Bett gekrochen kommen?«

»Wahnsinn, Mia«, rufe ich bewundernd, während Rebecca leise jault. »Wie schaffst du es eigentlich, dass jede Frage irgendwie mit Geschlechtsverkehr zu tun hat?«

»Ich übe diesen Quatsch ja schon seit zehn Jahren mit euch!« Mia wendet sich an das Geburtstagskind. »Und?«

»Jaha!« Rebeccas Augen blitzen uns böse an. »Ja, es nervt. Aber sag das mal als Stiefmutter. Das klingt echt egoistisch!«

»Uns kannst du es ja sagen, unsere Stiefmutter bist du nicht«, wende ich ein.

»So, und der zweite Teil meiner Frage?«

»Wieso darfst du überhaupt eine Doppelfrage stellen? Das ist unfair!«

»Stimmt, aber der Protest kommt laut Reglement zu spät.«

»Wir haben ein Reglement?«

»Beantworte einfach die Frage.« Manchmal merkt man sehr genau, warum Mia mit Anfang dreißig bei einer internationalen Bank ein eigenes Team leitet.

»Also, nein.« Rebecca seufzt. »Es ist jetzt kein Aphrodisiakum, aber es ist auch kein Killer. Das reicht als Antwort, oder?«

»Ja«, bestimme ich großmütig. »Du darfst drehen.«

Die Burgunderflasche kreist und weist als Nächstes auf Mia.

»Ui, Retourkutsche.« Ich rechne mit dem Schlimmsten.

»Eigentlich kann man Mia gar nichts fragen, weil sie sowieso alle schmutzigen Details von sich aus erzählt«, sagt Rebecca grübelnd.

»So? Aber vielleicht denkst du das auch nur!« Mia gibt sich geheimnisvoll.

»Na gut. Ich frage: Wie viele Zahnbürsten stehen gerade in deinem Badezimmer?«

»Eine«, flötet Mia. »Meine eigene!«

»Ach komm, das ist gelogen. Die Anzahl muss zweistellig sein«, widerspricht Rebecca.

»Mit der letzten, die ein Typ dagelassen hat, hat sie ihre Fahrradkette geputzt«, berichte ich.

»Und dann? Hat er sie wieder benutzt?« Rebecca ist entsetzt.

»Dann hab ich sie natürlich weggeschmissen«, erklärt Mia. »Ich hab ja nichts gegen ihn.«

»Aber auch nicht genug für ihn übrig, um seine Zahnbürste in deinem Bad haben zu wollen.«

»Das ist richtig.« Mia gähnt ausgiebig und schenkt uns allen nach. »Wer mit einem Investmentbanker ausgeht, hat die Kontrolle über sein Leben verloren.«

»Aber du schläfst doch mit Investmentbankern«, wende ich ein.

»Klar. Das ist super. Das ist das Einzige, was sie kurzzeitig davon abhält, über Geld zu schwadronieren.« Mia greift nach der Flasche und dreht sie so, dass sie direkt auf mich zeigt.

»Hey, was soll das?«, protestiere ich, während Rebecca sich schlapplacht.

»Effizienz!«

»Ihr seid doof.«

»Ja, aber die Doofen sind immer in der Mehrheit.«

»Ist das hier Flaschendrehen oder eine Volksabstimmung?«

»Wir stellen hier die Fragen, Fräulein!« Rebecca kehrt die Stiefmutter raus.

»Okay, okay. Ich höre.«

Schweigen. Beide sehen mich nachdenklich an. Ich bin nämlich derzeit ein ziemlicher Totalausfall für dieses Spiel, so wie wir es spielen: Man muss mich nicht nach Männern in meinem Leben fragen, es gibt einfach keine.

Also flüchten sich meine Freundinnen in die Theorie.

»Ich weiß was«, sagt Rebecca. »Mit wem von deinen Kollegen würdest du am ehesten etwas anfangen?«

»Erstelle eine Top 3!«, sekundiert Mia.

»Bah. Ihr wisst schon, dass ich in der erotischen Diaspora arbeite?«

»Ja, eben. Eine Top 3 aus Daniel Craig, Patrick Dempsey und Jude Law wäre jetzt eher uninteressant.«

»Uff.« Ich lasse mich gegen das Sofa sinken, vor dem wir auf dem Boden sitzen. Die Männer in der privaten Kulturstiftung, in die ich mich jeden Tag schleppe, sind wirklich nichts für mich, allerdings ist die Auswahl auch nicht groß: In meiner Abteilung gibt es den frappierend einem Maulwurf ähnelnden Ödön mit dem Siegelring, unseren welpenhaften Volontär Lovis und den ältlichen Amadeus, der miefende Kordanzüge trägt, die in den Siebzigern mal schick waren. Ansonsten Frauen, so weit das Auge reicht.

»Darf ich Frauen mit in die Liste aufnehmen?«

»Du bist so was von hetero, das wäre echt geschummelt.«

»Aber bevor ich was mit Amadeus oder Ödön anfangen müsste, würde ich lieber mit Lavinia ins Bett gehen.«

»Lavinia mit den Batikkleidern?«

»Ja. Platz eins.«

»Wow, dann herrscht echt erotisches Niemandsland bei euch.«

»Platz zwei: Lovis. Aber der könnte fast mein Sohn sein!«

»Wir spielen Flaschendrehen. Erst die Antwort, dann die Moral«, fordert Rebecca.

»Und Platz drei?« Mia wirkt wirklich gespannt.

»Herr Singh!«

»Wer ist denn bitte Herr Singh?«

»Der Pförtner. Trägt einen zu engen Anzug, sagt aber freundlich Hallo und wirkt, als würde er täglich duschen.«

»Zu große Ansprüche kann man dir wirklich nicht vorwerfen«, konstatiert Mia.

»Vielen Dank. Falls das ein Kompliment war.«

»Weiß ich nicht, bin zu betrunken.«

»Ich auch. Ich muss ins Bett und morgen ziemlich früh zur Arbeit«, jammert Rebecca.

Wir schieben das ganze Chaos aus Geschenkpapier und benutzten Gläsern einfach beiseite, damit Rebecca nicht hineintritt, wenn sie morgen früh vom Sofa aufsteht. Dann verzieht Mia sich in ihr Zimmer am anderen Ende des Flures und ich mich nach nebenan in meines.

»Gute Nacht!«, ruft Rebecca durch die Tür. Ich schlafe zum Geräusch ihrer tapsenden Füße und raschelnden Decke sofort ein.

Am nächsten Tag versinke ich in Papierkram über Brandschutzverordnungen. Wenn ich erzähle, dass ich bei einer privaten Kulturstiftung arbeite, denken die meisten, ich gucke den ganzen Tag Bronzestatuetten an. Das wäre vielleicht sogar ganz schön, aber ich mag etwas anderes: alte Häuser. Deshalb bin ich für Denkmalschutz zuständig, und dazu gehört nun mal Bürokratie. Wenn es gut läuft, ist sie auf meiner Seite. Aber gerade bin ich mir da nicht so sicher. Ich greife zum Telefon und rufe unsere Juristin an.

»Mayerhoff?«

»Hier ist Carla Wonneberger. Frau Mayerhoff, ich bin so wütend!«

»Na, dann erzählen Sie mal!«

Ich kann förmlich hören, wie sie die Blusenärmel aufkrempelt. So mag ich das. »Wir unterstützen doch seit Jahren finanziell den Erhalt des Schlösschens Waldesruhe. Jetzt haben die wieder Geld beantragt, für eine neue Dämmung. Wollen Sie raten, was die genau vorhaben?«

»Eine Vertäfelung aus Roségold?«

»Ha! Gute Idee eigentlich, würde zu den Eigentümern auch passen. So neureicher Adel ist mir noch nie untergekommen.«

»Jetzt sagen Sie schon.«

»Vollwärmeschutz!« Das Wort schleudert sich von selbst aus meinem Mund heraus. »Die wollen Styroporplatten an die Fassade kleben! An einem denkmalgeschützten Schlösschen! Diese Arschgeigen!«

Frau Mayerhoff lacht lauthals. »Frau Wonneberger, jetzt beruhigen Sie sich mal! Es ist nur ein Haus!«

»Ja, aber es ist ein selten schönes Haus aus dem Biedermeier! Haben Sie schon mal Biedermeier mit einem Wintermantel aus Plastik drumrum gesehen?«

»Nein. Aber warum wollen die das überhaupt?«

»Weil's kalt ist und auch ein bisschen feucht. Eine Innendämmung, die die Fassade nicht ruinieren würde, haben sie verworfen. Moment, ich zitiere: ›Da es für uns als Bewohner größere Unannehmlichkeiten bedeuten und die Räume verkleinern würde.‹ Die spinnen doch!«

»Also, der Wunsch nach Dämmung ist ja erst mal verständlich.«

Ich grummele vor mich hin, was Frau Mayerhoff völlig richtig als Zustimmung interpretiert. »In meiner beruflichen Laufbahn«, fährt sie fort, »ist mir allerdings noch kein Fall untergekommen, bei dem die Innendämmung als inakzeptable Unannehmlichkeit gesehen wurde. Wieso verweigern Sie denen nicht einfach die Unterstützung?«

»Erstens machen sie es dann vielleicht mit ihrem eigenen Geld.« Ich stütze frustriert meine Stirn auf die Hand. »Zweitens will ich ja auch nicht, dass die Bude schimmelt. Sie fühlt sich sogar im Frühling ein bisschen klamm an, ich war erst vor vier Wochen da und hab das selbst gespürt.«

»Hm. Und was soll ich da tun?«

»Fürs Erste könnten Sie sich gemeinsam mit mir wahnsinnig aufregen und rumschimpfen!«

»Sie sind ja lustig, Frau Wonneberger!«

Ich weiß auch nicht, warum mein Furor so selten ernst genommen wird. Also, durchatmen. »Im Ernst, ich wollte nur wissen«, fahre ich fort, »ob die juristisch betrachtet vielleicht recht haben und ich unrecht. Ist nicht so, oder?«

»Nein. Aber ich bin sehr gespannt, wie Sie die Familie von dieser Fassadendämmung abhalten wollen.«

Das wiederum ist ziemlich einfach: Wenn es nötig ist, petze ich bei der Denkmalschutzbehörde. Die sind froh, wenn ich sie von den Plänen der Schlossbesitzer unterrichte, ehe sie mit irgendwelchen baulichen Eingriffen alles verhunzen. Ich schreibe dem zuständigen Sachbearbeiter eine Mail. Danach fühle ich mich irgendwie schmutzig, aber wenigstens bin ich nicht mehr so wütend, als Lavinia den Kopf durch meine Bürotür steckt.

»Carla, kommst du mit zum Essen?«

»Ja, gerne. Wo wollt ihr denn hin?«

»Ödön hat da eine Idee!« Sie lächelt fein. Ich glaube, sie riecht nach Patschuli-Räucherstäbchen.

Wahrscheinlich sind wir eine seltsame Truppe, die da durch die Frankfurter Innenstadt zieht: die lila gebatikte Lavinia, deren Kleid eigentlich zu dünn für Mai ist, was ihr etwas entrückt Feenhaftes verleiht. Ödön mit seiner affigen Weste inklusive Uhrkette. Lovis, der mit seiner Schiebermütze aussieht wie ein Zeitungsjunge aus einem amerikanischen Mafiafilm, der in den Dreißigern spielt. Und ich in einem gelben Trenchcoat – eine Kaufentscheidung, an der ich jedes Mal wieder zweifle, wenn ich das Ding anziehe. Die Wahrheit ist: Was Häusern steht, weiß ich sehr viel genauer, als was Menschen steht. Passt Gelb überhaupt zu schwarzen Haaren? Sehe ich nicht aus wie eine Hornisse? Skeptisch beäuge ich mich in allen spiegelnden Flächen, weshalb ich erst merke, in welche Art Etablissement Ödön uns geschleift hat, als wir schon im Eingang stehen. Ein Typ in einer Livree hält uns die Tür auf. In Livree. Mit Handschuhen. Wo bin ich? Im achtzehnten Jahrhundert?

Lovis blickt sich staunend um und wirkt dabei noch viel welpenhafter als sonst. Manchmal hoffe ich, dass er sich den großkotzigen Ödön nicht zum Vorbild nimmt. Dann wieder denke ich, och, ich hatte ja auch schlechte Vorbilder, und hat es mir geschadet? Heute merkt man meine damalige Begeisterung für *Tic Tac Toe* schließlich nur noch daran, dass ich »Ich find dich scheiße« und »Mr. Wichtig« auswendig kann. Die Texte sind für immer auf meine Festplatte gebrannt, unauslöschlich.

Bringt mich heute nicht gerade weiter im Leben, aber ruiniert hat es mich auch nicht.

»Äh, wo sind wir hier, Ödön?«, frage ich freundlich.

»Das ist mein Herrenklub!« Er macht eine raumgreifende Bewegung mit dem Arm, als gehöre ihm alles hier.

»Aha. Aber es sind jetzt doch Damen anwesend?« Ich weise auf die etwas erstarrt wirkende Lavinia und mich.

»Zum Mittagessen seid ihr zugelassen, wenn ihr auf Empfehlung eines Klubmitglieds hierherkommt!«

Sein tumber Stolz auf diesen Laden, der sich so elitär gibt, macht mich fertig.

»Zugelassen. Na, wie schön«, bemerke ich spitz.

»Und was isst man hier?«, fragt Lovis in einem bewundernden Tonfall, der mich vermuten lässt, er erwarte mindestens Ambrosia.

»Der Koch ist Österreicher!«, erklärt Ödön und bugsiert uns in ein Kaminzimmer, in dem fürs Mittagessen eingedeckt ist.

»Na, wenigstens etwas«, murmele ich Lavinia zu, die wirkt wie eine paralysierte Feldmaus. Dies hier ist so gar nicht ihre Welt. Lavinia ist Patschuli und Quinoa und Paulo Coelho. Sie ist bei uns für die Förderung bildender Künstler zuständig, und irgendwie passt sie in diese Welt deutlich besser als an den marmornen Kaminvorsprung, neben dem sie mir gegenüber Platz nimmt.

Wir essen dann Schnitzel, weil man nun mal immer Schnitzel essen muss, wenn ein Österreicher kocht. Da zumindest sind wir uns einig. Ansonsten frage ich mich mal wieder, wie ich eigentlich an Kollegen geraten konnte, mit denen ich mir so wenig zu sagen habe. Die Montage sind immer gut, da haben mindestens zwei den *Tatort* gesehen und reden die ganze Zeit darüber. Aber heute ist Donnerstag. Lovis und Lavinia plaudern ein bisschen über einen Maler aus Aschaffenburg, von dem ich noch nie gehört habe. Dann erstirbt das Gespräch. Während ich an meinem Schnitzel herumsäbele, frage ich einfach, was mir schon länger durch den Kopf geht.

»Wie kamen eure Eltern eigentlich auf eure Vornamen?« Mist. So wie die drei mich anschauen, hätte ich das irgendwie anders formulieren müssen, weniger befremdet.

»Ich meine, für Carla mussten sie wirklich nicht originell sein«, schiebe ich schnell nach. »Aber eure Namen sind ziemlich ausgefallen, oder? Gibt es dafür Gründe?«

»Meine Eltern haben sich in einer Lovis-Corinth-Ausstellung kennengelernt«, sagt Lovis frohgemut.

»Oh, ist das romantisch!«, zirpt Lavinia.

»Ziemlich.« Er lächelt schüchtern. »Und bei dir?«

»Ach, mein Vater interessiert sich für römische Mythologie. Lavinia ist eine Königstochter.« Sie wendet sich an Ödön. »Und bei dir ist es ziemlich einfach, oder? Ich kenne nur Ödön von Horváth mit diesem Namen. Haben deine Eltern sich im Theater kennengelernt?«

»Was? Nein.« Ödön wackelt mit dem Kopf und ähnelt einem Maulwurf mehr denn je. Nicht nur wegen seiner Bräune, die er sich auf der Sonnenbank erarbeitet hat, sondern auch wegen seiner erstaunlichen Halslosigkeit. »Ich bin nach dem Erbonkel meiner Mutter benannt.«

Erbonkel. Spricht man so was wirklich laut aus? Ich finde Ödön wirklich schrecklich und schwöre mir heimlich, nie wieder mit ihm essen zu gehen. Auf meinem Gesicht friert das Lächeln ein. Vielleicht sollte ich später doch die Schlossbesitzer mit der Styropordämmung anrufen und ein bisschen anschreien, um mich abzureagieren.

Doch dann ist der Nachmittag so voller Aufgaben und Anrufe, dass ich gar nicht dazu käme, selbst wenn ich wollte. Als Mia abends nach Hause kommt, sitze ich am Klavier und dresche auf die Tasten ein.

»Mädchen«, sagt sie amüsiert. »Wenn du schon so wütend bist, spiel doch bitte gleich was von Rachmaninow und mach nicht den schönen Chopin kaputt.«

»Niemand kriegt Chopin kaputt.«

»Du weißt noch, was der Klavierstimmer beim letzten Mal gesagt hat?«

»Grmpf.« Ich trete beide Pedale bis zum Anschlag durch und spiele weiter.

»Er hat gesagt, wenn du dich mit Musik abreagieren willst, sollst du dir ein Schlagzeug kaufen!«

»Aber ich kann kein Schlagzeug spielen!«

»Ja und? Hör dir nur mal zu. Deine Klavierlehrerin würde sich im Grab umdrehen.«

»Fräulein Wismar erfreut sich bester Gesundheit, sagen meine Eltern.«

»Aber erst seit du weggezogen bist«, erwidert Mia. Ihr scheint das Ganze Spaß zu machen, aber ich verspiele mich dauernd, weil die Kabbelei mich so ablenkt. Frustriert nehme ich die Hände von den Tasten und knalle den Klavierdeckel zu.

»So, zufrieden?«

»Ja.« Mia beäugt mich kritisch. »Was ist überhaupt los?«

Es folgt ein wirrer Gefühlsausbruch, in dem die Worte Vollwärmeschutz, Herrenklub und Erbonkel eine gewisse Rolle spielen.

»Ah, das Bauernkind regt sich wieder über die Dekadenz auf«, neckt sie mich.

»Sag mal – auf wessen Seite stehst du eigentlich? Und meine Eltern sind nicht mal Bauern!«

»Sorry, seit du uns mal mit in dein Kaff genommen hast, kann ich nicht glauben, dass es dort etwas anderes geben soll als Landwirtschaft.«

Da hat Mia leider nicht völlig unrecht. Das äußerst übersichtliche fränkische Dorf, in dem ich aufgewachsen bin, besteht im Wesentlichen aus drei Straßen. Klingelstreiche braucht man dort gar nicht erst zu versuchen: Man wird immer erwischt, sofort, denn wo soll man schon hin; und wenn nicht, wissen die Nachbarn auch so, wer es war. Ich habe das natürlich trotzdem gespielt, bei jeder Gelegenheit. Das steinalte Fräulein Wismar ist nicht der einzige Mensch im Ort, dessen Leben ruhiger geworden ist, seit ich erwachsen und weggezogen bin.

Trotzdem sind meine Eltern keine Bauern, sondern Grundschullehrer. Beide. Das hätten sie sich für mich auch gewünscht, aber mir war schon immer sonnenklar, dass mein etwas überschäumendes Temperament bei

Erwachsenen besser aufgehoben ist. Ich mache ja schon Männern manchmal Angst. Wie sollte das erst werden bei einer Schulklasse mit dreißig lärmenden Kindern?

»Erbonkel, wie lustig«, sinniert Mia. »Weißt du eigentlich, woher meine Eltern meinen Namen haben?«

»Ich dachte, aus dem Namenslexikon, so wie bei mir.«

»Nee. Von Mia Farrow. Die hatten ihr erstes Date im Kino bei *Eine Sommernachts-Sexkomödie* von Woody Allen.«

»Kein Wunder, dass da so was wie du rausgekommen ist.«

»Weil ich so witzig bin, meinst du? Ganz genau!« Mia legt manchmal so eine erhabene Kühle an den Tag, die mich ziemlich verwirren würde, wenn ich nicht seit zehn Jahren eng mit ihr befreundet wäre. Diese Kühle in Verbindung mit ihrem blonden Pagenkopf verwandelt sie in eine strafende Eiskönigin, wenn sich jemand danebenbenimmt. Ihre Untergebenen trauen sich bestimmt nicht an schmutzige Witze, wenn sie in der Nähe ist. Dabei liebt sie die.

»Wollen wir was zusammen essen? Klavierspielen macht mich immer so hungrig.«

»Kein Wunder, du betreibst das ja als Kampfsport.« Mia schaut auf ihre Uhr. »Ich kann aber leider nicht, ich hab ein Date.«

»Oh. Ein richtiges Date oder eins deiner üblichen Dates?«

»Wie üblich: ohne Perspektive und ohne Komplikationen.«

»Aber bitte nicht wieder mit einem verheirateten Kollegen.«

»Er arbeitet in der Verwaltung und ist nicht verheiratet.«

»Ach!«

»Nur liiert.«

»Mia«, sage ich anklagend.

»Er hat angefangen! Die liierten Männer machen danach keinen Ärger, versteh das doch. Er wird nie in der Firma damit angeben, das ist das Wichtigste.«

»Wieso, weil man dann feststellen würde, dass du etwa ein Zehntel der Belegschaft näher kennst?«

»Och, eher so vier Prozent«, sagt Mia, ohne mit der Wimper zu zucken.

»Aber er betrügt seine Freundin mit dir.«

»Glaub mir, Carla: Wenn er sie nicht mit mir betrügen würde, dann eben mit einer anderen. Das ist seine Sache. Ich bin nicht für die Moral anderer Leute zuständig.«

Wahrscheinlich schaue ich sie irgendwie weidwund an, jedenfalls nimmt sie mich in die Arme und drückt mich an sich.

»Ich mach mir doch nur Sorgen um dich«, sage ich leise.

»Ich weiß. Musst du nicht. Das ist nur eine Phase in meinem Leben.«

»Seit zwei Jahren.«

»Deine Trotzphase dauert seit dreißig Jahren an, meine Liebe, ich wäre also ganz vorsichtig.«

Während Mia zu ihrem Date aufbricht, lege ich mich aufs Sofa und mache das, was ich seit Wochen nicht lassen kann: Ich schaue die Hundebilder auf der Seite des Tierheims durch. Nicht dass ich einen Hund haben könnte. Mia ist allergisch gegen Hunde, und ich sehe mich auch nicht dauernd Gassi gehen, weil, nun ja, Faulheit. Aber Welsh Corgis sind einfach so niedlich. Sehen immer aus wie unglaublich glückliche Würste auf kurzen Beinen. Sie haaren leider auch wie verrückt, wie ich einer kurzen Internetrecherche entnehmen konnte. Trotzdem, ich gucke sie mir einfach gern an. Und wenn ich schon dabei bin: diese Welpen, völlig undefinierbare Rasse, hach. Mein Handy piepst.

Guckst du schon wieder Bilder verlassener Tiere an?, schreibt Rebecca. **Geh raus, und amüsier dich!**

Tsss, und was machst du gerade Glamouröses?, stänkere ich zurück. **Kuchen backen für den Schulbasar?**

Ich bin glücklich verheiratet, ich darf meine Abende in gemütlicher Langeweile verbringen!

Ich hab diesen unwichtigen Arbeitsschritt eben übersprungen.

Guck wenigstens einen Film, damit du was erlebst!

Ich lass mir einfach morgen beim Frühstück Mias Abend nacherzählen, das muss reichen.

Oh, cool. Per Livestream an mich, bitte!

Ich stehe auf und schlurfe in die Küche, um mir wenigstens ein Glas Wein zu holen. Unsere Wohnung ist sehr langgezogen. An jedem Ende hat eine von uns ihre eigenen Wohn- und Schlafzimmer, in der Mitte liegen die Küche und das Bad. Früher war mein Wohnzimmer unser gemeinsames, und Rebecca wohnte dort, wo jetzt Mia ihres hat. Mittlerweile bin ich sehr froh über den weitläufigen Schnitt, seit Mia angefangen hat, mit einer gewissen Regelmäßigkeit Männer mit nach Hause zu bringen. Meistens bekomme ich tatsächlich überhaupt nichts davon mit und lasse es mir am nächsten Tag erzählen. Näher komme ich an Männergeschichten selbst gerade irgendwie nicht ran, und ich bin nicht mal traurig darüber. Die letzten waren nämlich eher unerquicklich. Dann vielleicht doch lieber einen Welsh Corgi, die sind wenigstens nicht emotional gestört. Wenn man sie googelt, steht da als Erstes über ihr Temperament: »Kontaktfreudig, verspielt, unerschrocken, beschützend, beharrlich, freundlich.«

Hm. Seltsam. Wenn ich jemals eine Kontaktanzeige aufgeben sollte, wäre das schon ziemlich genau das, was ich bei einem Mann suche. Aber die gibt's halt nicht im Tierheim.

Kapitel 2

Eine sehr ausgeruht wirkende Mia betritt morgens die Küche, als ich gerade völlig verpennt versuche, das heiße Wasser in die Teekanne und nicht daneben zu gießen. Ich bin kein Morgenmuffel, aber das könnte schlicht daran liegen, dass ich morgens nicht die Energie aufbringe, um schlecht gelaunt zu sein. Einer meiner Exfreunde behauptete immer, das sei die angenehmste Zeit des Tages mit mir. Im Scherz. Denke ich.

»Guten Morgen. Wie war's?«, brumme ich, denn meine Neugierde ist bereits wach.

»Interessant.« Mia schiebt zwei Scheiben Brot in den Toaster. »Erst hat er erzählt, wie gut seine Beziehung läuft, dann sagte er, seine Freundin wäre beruflich so oft unterwegs, da sei er sehr einsam. Wie einsam genau, hat er mir dann zwei Stunden lang gezeigt, ehe ich ihn rausgeschmissen habe, weil ich alleine schlafen wollte.«

»Ach. Dabei klingt der ja wirklich wie so ein richtig netter Kuschelbär«, sage ich angewidert.

»Der ist schon ganz okay.« Mia zuckt mit den Schultern und lässt sich auf einen Stuhl fallen. »Witzig, schlau, ein bisschen süß sogar. Aber so einsam!« Jetzt kichert sie.

»Mia, ich will nicht wieder mit Moral anfangen. Aber meinst du nicht, dass dein Bild von Männern einen Knacks bekommt, wenn du dich dauernd nur mit den untreuen abgibst?«

»Machst du Witze? Mein Bild von Männern ist klarer als jemals zuvor. Ich guck mir jetzt alle Arten von untreuen Männern an, damit ich die treuen zweifelsfrei erkennen kann.«

»Welche Arten gibt es denn da?«

»Also.« Mia zählt an ihren Fingern ab. »Das Opferlamm, so wie der von gestern Abend. Der denkt, er tut so viel für seine Beziehung und kommt dabei zu kurz. Der Filou, der Fremdgehen für einen Teil seines Lebensstils hält. Der Chauvi, der seine Frau damit bestrafen will.«

»Bestrafen, wofür?«

»Meistens dafür, dass sie nicht mehr mit ihm ins Bett geht. Oder dass es dort öde ist, weil sie nicht richtig Lust drauf hat.«

»Da könnte man ja auch mal drüber reden.«

»Da geht's dann aber um Gefühle, und Chauvis reden nicht über Gefühle. Sonst wären sie ja keine.«

»Okay. Was gibt's noch?«

»Es gibt noch den ernsthaft Verzweifelten, der irgendwie aus seiner Beziehung rauswill und denkt, auf diese Weise könnte er sich den Rückweg abschneiden.«

»Klappt das?«

»Mir ist kein Fall untergekommen, in dem das geklappt hätte. Außer sie haben sich erwischen lassen, dann sind die Frauen eben gegangen. Weißt du«, sagt

Mia und macht mit dem Buttermesser ein fürchterliches Geräusch auf ihrem Toast, »das vor allem habe ich über Männer gelernt: Wenn sie eine Beziehung nicht mehr wollen, machen sie nicht einfach Schluss, sondern sie verhalten sich so scheiße, dass die Frauen irgendwann nicht mehr anders können, als sie rauszuwerfen.«

»Hm.« Im Kopf gehe ich Trennungsgeschichten in meinem Bekanntenkreis durch und finde tatsächlich nur wenige Ausnahmen, die von dieser Regel abweichen. »Was meinst du, woran das liegt?«

»Das muss irgendein seltsamer Atavismus sein, nach dem der Mann die Frau nicht im Stich lassen darf. Aber mies behandeln ist drin.«

»Prächtig«, sage ich resigniert und habe Visionen von mir selbst, wie ich in zehn Jahren mit einem Rudel Welsh Corgis am Kamin kuschele. Einsam, aber ungestört.

»Ja. Aber mach dir keine Gedanken«, sagt Mia mit vollem Mund. »Ich wende meinen Untreue-Radar auch auf den nächsten Typen an, den du hier anschleppst, und dann weißt du Bescheid, ob er einer von den Guten ist.«

»Dafür müsste ich erst mal einen anschleppen.«

»Gute Idee! Schlägt das deine Mutter nicht auch dauernd vor?«

»Das kann sie momentan nicht. Ich geh schon seit einer Woche nicht mehr ans Telefon, wenn sie anruft, weil wir uns sonst immer anschreien.«

»Na und? Seit wann macht dir Anschreien keinen Spaß mehr?«

»Punkt für dich.« Ich muss lachen. »Aber doch nicht immer über dasselbe Thema.«

»Och, geh doch einfach beim nächsten Mal wieder ran. Vielleicht fällt euch gemeinsam was Neues ein, über das ihr streiten könnt! Außerdem macht sie sich bestimmt Sorgen, ob du mit gebrochenem Hals im Krankenhaus liegst oder so.«

»Nee, meine kleine Schwester ist die allgemeine Meldestation für Krankheiten und Lebenskrisen in der Familie. Solange die nicht Alarm schlägt, macht sich niemand um niemanden Sorgen.«

»Ihr seid ziemlich effizient organisiert. Beeindruckend.« Mia trinkt ihren Tee aus und steht leichtfüßig auf. »Bis heute Abend!«

»Bis dann.« Ich bleibe noch eine Weile geistesabwesend sitzen und starre vor mich hin. Zum Glück muss ich morgens nicht so früh anfangen wie Mia.

Auf meinem Schreibtisch finde ich den Brief eines Ehepaars vor, das in einem denkmalgeschützten Haus in einem kleinen badischen Dorf lebt. Ich kenne es, weil wir die Restaurationsarbeiten vor drei Jahren mit einem Preis für Denkmalschutz ausgezeichnet haben. Die beiden haben es wunderschön hergerichtet, absolut traumhaft, und dabei nur ganz behutsam modernisiert. Aber das Ehepaar hat jetzt ein Problem, denn offensichtlich ist dort nicht nur das Haus schützenswert, sondern direkt neben dem Gebäude auch eine uralte Eiche, die unter Naturschutz steht. Als ich vor drei Jahren dort war, dachte ich: Der Baum ist so riesig und alt, der wächst bestimmt nicht mehr. Wie sich nun zeigt, war das etwas kurz gedacht. Die Wurzeln des Baumes drohen den Boden des Hauses zu sprengen. Und das reizende Ehepaar muss sich jetzt mit Naturschützern rumreißen, die den Baum wichtiger finden als das Haus.

Ich kann den beiden nicht groß helfen, freue mich aber immer, in Kontakt zu bleiben mit den Besitzern der Häuser, Burgen und Schlösschen (mit Ausnahme der Mischpoke mit den Styroporplatten an der Fassade, versteht sich). Ich schreibe ihnen zurück, an welchen Sachbearbeiter sie sich bei der Denkmalschutzbehörde mit diesem Konflikt am besten wenden, und erwähne, dass ich Bäume toll finde, aber Häuser doch noch etwas wichtiger, solange Menschen nicht in Bäumen leben können.

Das mit mir und den Häusern ist tatsächlich was Besonderes. Ich liebe schöne und vor allem alte Gemäuer. Keine Ahnung, woher das kommt. Aufgewachsen bin ich in einem neu gebauten Bungalow mit sehr viel Raufaser überall, sogar an der Decke. Das fanden meine Eltern um die Zeit meiner Geburt herum eben gerade ganz gut, und offenbar haben sie seitdem keinen Grund gesehen, diese Pockennarbenwände zu verändern. Wenn meine Schwester und ich gleichzeitig auf Heimatbesuch sind, liegen wir gerne zusammen auf der Couch – pardon, Polstergarnitur – und flüstern uns gegenseitig zu, was wir mit dem Haus alles anders machen würden. Ich habe im Geiste schon so oft neue Vorhänge an die Fenster gehängt, dass ich manchmal ernsthaft verwundert bin, dort doch noch die mit dem Gänsemuster vorzufinden. Maya will immer die Tapete abreißen und eine Wand in zartem Lindgrün streichen. Außerdem sollen die ganzen Birkenholzmöbel von Ikea verschwinden, deren zahlreiche dunkle Astlöcher uns schon seit unserer Kindheit stören. Neuerdings reden wir auch darüber, was man mit dem Garten alles anstellen könnte. Ein Gartenhäuschen schwebt uns vor, dessen Flügeltüren man im Sommer weit öffnen könnte, mit einem schönen schattigen Platz zum Lesen und Rumhängen darin. In der Fantasie meiner Schwester ist auch ein kleiner Kühlschrank fest verankert, aus dem sie je nach Tageszeit Limonade oder Prosecco zieht. Da unsere Eltern all unsere sanft eingebrachten Vorschläge freundlich lächelnd überhören, träumen wir einfach nur immer weiter. Schließlich ist es ihr Haus. Und weder Maya noch ich wollen jemals wieder in dieses Dorf ziehen.

Mein Handy klingelt. Verdammt, jetzt haben offenbar allein die Gedanken über das elterliche Haus meine Mutter angelockt! Aber ich muss tatsächlich mal wieder rangehen. Leider dauert es mal wieder nur fünf Minuten, bis wir bei ihrem Lieblingsthema landen.

»Ich kann dir Parship empfehlen«, sagt meine Mutter eindringlich. »Deine Tante ist sehr glücklich mit Heinz, den sie dort kennengelernt hat!«

»Ich möchte keinen Mann kennenlernen, der Heinz heißt.« Okay, vielleicht bin ich etwas unsachlich, aber wir führen dieses Gespräch ja nicht zum ersten Mal.

Ich kann förmlich hören, wie meine Mutter die Augen verdreht. Aha, sie hat also auch dieses Déjà-vu.

»Aber du willst doch mal Kinder«, erinnert sie mich.

»Ja, will ich.«

»Aber du bist immer noch allein.«

»Nicht mehr lange«, sage ich geheimnisvoll.

»Ach nein? Wieso?« Meine Mutter wirkt verhalten optimistisch, und es tut mir fast ein bisschen leid, dass meine Antwort sie nicht glücklich machen wird.

»Ich schaff mir eine Katze an!«

Eigentlich habe ich das nur aus einem Impuls heraus gesagt. Aber als ich aufgelegt habe, wird mir klar, dass das keine so schlechte Idee wäre. Ein Hund geht nicht, aber für eine Hauskatze wäre die Wohnung groß genug. Wenn Mia das verträgt. Verträgt Mia das? Ich greife wieder nach meinem Handy.

Mia, bist du auch gegen Katzen allergisch?

Himmel, Carla, kannst du dir nicht einfach einen Kerl suchen, wie Rebecca das getan hat?

Also, bist du?

Nein. Du willst im Ernst eine Katze?

Darf ich, Mutti? Bitte?

Unter einer Bedingung: Du kaufst irgendein High-End-Katzenklo und stellst es ins Gästeklo und nicht ins Bad. Ich kann den Geruch morgens nicht ertragen. Abends eigentlich auch nicht.

DU BIST DIE BESTE!

Ja, ja. Du mich auch!

Als Nächstes rufe ich Rebecca an. Manchmal arbeite ich auch echt fleißig, den ganzen Tag. Aber heute irgendwie mal nicht.

»Rebecca, ich krieg eine Katze!«, jauchze ich in den Hörer.

»Ich dachte, du wolltest einen Hund?«

»Ja, egal, man muss ja Kompromisse machen im Leben.«

»Ach, wem sagst du das.« Sie klingt ernster als sonst.

»Ist was passiert?«, frage ich betroffen.

»Daniel hat unseren lange geplanten Urlaub abgesagt, weil seine Exfrau die Zwillinge jetzt doch nicht drei Wochen in den Sommerferien nehmen will, sondern nur anderthalb. Den Rest der Zeit verbringt sie mit einer Freundin in Kalifornien.«

»Oh nein. Das tut mir leid. Und jetzt fliegt ihr nicht zu zweit nach Argentinien, sondern mit den Kindern … Wohin?«

»Das wissen wir noch nicht. Vielleicht nach Österreich. Ich bin so wütend, Carla, und gleichzeitig bin ich so froh, dass die Jungs wenigstens einen Vater haben, der gerne seinen Urlaub mit ihnen verbringt, wenn ihre Mutter schon keinen Bock hat.«

»Und eine tolle Stiefmutter, die sie liebt.«

»Ja. Das tu ich wirklich, sehr sogar.« Ihre Stimme wird ganz weich. »Trotzdem hätten uns drei Wochen Urlaub zu zweit echt ganz gutgetan.«

»Hm. Soll ich dir von Mias Date erzählen, damit du wieder weißt, wie gut du es hast?«

»Danke, ich hab sie schon ausgefragt! Aber sag mal, wo kriegst du deine Katze eigentlich her? Ich wüsste da nämlich was.«

»Keine Ahnung, ich dachte ans Tierheim.«

»Bei Freunden der Jungs gibt es gerade Katzenbabys, und die Eltern wären froh, ein paar davon abgeben zu können. Soll ich mal fragen, ob die alle schon vergeben sind?«

»Ja, unbedingt!«

Den Rest des Tages verbringe ich mit Organisationskram. Die Einreichungen für den nächsten Denkmalschutz-Preis tröpfeln allmählich ein, und ich muss die Jury, die darüber entscheidet, auf mehrere Sitzungstermine festnageln. Natürlich antworten nicht alle innerhalb von zwei Wochen auf Mails. Natürlich gehen ausgerechnet die, die nicht auf Mails antworten, auch nie ans Telefon. Natürlich rege ich mich darüber kein bisschen auf, sondern schreibe eine überaus freundliche Mail an alle, dass ich die Termine nun anhand der eingegangenen Antworten festgelegt habe. Danach muss ich erst mal eine Weile die Schultern kreisen lassen und den Nacken aktiv entspannen, um mich wieder zu beruhigen.

Während ich mein Kinn aufs Brustbein ziehe, klingelt das Telefon. Ein Herr Tröger, der ziemlich müde klingt, stellt sich als der Direktor einer denkmalgeschützten Grundschule am nordöstlichen Stadtrand von Frankfurt vor. Es gäbe da große Probleme mit der Schulbehörde und dem Denkmalschutz, er wisse nicht mehr weiter, ob ich vielleicht vermitteln könne?

»Das klingt ziemlich komplex. Ich bin mir gar nicht so sicher, ob ich Ihnen da helfen kann. Erzählen Sie bitte mehr. Wo genau liegt das Problem?«

»Also, das Schulgebäude ist ziemlich heruntergekommen.« Er seufzt. »Weil es unter Denkmalschutz steht, wird die Renovierung teuer – zu teuer für die Schulbehörde. Sie droht damit, die Schule einfach zu schließen. Wir sind eine staatliche Grundschule, es läge also durchaus im staatlichen Interesse, das Gebäude und den Betrieb zu unterhalten. Aber momentan sieht es wirklich schlecht aus. Wir wissen nicht, ob wir nach den Sommerferien weitermachen können.«

»Ach, um Himmels willen. Wie viele Schüler haben Sie denn?«

»Vierhundert. Wir sind die zentrale Schule im Stadtteil, die nächste liegt zwei Kilometer entfernt. Wir wüssten gar nicht, wo wir all die Kinder hinschicken sollten.«

»Und wie marode ist die Schule genau? Ist es wirklich nötig, sie zu schließen?«

»Im Sommer geht es, aber noch einen Winter überstehen wir hier nicht. Die Heizung arbeitet nicht mehr richtig. Und dann gibt es noch Probleme mit der Statik – würden Sie nicht mal vorbeikommen? Ich möchte es Ihnen zeigen. Dann könnten Sie viel besser mit den Behörden sprechen.«

»Ich, äh …«

»Also, falls Sie sich dafür entscheiden, uns zu unterstützen. Aber schauen Sie es sich doch erst mal an!«

Wir vereinbaren einen Termin, obwohl ich keine Ahnung habe, ob ich dem Mann helfen kann. So etwas habe ich noch nie gemacht. Ich brauche Kaffee.

Weil wir so ein kultivierter Haufen sind, haben wir keinen Vollautomaten, bei dem man nur aufs Knöpfchen drücken muss. Wir haben die alte italienische Siebträgermaschine meiner Kollegin Hortense, die erst mal zehn Minuten aufheizt, dann zehn Minuten vor sich hinspotzt und anschließend überall abgeputzt werden muss. Das gibt einen ganz guten Eindruck davon, mit welchem Ethos die meisten hier arbeiten. Die Kulturstiftung gehört zu einer großen Versicherung, wir sind so etwas wie ihr künstlerisches Aushängeschild. Aber allzu viel Kulturförderung sollen wir nun auch wieder nicht betreiben, das kostet ja Geld, und das Stiftungsvermögen wirft bei der derzeitigen Lage am Geldmarkt kein sehr großes Budget ab. Wir fördern also eher so im Kleinen vor uns hin und sehen zu, dass wir es unter möglichst großer öffentlicher Beachtung tun.

Während die alte Gaggia meinen Kaffee aushustet, kommt Ödön herein.

»Carla«, sagt er lächelnd, »ich bewundere deine Haltung!«

»Meine Haltung wozu?«, frage ich überrascht.

»Ach so, nein. In diesen hohen Schuhen, meine ich!« Er weist auf meine Füße, die in Stiefeletten stecken. «Dass du auf denen laufen kannst!«

»Oh. Hm.« Klar, er ist Ödön. Er macht einer Frau

doch kein Kompliment für ihre Geisteshaltung. Wie konnte ich so naiv sein. »Danke.«

Er zwinkert mir feist zu und nimmt eine Tasse aus dem Regal, während ich den geordneten Rückzug antrete und dabei ganz fest an niedliche Katzen denke.

Nach der Arbeit treffen Felix und ich uns bei seinem Lieblingsmexikaner. Felix ist mein bester Freund, obwohl keiner von uns genau weiß, wie es eigentlich dazu kam. Es kam mir gleich vor, als würden wir uns schon ewig kennen, deshalb war es völlig folgerichtig, dass wir sofort über alles redeten. Felix hat ein Praktikum bei uns gemacht, als ich ganz neu in der Stiftung war. Inzwischen arbeitet er in einer Galerie namens Heavy Arts, die alles zeigt, was irgendwie schräg und krass ist. Dort ist er wirklich bestens aufgehoben.

»Na!«, sagt er, umarmt mich fest und tätschelt meine Hüften. »Haste ein bisschen zugelegt, Schnucki?«

»Du kannst mich mal, du halb verhungerter Hipster.«

Die Frotzeleien sind eine recht typische Begrüßung zwischen uns. Wir langweilen einander nicht mit Freundlichkeiten.

»Hey, ich hab total zugenommen!« Felix patscht auf seinen nicht vorhandenen Bauch, setzt sich und greift zur Speisekarte.

»Ach Junge, als ich in deinem Alter war, konnte ich noch essen, was ich wollte. Mach halt mal ein bisschen Sport und sauf nicht so viel!« Er ist nur drei Jahre jünger als ich, aber ich lasse das gern raushängen. Er leider auch.

»Du böse alte Frau«, sagt er. »Willst du wieder dieses Hackfleischfladeninferno vom letzten Mal?«

»Ja, unbedingt!«

»Okay.« Felix bestellt für uns beide.

»Erzähl mir von Lina!«, sage ich. Aber er verzieht das Gesicht.

»Lina ist raus, aber ich habe eine neue Freundin, die ist super. Sie ist die Richtige!«

»Oh. Schön!«, beeile ich mich zu sagen. Bei Felix kommt man manchmal kaum mit. »Und wie heißt sie?«

»Nina.«

»Ist nicht dein Ernst.« Die Frau vor Lina hieß Mina. Er legt da gerade eine seltsame Serie hin. »Konntest du keine Ina oder Gina finden?«, stichele ich.

»Wenigstens habe ich ein Liebesleben!«

»Ey, du klingst wie meine Mutter.«

»Also ehrlich, Carla, vom Liebesleben deiner Mutter will ich nichts wissen.«

»Oh Gott, ich auch nicht. Lalalalaaaa!« Ich halte mir die Ohren zu, aber dann kommt die Bedienung mit meiner Kirschsaftschorle, an deren Glasrand irritierenderweise eine vollständige Birne hängt, kunstvoll aufgefächert. An der muss ich mich dann wohl erst mal irgendwie vorbeikämpfen. »Also, Nina. Wie ist sie so?«

»Eigentlich ist sie gar nicht mein Typ«, sagt Felix und kriegt leuchtende Augen.

»Das hast du noch über jede deiner Freundinnen gesagt«, versetze ich unbeeindruckt. »Was ist denn eigentlich dein Typ? Wahrscheinlich hast du einfach keinen.«

»Klar habe ich einen Typ!«

»Nämlich?«

»Zierliche Rothaarige sind am heißesten.«

»Das sagst du jetzt nur, um mich zu ärgern!«

»Wie würdest du dich denn beschreiben? Dralle Zigeunerin?« Er greift in meine schwarzen Locken und dreht eine Strähne um seinen Finger.

»Pfff. Du bist ja bloß neidisch, weil deine Haare sich langsam verabschieden«, sage ich und weise auf die dünne Mütze, die er nicht nur aus modischen Gründen auch im überheizten Lokal trägt. »Komm, jetzt erzähl schon.«

»Sie kam zu uns in die Galerie bei der Tattoo-Ausstellung, du weißt schon, mit den Schweinehäuten.«

»Ja, klar.« Ich erinnere mich vor allem an einen seltsamen Geruch, der mir nach der Vernissage stundenlang in der Nase hing.

»Jedenfalls hat sie mich irgendwas gefragt, und dann haben wir uns festgeredet, und dann hatte ich eh Mittagspause und bin mit ihr was essen gegangen.«

»Welche Frau geht denn vormittags alleine in eine Galerie und guckt Schweinehäute an?«

»Siehst du. Sie ist eben was Besonderes.« Felix schiebt unsere Gläser beiseite, um Platz für die voll beladenen Teller zu schaffen, die gerade auf uns zugeschwebt kommen.

»Muss sie ja sein, wenn sie auf dich steht.«

»Willst du weiter rumpöbeln oder die Geschichte erzählt bekommen?«

»Geht beides etwa nicht? Seit wann?«

»Ja, okay.« Wir machen uns über unsere duftenden Enchiladas her. »Die Erklärung für ihr Auftauchen ist übrigens ganz einfach: Sie ist Tätowiererin.«

»Und heißt Nina? Heißen die nicht wenigstens Kat oder Sam oder so?«

»Du bist voller Vorurteile, Carla!«

»Ich nenne es Erfahrungen«, sage ich und denke an Lavinia, Lovis und Amadeus. »Ist sie auch tätowiert?«

»Ist der Papst katholisch?«

»Und du, bist du jetzt auch bald tätowiert? Wird sie deinen Körper als Skizzenheft benutzen?«

»Momentan benutzt sie ihn für etwas ganz anderes!«

»Freut mich für dich«, sage ich ungerührt und klaube ein Stück Birne aus meinem Glas.

»Warum trinkst du überhaupt Kirschschorle? Wolltest du nicht immer dieses mexikanische Bier?«

»Ich brauche Eisen.«

»Boah, du bist so eklig, weißt du das?«

»Und du bist erstens total verklemmt, und zweitens rede ich nicht von Menstruation, sondern von einer generellen Anämie, du Pfeife.«

»Ja, ja. Das kannst du ja jetzt leicht behaupten!«

»Wenn deine Nina demnächst ihre Tätowiernadel auspackt, kannst du dir keine Angst vor Blut leisten.«

»Mal sehen.« Felix grinst triumphierend. »Bisher hat sie immer nur meine Tätowiernadel ausgepackt.«

Kapitel 3

Auf die Idee mit der Katze hätte ich schon viel früher kommen sollen. Das wird mir klar, als ich zwischen fünf spielenden Kätzchen sitze, die noch ein bisschen ungeschickt, aber bereits sehr selbstbewusst wirken. Eine schwarz-weiß gescheckte jagt ein winziges Wollknäuel, das die Tochter des Hauses vor ihr wegzieht, ein Tigerchen putzt sich routiniert, und ein roter Kater purzelt einfach über alle anderen hinweg, als ich ihm ein Stückchen Trockenfutter hinhalte. Dann reibt er sein Köpfchen an meiner Hand. Ich bin schockverliebt.

»Wie heißt er?«, frage ich Rebeccas Bekannte Daria.

»Die Kinder haben ihn Linus getauft.« Sie beugt sich zu mir herunter und sagt leise: »Komplett blöder Name für eine Katze. Kannst ihn ruhig umbenennen, sie werden es nie erfahren.«

Ah, die pragmatische Sorte Mutter. Die mag ich sehr. Man erkennt sie auch daran, dass sie missglückte Grundschulbasteleien regelmäßig unauffällig entsorgt.

Der Kater marschiert sogar freiwillig in die Transportbox, die ich zusammen mit dem Katzenklo und tausend anderen Kleinigkeiten gekauft habe. Ich habe wahrscheinlich Herzchen in den Augen, als ich Daria, die ich heute zum ersten Mal gesehen habe, ungestüm umarme.

»Danke! Ich pass gut auf ihn auf, versprochen!«

»Na klar tust du das.« Sie lächelt und winkt uns hinterher. Die Kinder winken auch, aber traurig. Dabei durfte ich eben Zeuge sein, wie sie ihre Eltern von einem Kätzchen, das sie behalten dürfen, auf zwei hochgehandelt haben.

Zu Hause pinkelt der Kater als Erstes ins Wohnzimmer. Während ich die Pfütze aufwische, stellt er tapsig fest, dass der beste Platz auf dem Sofa ist, in meine meerblaue Flauschdecke gekuschelt. Also genau so, wie ich da immer liege.

»Okay, Kater«, sage ich und lege mich dazu. »Ich glaube, wir sind uns in den wesentlichen Dingen schon mal einig.«

Mia verbringt das Wochenende bei einer Freundin in Hamburg und findet uns am Sonntagabend ziemlich genau so vor, wie wir uns am Samstagnachmittag eingerichtet haben. Nur dass der Kater sich in den letzten zwei Stunden eine Art Nest in meinen Haaren gebaut hat. Genau so sehen sie jetzt eben auch aus.

»Meine Güte, Carla.« Mia wirkt aufrichtig entsetzt. »Du hast das Viech jetzt seit einem Tag und bist schon eine *Crazy Cat Lady*!«

»Nenn ihn nicht Viech, er ist sehr sensibel!«, sage ich, ohne den Kopf zu bewegen.

»Aha.« Sie setzt sich neben uns und schaut uns kopfschüttelnd an. »Wie heißt er denn?«

»Bisher einfach Kater.«

»Du kuschelst jetzt seit vierundzwanzig Stunden mit ihm rum und bist noch nicht auf den Gedanken gekommen, ihm einen Namen zu geben?«

»Wir hatten keine Zeit für solche Dinge«, rechtfertige ich mich. »Er musste meine Füße jagen, und ich musste ihm dabei zusehen, weil es so lustig aussieht.«

»Ist mir egal. Der Kater braucht einen Namen. Damit er kommt, wenn du ihn rufst«, fügt sie hinzu, und ich frage mich, wie gut sie Katzen eigentlich kennt.

»Und fällt dir ein Name für ihn ein?«, frage ich höchst kooperativ.

»Rougette!«

»Wie der Käse?!«

»Eine Katze nach einem Käse zu benennen passt ja wohl sehr gut zu dir.«

»Stimmt.« Hmm, Käse. »Aber eigentlich ist er ja gar nicht richtig rot«, werfe ich ein.

»Ja. Wenn er sich so zusammenrollt, sieht er aus wie ein kleiner Kürbis.«

»Pumpkin! Wir nennen ihn Pumpkin!«

Mia lacht und krault den noch etwas rasselnd schnurrenden Kater zaghaft. Auch Schnurren muss man offenbar üben. »Meinetwegen. Wo schläft er eigentlich?«

»Letzte Nacht hatte ich den Eindruck, er schläft am liebsten auf meinem Gesicht.«

»Ah ja. Dann mache ich meine Tür wohl weiterhin nachts zu.«

Den Rest des Abends verbringe ich damit, Pumpkin dabei zu fotografieren, wie er mit meinen Locken kämpft. Eines der Fotos schicke ich Felix.

Ich hab dich immer eher mit einer schwarzen Katze auf der Schulter gesehen. Und mit einer Glaskugel in der Hand, schreibt er.

Ich seh dich mit so einem Anker und einer Rose auf dem Oberarm, antworte ich.

Haha. Jetzt nehm ich meinen Anker und meine Rose erst mal in den Arm und schlafe.

Der Junge kann ja richtig romantisch sein. Nina, sein Anker und seine Rose. Ich werde ein bisschen emotional und schniefe leise, als Pumpkin seine Krallen mit aller Kraft in meinen Bauch bohrt.

»Aua! Du spinnst ja wohl!«

Unschuldig schaut er mich an. Ich lasse ihn auf dem Sofa toben, gehe ins Bett und mache das Licht aus. Es folgt eine beeindruckende Vorstellung dessen, dass Katzen einen anderen Schlafrhythmus haben als Menschen und besonders Katzenbabys so lebhaft sind wie Felix' Fantasie.

Kapitel 4

Nach der lebhaften Nacht bin ich in der Arbeit ganz schön müde und schlecht drauf. Deshalb trifft es mich hart, als ich einen Brief öffne, der mich vom Tod der alten Frau Reichart unterrichtet. Ihr gehörte das Haus, dem wir im vergangenen Jahr den Preis für Denkmalschutz verliehen haben. Ich war damals oft dort, weil es hier ganz in der Nähe ist: ein kleines Forsthaus im Taunus, das als besonders schützenswert gilt, weil dort vor zweihundert Jahren ein Kurfürst seine Geliebte geparkt hatte. Die Geschichte bedeutet mir nicht so viel, aber das Haus ist unbeschreiblich zauberhaft. Frau Reichart hatte fast nichts verändert. Wenn ich vorbeikam, kochte sie Kaffee auf dem alten Ofen in der Küche, den sie mit Holz befeuerte. Einmal waren ihr die Scheite ausgegangen, da habe ich zum ersten Mal in meinem Leben Holz gehackt. Sie stand mit ein bisschen Sicherheitsabstand daneben und lachte darüber, wie ungelenk ich mich anstellte. Ich trug ein Kleid und Sandaletten. Nicht direkt Schutzkleidung, aber sicher ein lustiger Anblick.

Meines Wissens hatte Frau Reichart keine Kinder. Was soll jetzt aus dem Haus werden? Ich schreibe ihrem Nachlassverwalter zurück, die Erben mögen sich bitte an mich wenden. Dann stoppe ich die Zahlungen auf Frau Reicharts Konto, weil die mit unserem Denkmalschutzpreis verbundene Förderung über einen Zeitraum von zwei Jahren läuft. Ich habe das immer als symbolhaft verstanden, dass nämlich nach und nach restauriert werden soll und nicht alles auf einmal im Hauruckverfahren. Aber wahrscheinlich bin ich naiv, und es hat einfach nur steuerliche Gründe.

Ach, dieses Forsthaus. Ich bin wirklich sehr glücklich in unserer Wohnung, und ich weiß ein modernes Badezimmer zu schätzen. Trotzdem, gerade dass man dort für seinen Komfort ein bisschen arbeiten musste, hat es wunderschön gemacht. Ich hoffe, die Erben nutzen es gelegentlich als Wochenendhaus und lassen es nicht leer stehen.

Eine Mail von Rebecca erscheint in meinem Postfach. Sie hat Mia und mir die Buchungsbestätigung für ihren Sommerurlaub mit Familie weitergeleitet: ein Familienhotel in einem österreichischen Tal, kurz vor Talschluss.

Wir verbringen unseren Urlaub in einer Art riesiger Sackgasse, schreibt sie. **Und genau so fühlt es sich auch an.**

Ich klicke auf »Allen antworten« und schreibe:

Das sieht sehr schön aus da. Aber ehe du vor Langeweile stirbst – lasst uns doch davor noch woanders hinfahren, zu dritt! In irgendeine Stadt. Muss ja nicht weit weg sein. Ein langes Wochenende, so was haben wir lange nicht mehr gemacht.

Mia antwortet binnen einer Minute. **Count me in! Rebecca darf aussuchen, wohin es gehen soll.**

Eine halbe Stunde später haben wir uns für ein Wochenende in Amsterdam entschieden und einen Abend an Mias Esstisch vereinbart, an dem wir planen und eine Unterkunft suchen wollen. Aber mein Nachmittag gehört Herrn Tröger und der Schule im Finkenweg. Das Navi leitet mich aus der Innenstadt heraus; die Häuser werden niedriger und die Straßen enger. Ich muss ein paar tiefe Schlaglöcher umfahren. Die reichste Gegend der Stadt ist das hier nicht. Auf dem Navi kann ich sehen, dass im Norden ein großes Gewerbegebiet beginnt und im Osten bald nur noch Ackerland. Eigentlich ist die Lage nicht schlecht – aber die Häuser sind alle ziemlich heruntergekommen.

Die Schule bildet da keine Ausnahme, wie man auf den ersten Blick sehen kann. Unter allen Fenstern haben sich dunkle Flecken gebildet; der Putz bröckelt gewaltig. Ich hatte irgendwie ein romantischeres Gebäude erwartet und bin jetzt überrascht, vor einem sachlichen schmutzigweißen Zweckbau zu stehen. Auf dem Schulhof steht ein Mann mit grauen Haaren und Kurzarmhemd zwischen kargen Spielplatzgeräten. Als er mich sieht, kommt er auf mich zu und begrüßt mich herzlich.

»Wie schön, dass Sie da sind, Frau Wonneberger. Die letzten Kinder sind vor einer halben Stunde nach Hause gegangen, ich kann Ihnen jetzt alles in Ruhe zeigen. Haben Sie gut hergefunden?«

»Ja, vielen Dank. Ich bin verwundert, die Architektur

ist ganz anders, als ich angenommen hatte. Neue Sachlichkeit, Ende der Zwanzigerjahre, richtig?«

»1929, um genau zu sein. Es wurde als Kinderheim erbaut, dann diente es jahrelang als Gefängnis. Erst seit den Siebzigern ist es eine Grundschule.« Herr Tröger führt mich zum Haupteingang. »Offen gestanden, ich persönlich kann mit dieser Bauhaus-Architektur nicht viel anfangen.«

Im Stillen muss ich ihm recht geben. Aber beruflich finde ich das Gebäude durchaus interessant. Wahrscheinlich gab es das Gewerbegebiet 1929 noch nicht, sondern nur Wiesen und Äcker – damit war die Lage für ein Kinderheim perfekt.

Im Innern unterscheidet sich das Gebäude nicht groß von anderen Schulen. Auf dem Boden ist abgetretenes grünes Linoleum verlegt, das sich an den Rändern wellt. In kleinen Schaukästen hängen Plakate, die im Unterricht erarbeitet wurden: Welche Flüsse fließen zum Main? Was sind Tunwörter? Das alles in ernsthafter, runder Kinderschrift auf farbigem Tonpapier.

Herr Tröger zeigt mir ein paar Klassenräume, »die guten«, wie er betont. Alles ist ziemlich sauber und aufgeräumt, aber es ist deutlich, dass das Haus seine besten Jahre lange hinter sich hat. Die Fenster schließen nicht richtig, was den Kindern in Verbindung mit der kaputten Heizung im Winter ziemlich frostigen Unterricht bescheren dürfte.

»Was sind denn die schlechten Räume?«, frage ich.

»Zeige ich Ihnen. Aber nur ganz kurz.« Herr Tröger lotst mich zum anderen Ende des Flurs, holt einen großen Schlüsselbund aus der Tasche und schließt eine Tür auf. Sofort schlägt mir ein schimmliger Geruch entgegen. Ich werfe einen Blick in den Raum und sehe große feuchte Flecken an der Wand. Bis auf die Tafel ist das Klassenzimmer leer.

»Okay, danke, reicht schon. Seit wann ist das so?«

»Seit einem Jahr. Wir lüften regelmäßig und halten die Türen fest geschlossen, aber sonst können wir nichts tun. Es betrifft vier Räume, die uns damit für den Unterricht fehlen. Man müsste die Wände aufstemmen.«

»Und das wird teuer.«

»Wissen Sie, die üblichen Kosten sind noch nicht mal das Problem. Wir haben unter den Vätern ein paar Handwerker, die das günstig machen würden. Aber erstens muss das alles über die Schulbehörde laufen, die sich dagegen sperrt, dass mit der Renovierung überhaupt nur begonnen wird. Und zweitens kann ich in ein denkmalgeschütztes Haus nicht einfach vier Handwerker schicken und sagen, bringt das mal in Ordnung. Das muss alles abgesegnet werden.«

»Ja, ich kenne das. Eigentlich bin ich sehr froh darüber, weil auf diese Weise so viel kostbare Zeugnisse der Architektur erhalten bleiben. Aber ich muss gestehen, dass ich es an Ihrer Stelle auch lästig fände.«

»Tja. Wissen Sie, warum die Finkenschule unter Denkmalschutz steht?«

»Weil es hier wenige Gebäude dieses Stils gibt?«

»Auch. Aber vor allem, weil hier noch so viel Originalsubstanz erhalten ist.«

»Die anderen Gebäude wurden saniert, aber dieses hier nicht?«

»Genau. Hier hat sich praktisch nichts verändert. Sie sehen ja diese eindrucksvollen Schlösser in den Türen der Klassenzimmer, die sind immer noch die gleichen wie damals, als es ein Gefängnis war. Aber deshalb ist es eben auch so marode.«

Im oberen Flur schalte ich versuchshalber das Licht an. Die Lampen gehen sofort an, aber sie flackern.

»Lassen Sie mich raten: Die Stromleitungen sind auch nicht mehr so ganz auf der Höhe?«

»In der Tat. Allerdings ist das ein kleineres Problem, die sind schließlich alle über Putz verlegt. Da ist die oberflächliche Modernisierung wieder von Vorteil.«

Wir gehen bis ans Ende des Flurs, wo sich hinter einer Tür ein großer Raum öffnet. An den Wänden stehen Regale voller Bücher, in der Mitte mehrere zusammengeschobene Tische mit Stühlen drumherum.

»Ah, die Schulbücherei«, sage ich erfreut.

»Kommen Sie mal mit hierher«, sagt Herr Tröger, und ich folge ihm zwischen die Tische. »Bleiben Sie einfach stehen, Sie müssen keine Angst haben« – mit diesen Worten beginnt er in den Knien zu wippen. Der ganze Boden schwingt mit. Die Bücherregale knarzen so laut, dass ich befürchte, sie könnten gleich nach vorne kippen.

»Hören Sie auf!«

Herr Tröger bleibt still stehen, aber es dauert noch ein paar Sekunden, bis ich nicht mehr das Gefühl habe, mich auf stürmischer See zu befinden. Ich halte mich an der Lehne eines Kinderstuhls fest, als würde der Stuhl nicht mit mir in den Abgrund sinken, wenn der Boden unter uns nachgibt.

»Was ist hier drunter?«

»Ein Teil der Turnhalle. Wir haben schon die Regel erlassen, dass maximal zehn Schüler gleichzeitig hier drin sein dürfen. Außerdem ist es überall, außer im Erdgeschoss, strikt verboten zu hüpfen.«

»Ach herrje. Wie sieht es denn so mit den Anmeldungen fürs neue Schuljahr aus? Ich meine, haben die Eltern keine Angst um ihre Kinder?«

»Sie wissen, dass wir sehr gut auf die Schüler aufpassen.« Herr Tröger wirkt ein wenig gekränkt. »Aber sie machen sich Sorgen, dass ihre Kinder mitten in der Grundschule wechseln müssen, wenn das Gebäude hier dichtgemacht wird. Deshalb melden einige ihre Kinder gleich bei einer der weiter entfernten Schulen an. Der Schulweg dauert teilweise eine halbe Stunde zu Fuß.«

»Das ist natürlich nicht optimal bei so kleinen Kindern.«

»Richtig. Außerdem behauptet die Schulbehörde, die geringe Zahl der Anmeldungen würde darauf hindeuten, dass die Schule nicht mehr benötigt wird. Dabei wird sie dringender benötigt denn je.« Herr Tröger zeigt zum Fenster, durch das ich grüne Wiesen und Kräne sehe. »Dort hinten entsteht ein Neubaugebiet. Spätestens in drei Jahren haben wir hier noch viel mehr Kinder im Grundschulalter. Aber die Behörde ignoriert das.«

Wir gehen zurück in den Flur, wo Herr Tröger vor den Toiletten kurz stehen bleibt, dann aber sagt: »Wissen Sie was, die Toiletten lassen wir einfach aus. Die müssen jedenfalls auch renoviert werden.«

»Ich verstehe«, sage ich dankbar. Die Demonstration mit dem schwingenden Boden gerade hat mir gereicht. Wir gehen noch einmal um das Schulhaus herum und bleiben dann neben dem Klettergerüst stehen.

»Gibt es schon ein Gutachten, wie teuer die Renovierung wäre?«

»Die Schulbehörde hat mehrere Schätzungen vornehmen lassen. Die schwanken zwischen drei und sechs Millionen Euro.«

»Hoppla.« Ich betrachte das Haus. Trotzig und heruntergekommen steht es da. »Abreißen und neu bauen wäre wahrscheinlich am Ende lohnender, aber das geht mit dem Denkmalschutz natürlich nicht.«

»Das ist das Dilemma.« Herr Tröger hebt hilflos die Schultern. »Nach der Sanierung könnten wir sogar Nachmittagsbetreuung hier anbieten, weil dann wieder alle Räume nutzbar wären. Momentan ist daran nicht zu denken. Wir können die Kinder ja nicht einfach in die Klassenräume pferchen. Sie brauchen einen Aufenthaltsraum und Platz zum Toben.«

»Ohne dass der Boden unter ihnen nachgibt. Ja, natürlich.«

»Darf ich mit Ihrer Unterstützung rechnen, Frau Wonneberger? Die Eltern haben schon Petitionen gestartet, aber das hilft der Schulbehörde offenbar wenig bis nichts. Die Fronten sind verhärtet. Wir brauchen jemanden, der etwas von Denkmalschutz versteht und vermitteln kann.«

»Ich versuche es.« Wir schütteln einander die Hand. »Ich kann Ihnen nicht versprechen, dass ich etwas erreiche, aber ich werde mit den Verantwortlichen sprechen und sehen, was sich machen lässt.«

»Vielen Dank.« Er wirkt aufrichtig erleichtert. Ich will ihm wirklich gern helfen.

Ich weiß nur noch nicht, wie ich das machen soll.

Kapitel 5

»Ich hab die Anfahrt schon genau geplant«, sagt Mia und zeigt uns eine Karte auf ihrem iPad. »Wir können meinen Dienstwagen nehmen, dann fahren wir einfach direkt nach der Arbeit los und müssen nicht auf eine Zugverbindung warten. Hier«, sie zeigt auf irgendeinen gelben Fleck auf der Karte, »kann man kostenlos parken, von dort aus fahren wir mit der Straßenbahn rein.«

Rebecca und ich schauen einander halb überrollt, halb beeindruckt an. Das dürfte genau die Wirkung sein, die Mia häufig auf Männer hat.

»Äh, ja. Super!«, sagt Rebecca. »Und ich hab hier fünf Wohnungen bei Airbnb rausgesucht, die wir für die drei Tage mieten könnten. Ihr müsstet nur schauen, welche euch am besten gefallen, dann schreibe ich die an.«

Wir entscheiden uns für eine Wohnung mit einem hübschen Balkon in der Rozengracht und genug Platz für uns drei, von der aus wir alles zu Fuß erreichen können.

»Ich hab mir von Freunden und Kollegen empfehlen lassen, was wir anschauen, in welche Läden wir gehen und wo wir essen sollen«, verkünde ich. »Man sagte mir außerdem, wir sollten auf keinen Fall diese Frikandel aus den Automaten essen. Und zwar so vehement, dass ich seitdem vollkommen wild drauf bin. Ich muss das unbedingt probieren.«

Diesmal wechseln Rebecca und Mia einen wissenden Blick, während Pumpkin auf den Tisch springt und mit den leeren Pizzakartons zu spielen beginnt.

»Wer kümmert sich um Pumpkin, während wir weg sind?«, fragt Rebecca.

»Entweder ich frage Felix oder jemanden von den Nachbarn.«

»Aber bitte nicht eure Terrornachbarin.«

»Nee, bloß nicht.«

Wie aufs Stichwort: Schritte auf der Treppe. In meinen Zimmern kriege ich davon wenig mit, aber Mia teilt eine Wand mit besagter Nachbarin und ist näher am Treppenhaus. Dafür hat sie die Südseite. Irgendwas ist halt immer.

»Ach, guck an. Es geht wieder los«, sagt Rebecca interessiert, als die Wohnungstür der Nachbarn mit einem lauten Rumms zuknallt. Zwei Sekunden später hören wir eine Frauenstimme schrill loskreischen. Was sie schreit, versteht man nicht. Als gedämpftes Gemurmel folgt als Nächstes die Stimme ihres Freundes.

»Der arme Kerl«, sagt Mia. »Neulich hat sie ihn mitten in der Nacht rausgeschmissen. Zwei Stunden später kam er wieder und hat sich auf dem Sofa eingerichtet.«

»Woher weißt du das?«, frage ich verblüfft.

»Unsere Fenster gehen in die gleiche Richtung, ich hab den Lichtschein gesehen. Außerdem habe ich gehört, wie er das Sofa ausgezogen hat.«

»Besser das Sofa als sie«, kommentiert Rebecca. »Wie hält er das aus?«

»Hey, vielleicht ist er ja viel gemeiner als sie!«, protestiere ich. »Nur weil wir ihn nie brüllen hören …«

Im selben Moment überschlägt sich die Stimme der Frau. Etwas fliegt an die Wand zwischen unseren Wohnungen und zerbricht. Klirrend fallen die Scherben zu Boden. Die Frau schreit noch heftiger.

»Mein Gott!« Rebecca ist entsetzt. »War sie das? War er das? Ist jemandem was passiert?«

»So was würde er nie tun«, sagt Mia fest.

»Ich geh nachsehen.« Schnell stehe ich auf, laufe durch den Flur und klingele an der Nachbartür. Falls sie gerade mit Geschirr nach ihm geworfen hat – okay, er ist zwanzig Zentimeter größer als sie, er wird sich zu wehren wissen. Aber umgekehrt wäre das nicht so selbstverständlich.

Das Geschrei bricht ab; ich höre feste Schritte durch die Wohnung stapfen. Dann öffnet sich die Tür. Unsere Nachbarin steht vor mir, angespannt wie die Sehne eines Bogens kurz vorm Loslassen. Ich kann ihre Halsschlagader pochen sehen. Sie schaut, als wollte sie mir und jedem anderen Menschen auf der Welt eine reinhauen.

»Ich bin Carla von nebenan«, sage ich. »Wir haben den Krach gehört, ist alles okay mit dir?«

»Ja, und ob!«, sagt sie und verzieht den Mund zu einem verstörenden Grinsen. »Ich hab die Vase schon immer hässlich gefunden!«

»Aha.« Meine Güte, die Frau ist wirklich seltsam drauf. »Ich hoffe, dein Freund stand nicht im Weg.«

»Ich werfe so schlecht, ich hab ihn noch nie getroffen«, sagt sie gleichmütig.

»Na dann. Viel Spaß noch.« Ich kehre um, betrete wieder meine friedvolle Wohnung und beglückwünsche mich selbst zu meinem Single-Status. Vor allem, da dort meine besten Freundinnen mit fassungslosen Gesichtern warten. Offenbar konnte man das Gespräch gut hören.

»Sie hat eine Vase nach ihm geworfen?«, fragt Mia zischend.

»Sieht so aus.« Ich nehme einen tiefen Schluck aus meiner Bierflasche. »Wie lange wohnen die da jetzt, vier Monate? Seit vier Monaten denke ich bei jedem Umzugswagen in der Straße: Ah, jetzt zieht einer von denen aus, endlich.«

»Wie sieht sie eigentlich aus?«, fragt Rebecca.

»Unauffällig. Schlank, glatte braune Haare, ziemlich schicke Brille.«

»Und er?«

»Ziemlich gut«, sagt Mia.

»Hast du mal mit ihm gesprochen?«

»Er hat sich unsere Leiter ausgeliehen, um die Lampen in der Wohnung anzubringen. Und danach hab ich ihn ein paarmal auf der Treppe getroffen, wir kommen zu ähnlichen Zeiten von der Arbeit nach Hause.«

»Was macht er denn?«

»Keine Ahnung.«

»Wahrscheinlich Krankenpfleger oder Feuerwehrmann«, rät Rebecca trocken. »Aber was macht sie dann beruflich?«

»Leitet ein Inkassobüro«, murmelt Mia düster.

»Bomberpilotin«, schlage ich vor.

»Ziemlich gut, Mädels.« Rebecca nickt anerkennend. »Jetzt will ich es fast wissen, aber nur fast, weil das Erfundene schön genug ist.«

»Jedenfalls bekommt sie auf keinen Fall einen Schlüssel zu dieser Wohnung.« Ich werfe Pumpkin einen besorgten Blick zu.

»Wir erziehen den kleinen Kürbis einfach zu einem gefährlichen Kampfkater«, ruft Mia. »Dann kann er sich selbst verteidigen!«

»Ach ja, Mia, ich muss dir da was sagen.« Harmlos lächle ich sie an. »Man kann Katzen eigentlich nicht erziehen. Das geht bei Hunden, aber Pumpkin wird leider nie irgendwas tun, was wir wollen.«

»Das bin ich nicht gewohnt, aber ich werde wohl lernen, damit umzugehen«, sagt sie ernst.

»Ihr könnt euch da beide schon mal dran gewöhnen«, wirft Rebecca bedeutungsvoll ein. »Bei Kindern ist es nämlich ganz genau so.«

Bei Behörden verhält es sich übrigens ganz ähnlich. Ich habe mich entschlossen, bezüglich der Finkenschule erst die Denkmalschutzbehörde anzurufen. Erstens kenne ich mich mit deren Inhalten besser aus, zweitens scheint mir der Denkmalschutz im Vergleich mit den enormen Kosten, die so oder so auf die Schulbehörde zukommen, das kleinere Problem zu sein. Würde man den Denkmalschutz aufheben, ließe sich das Gebäude für viel weniger Geld sanieren. Aber ich beiße auf Granit.

»Ach, die Schule in der Finkenstraße. Ja, das Gebäude kenne ich gut«, sagt der Sachbearbeiter mit einem grollenden Unterton.

»Dann erzählen Sie doch am besten erst mal, was sich da in den letzten Jahren getan hat«, bitte ich und löse damit eine wahre Lawine aus.

»Also, getan hat sich da nichts, die Sanierung ist seit mindestens zehn Jahren fällig. Das wissen wir auch schon die ganze Zeit. Aber die Schulbehörde weigert sich, etwas zu unternehmen. Die behaupten, man bräuchte die Schule dort eh nicht, es gäbe kaum Kinder im Viertel. Das ist eine Unverschämtheit, die versuchen sich nur aus der Verantwortung zu ziehen. Der Trick ist einfach: Sie wollen die Schule schließen und dann verfallen lassen, bis das Gebäude einsturzgefährdet ist, sodass wir den Denkmalschutz aufheben.«

Der Mann holt zwischen seinen Sätzen kaum Luft. Offensichtlich hat er reichlich Furor angesammelt.

»Wir von der Denkmalschutzbehörde lassen uns nicht erpressen!«, donnert er. »Bei mir rufen ständig Leute an und sagen, ich soll doch ihr Haus bitte von der Liste der Kulturdenkmäler streichen, damit sie Eigentumswohnungen reinbauen und sich maximal bereichern können. Sie glauben gar nicht, wie viel Geld die mir teilweise dafür bieten. Die Leute sind verrückt. So was funktioniert vielleicht in Honduras, aber nicht bei uns!«

»Natürlich nicht«, sage ich brav, um ihn ein bisschen

zu beruhigen. Mit einem solchen Wespennest hatte ich nicht gerechnet. »Dann würden Sie mir also empfehlen, mich an die Schulbehörde zu wenden?«

»Das würde ich Ihnen empfehlen, ja!« Er schnaubt wütend. »Viel Spaß mit denen!«

»Danke sehr.« Frustriert lege ich auf. Dann eben so. Bei der Schulbehörde sagt man mir jedoch, die zuständige Mitarbeiterin sei im Urlaub. Es fühlt sich an wie eine Gnadenfrist für mich.

Kapitel 6

Bald darauf erreicht mich ein freundlicher Brief von einem Lorenz Reichart. Er sei der Großneffe der alten Amalie Reichart und habe das Forsthaus geerbt.

Vielleicht freut es Sie zu hören, dass ich dort einziehen werde, schreibt er. *Ich möchte das alte Gemäuer nicht sich selbst überlassen und freue mich über die Gelegenheit, die Stadt zu verlassen. Zuvor werde ich natürlich einige bauliche Veränderungen vornehmen. Wenn es Sie interessiert, was ich mit dem Haus plane, schicke ich Ihnen gerne die Entwürfe zu.*

Dann noch seine Kontonummer für die Förderung und eine E-Mailadresse. Ich leite die Zahlungen zu ihm um und maile ihm, dass ich an seinen Plänen tatsächlich sehr interessiert bin.

Zwei Stunden später liege ich auf dem Parkettboden meines Büros und mache hektische Atemübungen. Die Renovierungspläne sind viel schlimmer als Styroporplatten an Fassaden. Sie sind die Zerstörung all dessen, was an diesem Forsthaus so wundervoll ist. Ich möchte heulen oder jemanden anbrüllen, sofort. In dieser Lage findet mich meine ältliche Kollegin Hortense vor.

»Na, machst du Yoga?«, erkundigt sie sich lächelnd.

»Ich hasse Yoga. Ich würde es eine Panikattacke nennen«, raunze ich.

»Ach, auf mich wirkst du nicht besonders panisch«, sagt sie friedlich, setzt sich auf meinen Gästestuhl und beäugt mich. »Du atmest zu flach. Du musst durch die Nase einatmen, die Luft kurz anhalten, und langsam durch den Mund ausatmen, Carla.«

Ich befolge ihre Anweisung missgelaunt und merke, dass ich mich tatsächlich beruhige. Zumindest ein bisschen.

»Worum geht es denn?« Ihr Tonfall ist so beiläufig, als würde hier jeden Tag jemand schnaufend auf dem Parkett liegen.

»Das Forsthaus von Amalie Reichart. Der Preis vom letzten Jahr«, sage ich. »Sie ist gestorben.«

»Oh, das tut mir leid.«

»Mir auch, aber sie war wirklich schon sehr alt. Das ist es nicht, was mich so aufregt.« Ich deute auf meinen Monitor. »Ihr Großneffe hat mir Pläne gemailt, was er mit dem Haus vorhat, und ich möchte ihn am liebsten stundenlang ohrfeigen.«

»Na, na. Wenn er dort einziehen will, muss er natürlich etwas verändern.«

»Aber doch nicht alles!« Ich setze mich auf und gestikuliere wild. »Er will einen Anbau machen. Und so eine supermoderne Küche einbauen. Wahrscheinlich mit grauer Marmor-Arbeitsplatte. Die schönen alten Holztüren sollen raus. Bestimmt will er auch Plastikfenster!«

»Die sind immerhin sehr praktisch und leicht zu reinigen.«

»Hortense, bitte!«

Sie lächelt fein. »Übertreibst du nicht ein bisschen? Das sind doch nur Entwürfe, die irgendein Architekt gemacht hat. Bestimmt wird er gar nicht so viel ändern, wie da jetzt drinsteht.«

»Hm. Ja, vielleicht hast du recht«, gebe ich nach einigem Nachdenken widerstrebend zu.

»Na also. Ruf ihn doch mal an und besprich das in Ruhe mit ihm.«

»Okay.« Ich stehe auf, setze mich wieder an meinen Schreibtisch und klicke kopfschüttelnd die Entwürfe weg. »Was führt dich eigentlich zu mir?«

»Die Öffentlichkeitsabteilung. Sie möchte Fotos aller von uns geförderten Gebäude, ich soll sie zusammentragen.«

»Ach. Sag bloß, die können sich immer noch nicht merken, dass du den Bereich gar nicht mehr betreust.«

»Ihre Mühlen mahlen langsam.« So entspannt wie Hortense möchte ich auch gern mal sein. »Ich hab ihnen gesagt, dass du jetzt dafür zuständig bist …«

»… seit drei Jahren, vier Monaten und zehn Tagen …«

»… und ich die Bitte an dich weitergebe.«

»Danke sehr.«

»Gerne.«

Ich will diesen Reichart nicht gleich anrufen. Erst muss ich mich ganz beruhigt haben. Den Rest des Tages verbringe ich damit, für die Öffentlichkeitsabteilung ein Organigramm zu erstellen, wer hier bei uns eigentlich was macht. Am liebsten würde ich es ihr kommentarlos schicken, aber ich schmücke es noch mit ein paar verbalen Blümchen.

Am Abend schaue ich bei Rebecca vorbei. Es ist der neunte Geburtstag der Jungs, und obwohl die große Sause mit Luftballons oder Piñata oder Luftschiff, oder was auch immer man da heutzutage besorgt, erst am Samstag steigt, gibt es heute Abend schon mal Kuchen für die Verwandtschaft. Da zähle ich wohl irgendwie dazu.

»Hallo, Carla!«, begrüßt mich Rebeccas Mann Daniel an der Tür und küsst mich auf beide Wangen. »Nanu, ist Hanni heute ohne Nanni unterwegs?«

»Mia hat einen dienstlichen Termin. Ich soll schöne Grüße ausrichten.«

»Die Glückliche. Komm rein!« Er zieht mich in ihr hübsches Reihenhaus und nimmt mir meine Jacke ab. »Da drin herrscht das nackte Chaos. Es ist ein Wunder, dass wir die Klingel gehört haben.«

Tatsächlich dringt aus dem Wohnzimmer ein Lärm, als zöge dort gerade die Love Parade durch. Beim Öffnen der Tür erkenne ich eine weitere Parallele: Die Kinder sind völlig druff. Auf Zucker, nehme ich an, was in dem Alter ja manchmal ausreicht. Sie toben mit ihren jüngeren Cousinen um etwa fünfzehn Erwachsene herum, darunter ihre leibliche Mutter Susanne und alle drei Großelternpaare, auch die Eltern von Rebecca. Ich begrüße sie mit einem«Hallo« in die Runde, gratuliere den kleinen

Wilden und werde dann von Rebecca in die Küche entführt, wo sie mir eine Weinschorle mischt.

»Heute Abend ist es echt verrückt«, sagt sie. »Die Kinder waren nur eine halbe Stunde mit Daniels Eltern allein, und plötzlich hatten sie Unmengen Cola intus. Wahrscheinlich schlafen sie erst wieder, wenn sie zwölf sind.«

»Ach, dann können sie nachts ja Mandarin pauken!«

»Genau. Oder das Haus auseinandernehmen.«

»Ich hab hier übrigens ihre Geschenke von Mia und mir, sind sie gerade überhaupt aufnahmefähig, oder soll ich sie unauffällig in eine Ecke legen, bis der Rausch sich gelegt hat?«

»Och, gib sie ihnen ruhig, man soll die Feste ja feiern, wie sie fallen. Was ist es denn?«

»Magnetische Zauberknete in Gold, zweimal.«

»Oh, ihr habt zweimal die gleiche Farbe genommen, Gott sei Dank!«

Wie sich herausstellt, birgt das Geschenk trotzdem einige Dramatik. Die Geburtstagskinder lassen nämlich trotz mehrmaliger Warnungen ihres Vaters die beiden extrastarken Magnete, mit denen man die Knete ziehen kann, aneinanderschnalzen. Jetzt sind sie nahezu untrennbar – zumindest von Kinderhänden.

»Cool.« Daniel schiebt sich eine große Gabel Schokoladentorte in den Mund und beobachtet zufrieden die Jungs bei ihren Versuchen, die kleinen Magnete aus eigener Kraft auseinanderzubekommen. »Geniales Geschenk, Carla. Damit sind sie jetzt erst mal zwei Monate lang beschäftigt.«

»So war es nicht gedacht, aber wenn ihr euch freut, freu ich mich auch.« Ich schaue zu Rebecca, die gerade mit Susannes Mutter über den Fußballverein der Jungs plaudert. Susanne selbst fotografiert ihre Söhne beim Magnetkampf. Es ist mir rätselhaft, wie sie dieses familiäre Chaos so harmonisch hinbekommen. Allerdings stammt Rebecca selbst aus einer unübersichtlichen Familie. Ich habe auf ihrer Hochzeit trotz geduldiger Nachhilfe von Rebeccas Mutter nicht ganz verstanden, wer mal mit wem verheiratet war und wer wessen Kinder großgezogen hat. Und der Mann hier auf dem Sofa, den Rebecca Papa nennt, ist eigentlich ihr Stiefvater. Auf diesen Familienfesten habe ich immer das Gefühl, dass Liebe doch das Einzige ist, was zählt.

Kapitel 7

»Reichart?«

»Guten Tag, Herr Reichart, hier ist Carla Wonneberger. Sie haben mir ja freundlicherweise die Entwürfe zugeschickt, und ich habe da noch ein paar Fragen.«

»Gut, dann schießen Sie los!«

»Ist das etwa Ihr Ernst?!«, platze ich heraus.

Schweigen am anderen Ende.

Ich räuspere mich. »Ich meine, in welchem Planungsstadium befinden sich diese Entwürfe?«

»Ich schicke Ihnen doch nichts, was ich nicht genau durchdacht hätte«, kommt es frostig zurück.

»Sie wollen einen verglasten Anbau?«

»Ich mag Wintergärten. Aber vielleicht wird es auch eine Garage.«

»Eine Garage? Und die Küche – Sie wollen den Holzofen rausschmeißen?«

»Energieeffizient ist der ja nicht gerade.«

»Ja, aber – was ist mit den Holztüren?«

»Die sind völlig marode.«

»Man kann das restaurieren lassen!«

»Sagen Sie mal, ist das Ihr Haus oder mein Haus?«

»Es ist ihr Haus«, schnaube ich wütend. Damit meine

ich natürlich seine Großtante, aber das kann er nicht mitbekommen haben. Es entsteht eine Pause.

»Sie ist tot«, sagt er unvermittelt.

»Ich weiß.« Ich bin ziemlich bedröppelt. Er hat es doch mitbekommen. »Mein Beileid, Herr Reichart.«

»Danke.« Er räuspert sich. »Jedenfalls werde ich diese Pläne umsetzen. Und jetzt habe ich keine Zeit mehr. Wenn Sie sich persönlich anschauen wollen, welche Wände ich einreißen werde, können Sie ja mal vorbeikommen.«

Ich verschlucke mich fast an meiner eigenen Zunge vor Entsetzen. »Sie wollen die Wände – ich komme vorbei. Darauf können Sie Gift nehmen!«

»Er will Wände einreißen!«, jammere ich samstagabends in der Bar, in die Felix Mia und mich geschleppt hat. »Für ihn besteht dieses Haus einfach nur aus vier Außenwänden! All das, was es ausmacht, bedeutet ihm nichts!«

»Wieso überlässt du das nicht der Denkmalschutzbehörde?« Mia rührt abgeklärt mit dem Strohhalm in ihrem Gin Tonic herum. Sie ist meine Temperamentsausbrüche gewohnt.

»Weil, weil …« Ich stocke.

Felix sieht mich durchdringend an. »Weil es was Persönliches ist«, sagt er. »Das Haus bedeutet dir was, und du willst es selbst verteidigen.«

»Ja«, gebe ich zu und schaue verlegen auf mein Whiskyglas. »Bin ich sehr unprofessionell?«

»Du bist auf jeden Fall mit aller Leidenschaft dabei, das ist doch gut!« Felix prostet mir zu.

»Ach ja, apropos Leidenschaft«, wechsle ich schnell das Thema, »wie geht's deiner Nina?«

»Sie ist nicht mehr meine Nina.«

»Du hast immer noch diese Serie mit den Ina-Namen?« Mia findet das ebenso faszinierend wie ich.

»Hey, das ist reiner Zufall!«

»Klar. Boris Beckers Serie schwarzer Schönheiten ist auch reiner Zufall.«

»Kein Mensch hat ein Namens-Beuteschema!«, wende ich ein.

»Da wäre ich mir nicht so sicher. Würdest du jemanden daten, der Rüdiger heißt?«

»Niemals!«, kreische ich.

»Siehst du.« Zufrieden greift Mia nach den Nüssen.

»Also, was ist passiert, Felix?«

»Sie wollte ihren Freiraum, ich wollte meinen Freiraum«, sagt Felix lässig.

»Was zur Hölle redest du denn da? Ihr wart erst vier Wochen zusammen, und du warst total verliebt!«

»Ja, okay. Sie wollte nicht mehr, weil sie nicht über ihren Exfreund hinweg ist, und ich will nicht drüber reden!«

»Oh, Felix. Das tut mir leid«, sage ich betroffen.

Mia schiebt ihm wortlos die Schale mit den Nüssen rüber.

»Wo ist eigentlich eure rothaarige Fee?«, fragt Felix beiläufig.

»Das ist nämlich sein wahres, unerfülltes Beuteschema«, erkläre ich Mia.

»Bei Rebecca und Daniel war heute der große Kindergeburtstag mit achtzehn Blagen, die poliert wahrscheinlich gerade halb ohnmächtig ihr Stiefmutterkreuz.«

»Ach, dieser Daniel. Der hatte echt Glück.«

»Wirst du auch wieder haben«, versuche ich ihn zu trösten.

»Ich hab doch gesagt, ich will nicht drüber reden!« Manchmal ist Felix etwas empfindlich. Dafür ist bestimmt diese hippe Unterernährung verantwortlich, aber die Hosen, die er gerne trägt, gibt es nun mal nur in Gazellengrößen.

»Was ist denn jetzt mit diesem Forsthaus?«, schaltet Mia sich wieder ein.

»Ich werde da hinfahren. Nächste Woche.« Mein Tumbler ist leer. Ich winke dem Barkeeper.

»Und dann?«

»Ich weiß nicht, ich bin bisher über Fantasien davon, wie ich ihn anbrülle, nicht hinausgekommen.«

»Das wirst du nicht tun«, sagt sie äußerst bestimmt.

»Okay, dann werde ich natürlich sehr sachlich und souverän mit ihm über alles reden«, referiere ich brav, »und ihm dann erst sagen, was für ein Vollidiot er ist.«

»Also für mich klingt das überzeugend!« Felix zeigt mir den erhobenen Daumen.

»Für mich nicht.« Mia lässt sich nicht so leicht abwimmeln. »Du brauchst eine Haltung und Ziele für dieses Gespräch. Die musst du dir vorher überlegen.«

»Ja, du hast ja recht! Ich weiß. Aber nicht mehr heute Abend.«

»Bloß nicht heute Abend!«, ruft Felix, während der Barkeeper ein neues Glas vor mich auf den Tresen stellt.

Die ersten Sonnenstrahlen können mich nicht wecken, aber mit dem Kopf unter die Decke treiben. Dort schlafe ich zusammengerollt im Dunkeln weiter, als ein gedämpftes Dudeln an meine Ohren dringt. Verdammt – das ist unser Telefon; das Mobilteil liegt im Flur und wird Mia aufwecken. Ich springe schneller aus dem Bett, als mein dröhnender Schädel es verträgt, schwanke kurz, finde so etwas wie Balance und rase in den Flur. Die Nummer kenne ich. Papa ist dran.

»Kind, wir sitzen hier gerade mit den Nachbarn im Garten!«

»Ach ja?« Erzähl mir mehr, klingt spannend. Oh Gott, mein Kopf.

»Vielleicht haben wir schon ein bisschen Wein getrunken.«

»Mhm. Verstehe.« Klar, ist ja auch schon fast Mittag. Ich lasse mich ächzend wieder in mein Bett fallen.

»Jedenfalls streiten wir hier seit einer halben Stunde!«

»Ihr streitet? Worüber?«

»Pass auf, Folgendes: Hattest du damals die Frau Gleibinger in der Grundschule?«

»Was?«

»Ob du damals die Frau Gleibinger …«

»Papa! Deshalb rufst du mich an?«

»Und? Hatte sie?«, ruft jemand aus dem Hintergrund.

»Hattest du?«, insistiert er.

Ich ächze. »Ich glaube nicht.«

»HATTE SIE NICHT!«, brüllt mein Vater triumphierend, und mein Kopf zuckt weg von der Hörmuschel. Es fühlt sich an, als hätte das Gebrüll meinen Kopf von innen ausgebeult.

»Was?! Ist sie sicher?«, höre ich meine Mutter fragen.

»Ja, sie ist sicher!«

»Eigentlich bin ich mir gar nicht so …«, will ich einwenden.

»Tschüss dann, Spatz!« Mein Vater legt auf.

Mia ist offenbar doch schon länger wach. Ich treffe sie in der Küche an, wo sie sich an einem Becher Kaffee festhält und mit der freien Hand Pumpkin krault.

»Dieses Katzenfutter aus der Dose riecht widerlich«, verkündet sie. »Ich füttere Pumpkin erst wieder, wenn du welches kaufst, das nicht aus Drachenkotze hergestellt wurde.«

»Aber er mag es! Und schau nur, wie dankbar er ist!« Der Kater wälzt sich begeistert auf ihrem Schoß herum. »Ich dachte schon, das Telefon würde dich aufwecken.«

»Ach so, nein. Ich konnte nur nicht rangehen, weil ich Pumpkin streicheln musste. Er liegt seit einer halben Stunde auf mir rum.«

»Allmählich werde ich ein bisschen eifersüchtig!«, beschwere ich mich.

»Mach dir nichts draus, in deinen Haaren schläft er immer noch am liebsten.«

»Na immerhin.« Ich gieße mir einen Tee auf.«Was hast du heute vor?«

»Weiß noch nicht. Wieso?«

»Können wir in dein Postfach schauen?«

Mia lacht. Ich bin ja zu feige für Online-Dating, aber Mia ist bei einem Portal angemeldet und bekommt dort ausschließlich so dämliche Nachrichten, dass sie wöchentlich erwägt, sich abzumelden. Ich fürchte den Tag, an dem sie wirklich ernst macht, denn ich finde diese Nachrichten wahnsinnig lustig. Getroffen hat sie noch nie einen der Kandidaten. Ihr Interesse an ihnen ist eher theoretisch.

Mia öffnet ihr Postfach auf ihrem Handy und reicht es mir herüber. Pumpkin schnurrt laut, während ich mich kichernd ihren Nachrichten widme.

»Oha, Musiker, 39, humorvoll. Seine Nachricht klingt eigentlich ganz nett! Ein Musiker, Mia, das wäre mal was ganz anderes als deine üblichen Typen.«

»Mhm. Geh auf sein Profil«, ordnet Mia an.

»Wirklich? Bist du interessiert?«

»Natürlich nicht. Ich will nur wissen, wo der Haken ist. Irgendeinen gibt es ja immer.«

Ich überfliege ein paar nichtssagende Zeilen.

»Er schreibt, er kann auch über sich selbst lachen!«

»Das muss er gar nicht, das mach ich ja schon.«

»Auch wieder wahr. Ah, hier ist der Haken, ich hab ihn gefunden.«

»Na?«

»Er kann nicht ohne seine Lederjackensammlung leben.«

»Im Ernst? Das steht da? Mein Gott, die Typen werden immer bescheuerter.«

»Wahrscheinlich sagen die das auch über uns. Hier, der nächste: Lehrer, 36, liebevoll.«

»Ich date keine Lehrer«, sagt Mia kategorisch. »Das sind alles Klugscheißer.«

»Er klingt aber eher defensiv«, wende ich ein. »Hier, er schreibt, dass er sich da angemeldet hat, weil er sich neulich abends so alleine gefühlt hat. Er hat ein Brot gegessen, seine Schultasche gepackt, Kulturzeit geguckt und sich eine Frau an seiner Seite gewünscht. Er will sich verlieben. Ich finde das sympathisch!«

Mia rollt mit den Augen, stellt ihre Tasse hin und sieht mich eindringlich an. »Carla, bitte stell dir mal vor, wie so ein Abend bei dem aussieht: Klassenarbeiten korrigieren, seufzend die Tasche packen, ein schönes Gläschen Wein einschenken, Kulturzeit gucken. Dabei hält er seufzend das Kissen im Arm, dann schaut er noch eine *Tatort*-Wiederholung im Dritten oder gleich eine spannende Biografie.«

Ich starre sie einfach nur verkatert an, aber Mia ist noch nicht fertig.

»Dann ist das Fläschchen Wein auch schon wieder leer, und er fragt sich, wann er das letzte Mal was Schönes gekocht hat, legt sich traurig in sein Futonbett und fühlt sich einsam. So jemand ist nicht zu retten, jedenfalls nicht von mir.«

Ich würde ihr gern Gefühlskälte vorwerfen, aber erstens bin ich zu beeindruckt von ihrem Monolog und zweitens hat sie wahrscheinlich recht. Pumpkin ist allerdings beleidigt, weil sie während ihrer Suada aufgehört hat, ihn zu streicheln. Also hüpft er von ihrem Schoß und schreitet majestätisch aus der Küche.

»Schau, so verschreckt man Männer«, sage ich gespielt vorwurfsvoll und weise auf sein verschwindendes Hinterteil.

»Du klingst wie meine Großmutter. Ich mach keine Mitleidsdates.«

»Immerhin ist der Lehrer Single, da müsstest du mal keine Sorge haben, dass ihr beim Date gesehen werdet.«

»Hab ich eh nicht. Ich verabrede mich jetzt nur noch in Schwulenbars. Da sind lauter Affärenpärchen, weil ihre Ehepartner höchstwahrscheinlich nicht da hingehen – und wenn, haben die selbst was zu verstecken. Da hat man gleich eine völlig andere Diskussionsgrundlage.«

»Allmählich wirst du mir unheimlich.«

»Ich bin bereit, das als Kompliment zu verstehen.« Zufrieden steht Mia auf. »Ich werde mich jetzt mit einem Buch über Finanzpolitik in meine Gemächer zurückziehen.«

»Niemand ist so romantisch wie du.«

»Korrekt.«

Ich finde Pumpkin auf meinem Sofa vor, wo er ein Magazin zerfetzt, das ich mir neulich für eine Zugfahrt gekauft habe. Offenbar interessiert er sich nicht besonders für Frisurentipps. Ich nehme ihm unter halbherzigen Schimpfversuchen die Zeitschrift weg, hole mir selbst Stift und Notizblock und lege mich zum Kater aufs Sofa. Wenn ich nächste Woche zum Forsthaus fahren will, sollte ich mir wahrscheinlich wirklich vorher eine Strategie zurechtlegen. Oder zumindest ein paar Sätze, die ohne Beschimpfungen auskommen.

»Ich werde Ihnen zeigen, was man mit so einer Abrissbirne machen kann!« Nee, besser nicht.

»Ihre Großtante hätte das Haus besser einer Rockerbande vererbt« – hm, warum eigentlich nicht, das könnte man schon mal sagen, wenn die Stimmung entsprechend ist. Also schlecht. Sehr schlecht. Immerhin, kein Schimpfwort dabei.

»Bitte lassen Sie das Haus in Frieden, es ist so wunderschön, ich hab es von Anfang an geliebt.« Auf keinen Fall sag ich das, auch wenn es stimmt. Zu duckmäuserisch. Ich lasse den Stift fallen und streichle den Kater. »Was soll ich dem Idioten denn sagen?«, frage ich ihn.

Pumpkin schnurrt.

»Du bist mir keine Hilfe, Kater«, murmele ich.

Mein Besuch im Forsthaus ist also bestens vorbereitet, als ich am Montag eine Mail empfange mit einer Simulation des Hauses nach der Renovierung, wie der Architekt es sich vorstellt. Ich könnte heulen. Es sieht aus wie irgendein Haus, aber sicher nicht mehr wie das Forsthaus, das ich kannte. Als Begleittext irgendein wolkiges Geschwurbel von Lorenz Reichart. Er fahre jetzt auch gleich wieder auf die Baustelle, viele Grüße. Das soll wohl freundlich wirken. Darauf falle ich nicht rein!

Ich maile zurück, dass ich auch vorbeikomme. Ohne Anrede, ohne Grußformel. Dann rase ich über die Autobahn, so schnell ich kann. Der Tank ist fast leer, aber ich habe keine Zeit zu verlieren. Das reicht schon noch. Es muss reichen. Die Landstraße und der Waldweg bremsen mich; nervös klopfe ich mit den Fingern auf dem Lenkrad herum. Endlich halte ich in der Einfahrt, schnappe mir meine Tasche und springe aus dem Wagen. Schnaubend vor Wut stiefele ich auf das Haus zu. Daneben steht schon die blöde, dick bereifte Angeberkarre des Herrn, mit der Reichart den Weg hierher wahrscheinlich doppelt so schnell zurückgelegt hat wie ich mit meinem alten Seat. Und wenn ihm ein Reh in den Weg gesprungen ist, hat er es sicher mit dem verchromten Kühler einfach umgenietet und in den lächerlich großen Kofferraum gelegt. Was soll man auch sonst in so einem Auto transportieren? Konzertflügel?

Die Tür steht offen, deshalb rausche ich einfach hinein. Ich wende mich nach rechts, in die Küche. Aber da ist er nicht. Ich schaue mich um, will herausfinden, ob er schon angefangen hat, den schönen alten Herd durch eine Induktionsplatte zu ersetzen – da höre ich Schritte im Flur. Im Türrahmen erscheint ein großer Kerl im blauen Anzug, akkurat rasiert und mürrisch dreinblickend.

»Sie haben nicht angeklopft«, sagt er zur Begrüßung.

Ich erkenne seine Stimme vom Telefon, aber gerade ist er noch gereizter als bei unserem letzten Telefonat.

»Die Tür stand offen. Bei Ihrer Großtante bedeutete das, man darf einfach reinkommen«, pariere ich.

»Vielen Dank, dass Sie mich über die Gepflogenheiten meiner Verwandtschaft aufklären. Ich kannte meine Großtante selbst.«

»Sie haben allerdings nicht viel von ihr.«

»Ach nein?«

»Nein«, verkünde ich. »Ihre Großtante war reizend und hätte mir bei dieser Hitze schon längst etwas zu trinken angeboten.«

»Die Hitze scheinen Sie selbst mitgebracht zu haben.«

Tatsächlich ist es draußen nur frühlingshaft warm, aber ich habe das Gefühl, mir schießen Dampfwölkchen aus den Ohren. Ich stehe mit verschränkten Armen da und sage einfach gar nichts. Das verunsichert Menschen erfahrungsgemäß am meisten. Auch Lorenz Reichart schaut mich zwar erst mit zusammengekniffenen Augen an, zuckt dann jedoch die Schultern und lässt Leitungswasser in ein Glas laufen. Ich betrachte ihn von der Seite. Der Anzug steht ihm leider ziemlich gut. Aber welcher Trottel fährt in einem Anzug auf eine Baustelle? Hier ist zwar zum Glück noch nicht viel passiert, aber es liegt bereits überall Dämmmaterial herum. Dass die Isolierung mal neu gemacht wird, ist wahrscheinlich wirklich eine gute Idee. Es zog unterm Dach immer ziemlich. Die alte Frau Reichart schlief im Winter unter vier Decken. Sie fand das gemütlich. An ihrer Stelle hätte ich Angst gehabt zu ersticken.

Reichart stellt das Glas für mich auf den Tisch, damit ich es mir selbst holen muss. Ich komme mir vor wie in der Hundeschule: Das Leckerli immer schön auf die andere Seite vom Hindernis halten, dann absolviert selbst der bissigste Terrier den Parcours bald voller Freude!

Ich trete an den Tisch und baue mich direkt vor Reichart auf, der dort stehen geblieben ist. Ich greife an ihm vorbei nach dem Glas. Ich schaue ihn an, während ich trinke. Er ist größer als ich, aber ich trage hohe Schuhe und kann auch von unten nach oben sehr von oben herab gucken. Er rührt sich nicht. Ich setze das Glas ab und stemme die Hände in die Hüften. Mein ganzer Körper ist angespannt. Einer von uns muss jetzt einen Schritt zurück machen, und ich bin es ganz sicher nicht.

Nach langen Sekunden ausdrucklosen Starrens räuspert er sich. »Soll ich Ihnen zeigen, was wir hier schon gemacht haben?«, raunzt er mich an, dreht sich zur Seite und fügt dann etwas freundlicher hinzu: »Sie sind ja vom Fach, wahrscheinlich kennen Sie sich besser aus als ich.«

»Wahrscheinlich«, flöte ich zuckersüß und folge ihm aus der Küche.

Tatsächlich muss ich nach einem kurzen Rundgang zugeben: Was hier bisher gemacht wurde, hat dem Haus sehr gutgetan. Es schneidet mir zwar ins Herz zu sehen, wie viele Wände aufgeklopft wurden, aber die alte Dämmung war wohl nur mehr ein besseres Mäusenest, und einen Wasserschaden hatte das Haus auch. Das undichte Rohr wird jetzt erneuert. Zum Schluss gehen wir ins

Badezimmer. Es ist braun gekachelt mit beigefarbenen Blümchen, in den frühen Siebzigern wohl todschick, da war Frau Reichart nicht allein. An der Badewanne und neben dem Waschbecken sind Fliesen mit einer Vertiefung für ein Stück Seife angebracht. Ich finde es ziemlich charmant. In den Entwürfen war vom Bad bisher auch keine Rede.

»Oh, das Bad lassen Sie also, wie es ist!«, stelle ich erfreut fest.

»Nein. Das renovieren wir erst ganz zum Schluss.« Bilde ich mir das nur ein, oder schaut er mich ein bisschen vorsichtig an?

»Sie können diese Fliesen doch nicht abschlagen! Es passt hier so perfekt rein!«

Reichart lehnt sich an die Wand und reibt sich mit der Hand übers Gesicht. »Frau Wonneberger, das Bad steht ja nun wirklich nicht unter Denkmalschutz. Das hat meine Großtante irgendwann einbauen lassen, als schlechter Geschmack in Mode war. Was wollen Sie eigentlich?«

»Ich will, dass sich nichts ändert!« Mein Gott, ich bin zur Denkmalschützerin geboren. Aber er schaut mich mit seinen blauen Augen nur ernst an.

»Ja, das wünschte ich auch.«

»Warum lassen Sie es dann nicht, wie es ist?«

»Ich möchte hier leben. Richtig leben. Schauen Sie sich um: Ist das hier ein Badezimmer, in das Sie jeden Morgen gern gehen würden?«

Unbehaglich schaue ich auf die nachgedunkelten Fliesenfugen. »Nein, wahrscheinlich nicht«, gebe ich zu.

»Manchmal lohnen sich Veränderungen«, sagt er ruhig.

»Was sind Sie, Philosoph?«, spotte ich.

»Ich entwickle Roboter.«

»Na, das passt ja.«

»Was?«

»Ach, nichts.«

»Gut. Dann lassen Sie uns doch noch von außen schauen.«

Draußen bekomme ich einen Anfall, weil die Bauarbeiter ihr Material in den Kräutergarten und auf die Osterglocken geworfen haben. Die Pflanzen hängen gequetscht und halb tot auf dem Boden. Ich falle auf die Knie und versuche irgendwas zu retten. Lorenz Reichart schaut mich nur an und seufzt. Wahrscheinlich dämmert ihm allmählich, dass ich das mit dem Denkmalschutz ziemlich umfassend auslege. In meinem Wahn versuche ich sogar den Holzstapel anzuheben, aber er ist viel zu schwer.

»Bitte«, fleht Reichart irgendwann. »Jetzt beruhigen Sie sich doch. Es ist doch nur Rosmarin.«

»Und Lorbeer!« Ich deute auf einen weiteren Zweig, der noch unter den Brettern herausragt.

»Ja, und Lorbeer. Wenn die Bauarbeiten beendet sind, bringe ich das wieder in Ordnung.«

»Aha.« Ich richte mich wieder auf und reibe die Erde von meinen Händen. Mein Trenchcoat hat auch etwas abbekommen und sieht sofort richtig dreckig aus. Ich wusste es, Gelb ist eine blöde Farbe für Mäntel. »Können Sie so was?«

»Klar, ich setze denen eine Platine ein und spiele ein Programm auf, oder?«

Ich muss gegen meinen Willen lachen. »Vielleicht überlassen Sie das doch besser einem Gärtner und widmen sich Ihren Robotern.«

»Sie haben einfach kein Vertrauen zu mir.« Er deutet auf die Seite des Hauses. »Also, hier kommt jedenfalls der Anbau hin.«

»Aber da stehen doch die Obstbäume!«

»Die Obstbäume, die sehr viel Schatten machen.«

»Das ist im Sommer doch eine gute Sache!«

»Der Birnbaum trägt außerdem schon seit Jahren nicht mehr.«

»Der mit den Sauerkirschen aber schon!«

»Wie viele Menschen kennen Sie, die Sauerkirschen essen?«

»Die isst man doch nicht, aus denen kocht man Marmelade. Haben Sie für so was keinen Roboter?«

»Ich weiß nicht. Vielleicht kann der Thermomix meiner Mutter das. Aber ich möchte lieber einen Anbau als vierzig Gläser Sauerkirschmarmelade.«

»Wozu denn? Brauchen Sie ein Billardzimmer?«

»Nein, aber eine Garage.«

»Eine Garage? Sie wollen Bäume fällen lassen und das Haus verschandeln, damit Ihre beschissene Angeberkarre es nachts schön warm hat?«

»Moment mal, wie haben Sie mein Auto genannt?« Er grinst.

»Wissen Sie was, Herr Reichart, Sie haben recht. Ich

habe überhaupt kein Vertrauen zu Ihnen! Weil Sie rücksichtslos sind, egozentrisch und oberflächlich. Wahrscheinlich haben Ihre Roboter mehr Gefühle als Sie!« Ich drehe mich abrupt um und stapfe zu meinem Auto.

»Die Angeberkarre ist ein Firmenwagen«, ruft er mir hinterher.

Als würde mich das interessieren. Ich setze meinen alten Seat rückwärts auf den Waldweg zurück und holpere dann los. Ich muss sofort wieder ins Büro. Irgendwie muss ich den Mann doch aufhalten können.

Während ich an der Tankstelle meinen fast leeren Tank auffülle, schreibe ich Hortense eine Mail. Sie hat den Bereich Denkmalschutz vor mir eine halbe Ewigkeit betreut. Sie wird wissen, was zu tun ist. Mein erster Weg im Büro führt mich zu ihr.

»Carla, setz dich doch«, sagt Hortense und zeigt auf den fliederfarben bezogenen Sessel vor ihrem geschnitzten Schreibtisch.

Ich habe hier immer das Gefühl, in ihre Privatgemächer zu stolpern, dabei hat sie einfach nur sämtliche Büromöbel von der Haustechnik entfernen lassen und sich alles selbst eingerichtet. Inklusive Buddha-Kopf auf dem bunt bemalten Schrank und einem Wandkalender, der russische Wälder im Wechsel der Jahreszeiten zeigt.

»Ich habe deine Elektropost gelesen«, hebt sie an. Ohne Scheiß, sie sagt wirklich Elektropost, und ich hoffe im Stillen, dass sie kokettiert. »Leider sehe ich gar nicht, was wir da machen könnten.«

»Aber wir könnten zumindest die Förderung zurücknehmen«, sage ich. »Das geht doch nicht, dass wir Geld zahlen für eine fachgerechte Restaurierung, und dieser Typ kauft davon einen Jacuzzi, für den er ein Loch in die Veranda sägen lässt!«

»Tja, ich weiß nicht.« Hortense spielt mit den Perlmuttanhängern ihrer Halskette. »So was haben wir noch nie gemacht.«

Wir schauen einander stumm an. Ich arbeite hier lange genug, um zu wissen, was ihr letzter Satz heißt: Haben wir nie, werden wir nie. Vergiss es. Also muss ich mir etwas anderes ausdenken. Verdammt!

»Und wie läuft's bei dir so?«, frage ich, um wenigstens noch etwas höfliche Konversation zu betreiben.

»Prächtig, danke! Ich werde jetzt jeden Tag jünger!«

Ich lache verlegen. Himmel, was meint sie damit jetzt schon wieder? Wäre es okay, nicht nachzufragen, sondern schnell zu fliehen?

»Ich habe meine Zellen umprogrammiert«, informiert sie mich. »Die Zellalterung ist schon seit Wochen gestoppt, und jetzt verläuft sie rückwärts!«

»Aha!« Ich schaue begeistert drein, weil ich ohnehin nicht ernst bleiben kann. »Dann bist du in zehn Jahren wieder fünfzig?«

»Genau. Und alles durch Meditation!« Hortense lächelt zufrieden.

Vielleicht kann ich Lorenz Reichart auch irgendwie wegmeditieren? Nein, Voodoo! Voodoo ist das Ding. Oder ich versuche ihn zu hypnotisieren! Ich könnte ihm einreden, er sei ein Hippie, der Bäume umarmt, statt sie zu fällen. Oder einfach ein netter Mensch, das wäre schon eine deutliche Verbesserung. Mit solchen Gedanken im Kopf renne ich beinahe meinen ältlichen Kollegen Amadeus um.

»Hoppla, junge Dame«, sagt er und wackelt freundlich mit dem Kopf.

»Entschuldigung! Das war meine Schuld.« Vollkommen unzweifelhaft, denn Amadeus bewegt sich mit der Agilität einer Schildkröte fort.

»Schon gehört?«, fragt er.

»Äh, was denn?«

»Der Dürer, der in Oslo gefunden wurde, ist gar kein Dürer. Sagen die Gutachter. Tja!«

»Oh. Das ist, hm, schade?«, versuche ich die richtige Antwort zu finden.

»Ja, ja. Ja, ja.« Amadeus lächelt fein und geht an mir vorbei in sein Büro, dessen Tür sich nicht mehr schließen lässt, weil der Boden mit Papier bedeckt ist. Der Haufen wuchs vom Schreibtisch aus in alle Richtungen. Vor etwa drei Monaten musste Amadeus offenbar eine Entscheidung treffen: Tür für immer offen oder Tür für immer geschlossen. Jetzt wuchert die Schwelle auch noch zu.

In meinem Büro schmeiße ich meine Tasche auf den Besucherstuhl und den gelben Trenchcoat mit den Dreckflecken vom Kräutergarten direkt drauf. Der Mantel leuchtet wie Atommüll. Was hab ich mir bei der Farbe nur gedacht?

Ich zwinge mich, erst mal durchzuatmen, ehe ich den Hörer in die Hand nehme und die Nummer der Denkmalschutzbehörde wähle. Eigentlich wollte ich das nicht tun. Ich will das Haus selbst beschützen. Aber ich muss herausfinden, ob Reichart die Pläne eingereicht hat oder versucht, der Behörde den Umbau zu verschweigen. Die zuständige Sachbearbeiterin weiß sofort, wovon ich rede.

»Der Herr Reichart! Ja, der war da. So ein netter Mann.«

»Aha«, grunze ich. »Und was hat er Ihnen gesagt?«

»Er wird eine denkmalrechtliche Genehmigung beantragen, aber die Unterlagen sind noch lange nicht komplett. Es ist ja hilfreich, wenn die Besitzer früh mit uns ins Gespräch kommen.«

Das klingt nicht gut. Für mich zumindest. »Wie weit ist denn der Genehmigungsprozess jetzt?«

»Herr Reichart hat erst ein schematisches Aufmaß eingereicht, da sind keinerlei Details sichtbar. Das reicht noch nicht für eine Genehmigung.«

»Sie haben aber doch nicht vor …, also«, ich räuspere mich, »werden Sie die Genehmigung erteilen?«

»Das kann ich noch nicht sagen. Sie wissen ja, das Haus ist eher aus geschichtlichen als aus künstlerischen Gründen geschützt, das muss man natürlich mitbedenken. Nicht jede Kachel ist erhaltenswert.«

»Aber gleich ein Anbau?«

»Ja, beim Anbau habe ich auch Bedenken, ob der genehmigt wird. Allerdings wird er von der Straße aus nicht zu sehen sein, und die Mauer ist ohnehin feucht.«

»Vielen Dank für die Information. Sie haben mir sehr geholfen!«

Nicht jede Kachel erhaltenswert! Was denkt die Frau, wo sie arbeitet, bei einem Küchenstudio? Zumindest weiß ich jetzt, dass von der Denkmalschutzbehörde keine Rettung zu erwarten ist. Ich stelle mich vor mein Regal und zerre alle Bücher und Unterlagen heraus, die mir dabei helfen könnten, das Forsthaus zu retten. Rechtliche Grundlagen, Präzedenzfälle, behördliche Zuständigkeiten. Der Stapel auf meinem Schreibtisch reicht mir bis ans Kinn. Ich hole mir einen Kaffee und nehme mir vor, die Bücher gründlich durchzuarbeiten.

Das einzig Blöde daran, eine Arbeit zu haben, ist: Man hat Arbeit. Deshalb komme ich mit dem Bücherstapel in den nächsten Tagen nicht so schnell voran, wie ich gehofft hatte. Dafür erreiche ich endlich die Sachbearbeiterin von der Schulbehörde. Auch sie weiß sofort, um welche Schule es geht. Das ist wohl der Vorteil an verhärteten Fronten: Alle kennen sich schon sehr gut aus. Der Nachteil: Alle denken, sie kennen sich am besten aus.

»Wissen Sie, die Kosten sind für uns einfach nicht darstellbar«, sagt sie.

»Aber halten Sie es wirklich für die beste Option, die Schule zu schließen?«

»Es gibt ja ohnehin nicht mehr so viele Anmeldungen wie früher. Die Eltern bevorzugen Schulen mit Nachmittagsbetreuung.«

»Die man dort auch einrichten könnte, wenn die Bücherei wieder benutzbar wäre. Außerdem sind die anderen Schulen für viele Kinder wirklich weit weg. Die Eltern melden sie dort nur an, weil sie denken, dass die Finkenschule sowieso bald geschlossen wird.«

»Tja, das mag stimmen, aber uns fehlen die finanziellen Möglichkeiten, dass dem Viertel die Schule erhalten bleibt. Nicht zu den baurechtlichen Bestimmungen, die der Denkmalschutz uns auferlegt.«

»Falls Sie die Schule wirklich schließen, wie soll es denn dann mit dem Gebäude weitergehen?«

»Da gibt es mehrere Optionen. Entweder wir lassen es leer stehen, oder wir bieten es als Flüchtlingsunterkunft an. Beides würde wahrscheinlich dazu führen, dass es in wenigen Jahren abrissreif ist.«

»Spätestens wenn ein paar syrische Familien durch die Decke der Turnhalle gebrochen sind, meinen Sie«, erwidere ich kühl.

»Na ja, den Raum müsste man dann wohl ganz sperren. Aber es gibt noch eine andere Möglichkeit. Wir könnten das Gebäude an die Finanzbehörde abgeben, die hätten die notwendigen Mittel, um es zu sanieren.«

»Und dann?«

»Dann gehört es der Finanzbehörde, die es einer anderen Nutzung zuführen würde. Die Schule und das Grundstück hätten wir damit verloren.«

»Das klingt auch nicht gut.«

»Wenn sogar Sie als Denkmalschützerin das sagen, will ich Ihnen nicht widersprechen.«

»Danke für Ihre Zeit, das war sehr informativ. Ich melde mich wieder bei Ihnen.«

»Machen Sie das.«

Dass ausgerechnet ich mal dafür sein würde, den Denkmalschutz aufzuheben, hätte ich nicht gedacht. Okay, das Gebäude ist nicht gerade charmant. Aber tatsächlich wäre es mir lieber, die Kinder könnten vor Ort in eine warme, sichere Schule gehen, als dass der Bau originalgetreu verfällt und am Ende sowieso abgerissen wird.

Ich muss mir eine Lösung überlegen, die irgendwo zwischen den Ansprüchen der beiden Behörden liegt. Das wird nicht einfach. Und nebenbei will ich ja auch noch herausfinden, wie ich Lorenz Reichart das Handwerk legen kann. Das wird ein langer Abend.

Als im Büro Ruhe eingekehrt ist, klingelt mein Handy. Mia ist dran.

»Du musst sofort nach Hause kommen!«, zischt sie.

»Was ist los?« Sie klingt so ernst, dass ich sofort alarmiert aufgesprungen bin und unter dem Schreibtisch nach meiner Tasche angele.

»Rebecca ist hier. Sie will Daniel verlassen.«

»Was!« Ich greife nach meinem Trenchcoat und stürme aus dem Büro, das Handy am Ohr.

»Sie ist jetzt gerade auf dem Klo, sie schläft heute Nacht hier.«

»Ist was passiert? Hatten sie Streit?«

»Ich weiß nicht. Auf jeden Fall hat sie ihm gesagt, dass sie zu uns kommt.«

»Okay. Ich bin sofort da.«

Zu Hause erwarten mich zwei ziemlich volle Freundinnen und zwei leere Flaschen Cabernet Noir. Pumpkin hat sich in mein Bett verzogen, denn die Geräuschentwicklung im Wohnzimmer ist beträchtlich. Rebecca hat Tori Amos aufgelegt, die beiden unterhalten sich laut, und die Stimmung scheint mir zwischen Trotz und Traurigkeit zu wechseln. Ich hole mir ein Glas, mache die nächste Weinflasche auf und setze mich neben Mia auf die Couch. Rebecca hat sich auf dem Sessel unter einer Decke verkrochen.

»So. Was ist los?«

Mia seufzt tief neben mir.

»Ich bin gegangen«, sagt Rebecca. Ihrer Aussprache nach zu urteilen, hat sie den Wein fast alleine getrunken. Sie sieht verheult aus, aber sie schiebt entschlossen das Kinn vor.

»Warum bist du gegangen, mein Herz?«

»Weil ich mich so eingesperrt gefühlt habe!« Ihre Augen werden wieder feucht. »Ich fühle mich wie eine alte Frau. Ich muss Urlaub in spießigen österreichischen Hotels machen, ich backe dauernd Kuchen für irgendwelche Schulbasare, ich wohne inmitten von entsetzlich langweiligen Menschen in dieser Siedlung, und ich ziehe Kinder auf, die nicht meine sind.«

»Aber du bist verrückt nach den Jungs«, sage ich vorsichtig.

»Ja! Eben! Und dann kommt wieder ihre Mutter und holt sie ab. Weil es nicht meine sind!«

»Und was ist mit Daniel?«

»Der hat sich für das Spießerleben ja entschieden, als er sich für Kinder entschieden hat. Aber ich nicht! Ich hab keine eigenen Kinder und muss trotzdem so leben. Das ist nicht fair!«

So aufgelöst habe ich Rebecca noch nicht oft gesehen. Sie ist schon so lange harmonisch und stabil mit Daniel zusammen, dass ich ganz vergessen habe, dass sie jemals wieder Liebeskummer bekommen könnte. Ich schaue zu Mia und kann in deren Gesicht ganz deutlich lesen, dass sie Rebecca recht gibt.

»Hattet ihr Streit?«

»Ich, ja, also, ich bin vielleicht ein bisschen ausgerastet.«

»Oh nein, Rebecca. So wie früher?« Rebeccas Zorn kann fürchterlich sein, aber er richtet sich nie gegen Schwächere. Als unser ehemaliger Vermieter die Wohnung verkaufen wollte und uns unter Druck setzte, damit wir ausziehen, hat sie ihn im Hof gestellt und so lange traktiert, dass er fast geheult hätte. Ein anderes Mal traf es eine Frau, die auf der Straße ihren Hund getreten hat, weil er nicht auf ihre Kommandos hörte. Am Ende hat Rebecca sie gezwungen, sich bei ihrem Hund zu entschuldigen. Sie sah aus wie eine Rachegöttin. Ich stand nur daneben und war zu beeindruckt, um sie ein wenig zu bremsen.

»Ich weiß gar nicht, warum ausgerechnet du mir das vorwerfen solltest!«, beklagt sich Rebecca. »Du rastest dauernd aus! Manchmal wirfst du sogar mit Sachen!«

»Aber nur mit weichen Sachen«, springt Mia mir zur Seite.

»Ja, ich raste dauernd aus, deshalb ist man es von mir gewohnt. Du bist immer ein Engel und beschwörst dann alle paar Jahre die Hölle herauf. Das kann einen wirklich erschrecken.«

»Daniel ist auch erschrocken«, sagt Rebecca leise.

»Wo sind die Kinder?«

»Bei ihrer Mutter. Die kann ich übrigens auch nicht mehr ertragen! Ich sehe die Exfrau meines Mannes öfter als euch!«

»Okay.« Ich weiß gerade nichts zu sagen. Wir schauen uns nur an.

»Liebst du Daniel nicht mehr?«, fragt Mia schließlich.

»Doch.« Rebecca ist ganz ernst. »Ich weiß nur nicht, ob ich mit ihm zusammen sein will.«

»Jetzt hör mal.« Mias Tonfall kenne ich von ihren geschäftlichen Telefonaten, da klingt sie auch so sachlich. »Carla und ich suchen seit Jahren nach einem Typen, mit dem es so gut ist wie bei dir mit Daniel. Bist du sicher, dass du das aufgeben willst?«

»Ich hab vielleicht nicht lange genug gesucht! Ihr habt dabei viel mehr erlebt.«

»Wie meinst du das?«, frage ich.

»Ich meine, ich hab in meinem ganzen Leben nur mit drei Männern geschlafen! Drei!« Rebecca fuchtelt mit drei erhobenen Fingern vor unseren Gesichtern rum.

»Hast nix verpasst«, sagt Mia.

»Aber vielleicht ja doch! Wie viele waren es bei dir?«

»Zwanzig, and counting. Ich war ein Spätzünder.« Mia guckt wie ein lässiges Cowgirl.

»Und bei dir?«, fragt Rebecca mich. Das hatte ich befürchtet.

»Äh«, druckse ich herum.

»Was? So viele? So wenige?«

»Ja, nee, weder noch. Ich weiß nicht.« Ich winde mich. »Ehrlich gesagt, ich kann mich an mein erstes Studienjahr nicht mehr so gut erinnern.«

»Du weißt nicht, mit wie vielen Männern du im Bett warst?«, fragt Mia interessiert.

»Ich weiß bei manchen nicht mehr, ob ich mit ihnen geschlafen habe, und andere hab ich ganz vergessen. Hallo? Das war das erste Studienjahr! Wir waren alle dauernd betrunken!«

»Guck«, sagt Rebecca zu Mia, »ich hab's dir damals schon gesagt: Wir hätten doch was Geisteswissenschaftliches studieren sollen.«

»Es geht ja jetzt nicht um mich«, sage ich schnell. »Rebecca, was hast du jetzt vor?«

Rebecca hebt die Schultern. »Ich bleibe erst mal hier. Also, wenn das okay ist.«

»Natürlich«, sage ich.

»Kann ich mein altes Zimmer haben?« Rebeccas altes Zimmer ist jetzt Mias Wohnzimmer, und Mia atmet kurz aus, bevor sie zustimmt. Kein Wunder: Jeder Typ, den sie mit nach Hause bringt, müsste jetzt erst mal an Rebecca vorbei.

»Ich hol dir Handtücher«, sage ich und stehe auf. In meinem Zimmer schaue ich kurz auf mein Handy und finde eine Nachricht von Daniel vor.

Liebe Carla, kannst du mir bitte kurz sagen, ob Rebecca gut bei euch angekommen ist? Sie war so durch den Wind, ich mach mir Sorgen.

Sie ist angekommen, schreibe ich. **Immer noch durch den Wind. Bist du okay?**

Ich weiß nicht, kommt sofort zurück. Er muss neben dem Handy gewartet haben. **Nein, eigentlich bin ich nicht okay. Ich bin verzweifelt. Ich vermisse sie**.

Ich seufze tief. Was soll ich darauf antworten? Der arme Kerl kann doch auch nichts dafür, dass er schon Kinder hat und kein Abenteurerleben führt.

Geh erst mal schlafen, tippe ich schließlich. **Morgen ist ein neuer Tag**.

Bei uns beginnt der neue Tag mit Tee für Mia und mich in der Küche – und einer Tasse für Rebecca, die auf dem Schlafsofa liegt und an die Decke starrt. Ihre Energie von gestern Abend ist verschwunden. Sie sieht noch blasser aus als sonst. Ihre roten Haare ergießen sich über das Kissen. Erst auf den zweiten Blick sehe ich Pumpkin neben ihr liegen. Er hat sich vernünftigerweise für das einzige Bett in der Wohnung entschieden, in dem noch jemand liegt.

»Hey. Willst du nicht aufstehen? Du musst doch zur Arbeit«, sage ich vorsichtig.

»Ich melde mich krank.«

»Ja, vielleicht ist das besser.« Unentschlossen schaue ich Mia an.

»Aber du könntest dich anziehen und mit uns frühstücken«, schlägt die vor.

»Ich kann nicht. Will auch nichts essen.«

»Okay.« Wir trollen uns in die Küche und setzen uns schweigend an den Tisch.

»Sie vermisst ihn«, flüstere ich schließlich. »Sie sieht schrecklich aus.«

»Natürlich vermisst sie ihn. Sie liebt ihn. Aber wir wissen doch, dass das nicht unbedingt reicht.«

»Was für eine Tragödie.«

»Ja.« Mia löffelt ihr Müsli aus. »Sie braucht jetzt einfach Zeit zum Nachdenken.«

Ich lasse Rebecca nur ungern alleine, aber sicher hat Mia recht. Und wenn ich daneben sitze und sie aufzuheitern versuche, kann sie wohl schlecht nachdenken. Ich würde gern Daniel schreiben, aber ich weiß nicht, was ich ihm schreiben sollte. Er hat eigene Freunde, bei denen er Trost suchen kann, und Rebecca würde sicher nicht wollen, dass ich ihm erzähle, wie sie daliegt und starrt. Zumal er sich dann wahrscheinlich nur noch größere Sorgen machen würde.

In der Büroküche steht Lavinia und reibt einen Apfel. Das macht sie eigentlich dauernd. Ich habe den Eindruck, sie ernährt sich von geriebenen Äpfeln, was wahrscheinlich ihre Wahnsinnsfigur erklärt: Beim Reiben verbraucht sie mehr Kalorien, als sie beim Essen zu sich nimmt.

Ich stopfe Kaffee in den Siebträger und schalte die alte Maschine an. Sie blubbert und spotzt so laut wie immer, aber es kommt nichts raus. Lavinia schaut neugierig zu und reibt dabei weiter. Ich habe Angst, dass sie sich gleich eine Fingerkuppe absäbelt, aber eine so routinierte Apfelreiberin wie Lavinia muss natürlich nicht mehr hinschauen. Geschickt dreht sie den Apfel, sobald sie ihren Fingern zu nahe kommt. Ich wünschte, ich würde mein Klavier so gut beherrschen wie Lavinia ihre Reibe.

»Es kommt nichts«, spreche ich irgendwann das Offensichtliche aus.

»Ich hab hier einen Oolong-Tee mit Osmanthus-Blüten, wenn du magst.«

»Vielen Dank, aber ich brauche Kaffee!« Ich schalte die Maschine ab und entferne vorsichtig das Sieb wieder, woraufhin sich ein Schwall warmes, braunes Wasser über die Arbeitsfläche und meinen hellblauen Rock ergießt. Fluchend wische ich alles mit Küchenkrepp auf, aber mein Rock bleibt gescheckt. »Scheiße!«

»Ich finde, es sieht ganz hübsch aus«, sagt Lavinia.

Fassungslos starre ich erst sie und dann meinen Rock an. Dann erkenne ich das Muster: Der Rock sieht jetzt ein bisschen aus wie ihre Batikkleider.

»Äh, danke«, bringe ich heraus, nehme meine Tasse und mache das, was ich immer mache, wenn ich nicht weiterweiß: Ich gehe zu unserer Sekretärin. Nadine ist der alltagstauglichste Mensch in der ganzen Stiftung. Eigentlich müsste sie die Bude leiten und wir alle ihr zuarbeiten, nicht umgekehrt. Sie weiß bestimmt, was zu tun ist.

»Die Gaggia hat sich soeben auf mich übergeben«, verkünde ich und zeige anklagend abwechselnd auf meine leere Tasse und meinen besudelten Rock.

»Ach, das alte Ding! War ja klar, dass das irgendwann endgültig den Geist aufgibt.« Nadine schüttelt weise das angegraute Haupt und setzt ihre Lesebrille ab.

»Was machen wir denn jetzt?«

»Wir schmeißen es weg und bestellen eine neue, ist doch klar.«

»Aber dauert das nicht ewig?«

»Ach was, man mietet so was ja heutzutage, da ist die Wartung gleich mit drin. So wie bei dem neuen Drucker, den hab ich erst letzte Woche bestellt!« Sie weist auf das schwarze Ungetüm neben mir. »Ich mach das gleich, dann hast du wahrscheinlich übermorgen schon wieder Kaffee. Überlebst du bis dahin?«

»Ich weiß nicht. Vielleicht.«

Nadine greift nach einer großen Schale voller Mini-Schokoriegel und hält sie mir lächelnd hin. Kein geriebener Apfel weit und breit.

»Du bist meine Rettung!« Ich nehme ein Bounty und fange endlich an zu arbeiten. Meine Recherchen laufen ziemlich gut. Wahrscheinlich kann ich Lorenz Reichart schon bald sämtliche Folterinstrumente zeigen, die das Denkmalschutzgesetz für Hausbesitzer wie ihn bereit hält.

Wie von selbst tippen meine Finger seinen Namen in die Suchmaschine. Ich wüsste allmählich gern, mit wem ich es da eigentlich zu tun habe.

Ich finde ein paar Einträge, bei denen es um seine Arbeit geht. Aber eigentlich interessiert mich das gar nicht so sehr. Meine Augen werden von den Bildern angezogen. Auf einem Foto gibt er einem menschenähnlichen weißen Roboter die Hand und schaut dabei sehr höflich drein, als würde er den japanischen Regierungschef begrüßen, was ich ziemlich witzig finde. Dann gibt es noch ein Porträtfoto von der Website eines Forschungsprojektes, auf dem er wirklich wahnsinnig gut aussieht. Ach, ich hasse den Kerl einfach. Er hat dieses Forsthaus und dieses anziehende Lächeln, und ich sitze hier mit zu wilden Haaren und einem Rock voller Kaffeeflecken. Wahrscheinlich ist er auch noch mit einem schwedischen Model verheiratet, das sich nebenbei für den Regenwald engagiert, und hat zwei zauberhafte Kinder mit ihr, die immer in niedlich geringelten T-Shirts rumlaufen. Ihre Wohnung ist ganz in Cremetönen gehalten mit Möbeln aus hellem, unbehandeltem Holz, die Kinder haben selbst gebaute Hochbetten und die Badewanne blubbert auf Knopfdruck.

Moment mal, warum hat er eigentlich nichts davon gesagt, dass er mit Frau und Kindern dort einziehen will? Ich spule unser Gespräch im Kopf zurück. »Ich möchte hier leben«, hat er gesagt. Das heißt aber noch lange nicht, dass er allein dort leben möchte. Hätte er ja auch mal sagen können. Wahrscheinlich holzt er als Nächstes noch mehr Obstbäume ab, um Platz für das Klettergerüst von Manufactum zu machen.

»Mia!«, maunze ich in den Telefonhörer. »Warum haben manche Leute immer Glück im Leben?«

»Was ist denn mit dir los? Um wen geht es?«

»Lorenz Reichart!«

»Carla, der Mann hat gerade seine Großtante verloren, die ihm offenbar ziemlich nahestand.«

»Oh. Stimmt.« Ich schäme mich sofort entsetzlich.

»Wie bist du denn drauf?«, fragt Mia irritiert.

»Die Kaffeemaschine ist kaputt, ich bin so frustriert.«

»Pfff, das ist noch gar nichts. Ich hatte gerade einen ungefüllten Krapfen. Das war wie extrem enttäuschender Sex.«

»Hey, wenigstens musst du jetzt nicht mehr mit ihm reden.«

Mia lacht. »Gott sei Dank, du wirst wieder normal. Eine Frau mit Lebenskrise im Haus reicht mir nämlich.«

»Hast du was von ihr gehört?«

»Sie hat mir vorhin geschrieben, weil sie die Fernbedienung nicht gefunden hat.«

»Die du wieder irgendwohin aufgeräumt hattest.«

»Nicht irgendwohin. Dahin, wo sie immer ist. Ordnung ist keine Neurose, auch wenn ihr das beide anzweifelt.«

»Ich bin auch ordentlich!«, sage ich und lasse den Blick über das Chaos auf meinem Schreibtisch gleiten.

»Nein, bist du nicht«, sagt Mia mit milder Stimme. »Aber ich weiß, dass du dir zu Hause Mühe gibst, und ich schätze es sehr.«

»Danke, Mutti. Kochen wir heute Abend zusammen?«

»Ja, gern. Ich schreibe Rebecca, sie soll einkaufen gehen, dann hat sie ein bisschen Beschäftigung.«

»Falls ich jemals in den Krieg ziehen muss, sollst du meine Feldherrin sein!«

»Oh, herzlichen Dank.«

Ich hatte erwartet, dass Rebecca sich irgendwie erholen und dann eine Entscheidung treffen würde. Aber das scheint nicht zu passieren. Obwohl wir sie jeden Abend mit Essen vollstopfen, wird sie immer schmaler. Sie wirkt manchmal völlig abwesend. Immerhin geht sie wieder zur Arbeit, und sie redet mit uns. Über das Leben. Über Männer. Leider auch über meine.

»Ich bin total fasziniert, dass du nicht weißt, wie viele Typen es waren«, sagt sie irgendwann zwischen zwei Kroketten. Rebecca hat diese seltsamen Vorlieben für Kroketten, Tangomusik und Gouvernantenromane, und alle drei sind mit ihr bei uns eingezogen.

»Es ist mir ein bisschen peinlich«, bekenne ich. »Aber ich hatte es gerade erst aus dem Dorf in die Stadt geschafft. Es war ein totales Erweckungserlebnis: Wie viele potenzielle Sexualpartner es gibt, wenn man nicht mit jedem zweiten verwandt ist!« Die Erweckung hielt allerdings nicht an – irgendwie ist mein Interesse an unverbindlichem Sex nach der Zwischenprüfung erlahmt.

»Mach doch eine Liste, dann hast du wenigstens einen Näherungswert«, schlägt Mia vor.

»Och nee.«

»Wir räumen die Küche auf, wenn du eine Liste machst!«, sagt Rebecca, die das Thema offenbar wirklich brennend interessiert.

»In der Zeit könnt ihr wahrscheinlich auch noch den Backofen putzen«, witzele ich.

»Warum nicht.«

Eine halbe Stunde später haben wir einen sehr sauberen Backofen und eine Liste. Ich habe etwas Zeit geschunden, indem ich versucht habe, mich an Nachnamen und Studienfächer zu erinnern. Aber bei manchen fehlen die Vornamen, und andere sind mit Fragezeichen versehen.

»Du hast da nicht im Ernst ›Gelber Pulli‹ draufgeschrieben!« Mia bricht in schallendes Gelächter aus. »Du erinnerst dich nur an seinen Pulli?«

»Es war ein unvergesslich hässlicher Pulli!«, verteidige ich mich.

»Offensichtlich nicht hässlich genug. Und was sollen die Fragezeichen?«

»Da weiß ich nicht mehr, ob es über Knutscherei hinausging.«

»Du hast mit einem Rosenverkäufer geschlafen?«, fragt Rebecca.

»Nein, mit keinem echten! Es war Fasching!«

Mia deutet auf den nächsten Eintrag. »Und du hattest mal was mit einem Maschinenbauer namens Attila?«

»Ja. Der Name war aber schon das Aufregendste an ihm.«

»Wahnsinn.« Rebecca zählt durch. »Also, wenn wir die Hälfte der Fragezeichen gelten lassen, kommst du insgesamt auf fünfundzwanzig.«

»Ups.«

»Ach, schau an!« Mia ist erfreut. »Dann darf ich noch fünf, bis du dir wieder moralische Urteile erlauben kannst.«

»Meine Typen waren wenigstens Singles«, behaupte ich dreist, aber natürlich durchschaut sie mich sofort.

»Aha. Du erinnerst dich nur noch an gelbe Pullis, aber das weißt du genau, ja?«

Zum Glück schaltet Rebecca sich in diesem Augenblick wieder ein.

»Seht ihr, so was hab ich alles verpasst!«

»Das ist aber nicht Daniels Schuld«, befindet Mia. »Während des Studiums warst du mit dem langweiligen Georg zusammen.«

»Und selbst der langweilige Georg war besser als irgendein gelber Pulli!«, versuche ich zu trösten. »Ehrlich, du hast nichts verpasst. Und schon gar nicht mit Daniel, der ist toll.«

»Ja, das ist er.« Rebecca sieht sehr traurig aus. »Ich vermisse ihn.«

»Habt ihr gar keinen Kontakt?«

»Nein, ich hab ihn gebeten, mich erst mal nachdenken zu lassen, und ich weiß ja einfach immer noch nicht, was ich machen soll.«

»Hm.« Mia schaut mich mit diesem speziellen Blick an, den sie immer hat, wenn sie irgendeine Aktivität unterdrücken muss. Wenn ich meine Sachen im Flur rumliegen lasse und sie sie nicht wegräumen und nichts sagen will. Wenn der Taxifahrer die falsche Route eingeschlagen hat und sie ihm am liebsten das Lenkrad aus der Hand reißen möchte. Und jetzt in diesem Moment, da bin ich mir fast sicher, würde sie Rebecca sehr gerne bei den Schultern fassen und mal kräftig schütteln.

»Das wird schon«, sage ich besänftigend und hoffe, dass sich dadurch beide beruhigen. »Eines Tages wirst du aufwachen und genau wissen, was du willst.«

»Ja.« Rebecca lächelt zaghaft. »Das hoffe ich.«

Mia hingegen scheint da nicht so optimistisch zu sein. Kaum liegen wir im Bett, bekomme ich eine Nachricht von ihr.

Carla, dein Optimismus in allen Ehren, aber wir müssen Rebecca auf die Sprünge helfen.

Wieso denn? Meinst du nicht, wir können ihr einfach Zeit lassen?

Nein. Erstens kommt sie nicht durch Nachdenken drauf, das hat sie jetzt ja schon ein paar Tage probiert, und sie kommt überhaupt nicht weiter. Zweitens mache ich mir Sorgen, was die Kinder denken, wenn sie länger wegbleibt. Am Ende glauben sie noch, es wäre ihretwegen.

Okay. Und drittens?

Will ich mein Wohnzimmer wiederhaben!

Wusste ich's doch!

Das steht erst an dritter Stelle, ich finde das ziemlich großherzig von mir. Es fühlt sich an, als hätte ich einen riesigen, depressiven Hund als Vorzimmerdame. Rebecca soll wieder glücklich sein, dann bin ich auch glücklich.

Und wie stellst du dir das vor?

Wir arrangieren ein Treffen mit Daniel. Wenn sie ihn sieht, wird sie wissen, was sie will, und dann kann sie entweder zurückgehen oder sich richtig trennen und nach vorne schauen.

Na gut, also, wenn sie damit einverstanden ist …

Überlass das mir!

»Der neue Kaffeeautomat ist schon da!«, ruft mir Lovis begeistert entgegen, als ich am nächsten Tag den Büroflur betrete. Offenbar hat es sich rumgesprochen, dass ich etwas unleidlich war ohne die übliche Koffeinzufuhr. Neben mir tritt unsere Chefin auf den Flur. Brunhilde ist selten hier, weil sie viele repräsentative Pflichten hat. Ich vermute, die meisten dieser Pflichten liegen in irgendwelchen Yoga-Retreats oder Golfzentren, aber was weiß ich schon. Wenn sie mal hier ist, verpflichtet sie gern die Praktikanten, ihr Büro umzuräumen. Sie selbst steht dann daneben und bellt Befehle wie: »Den Louis-Seize-Sekretär nach links!«

»Ah, Kaffee? Na endlich«, sagt sie jetzt nur und verschwindet wieder. Ich lege meine Tasche in meinem Büro ab und nehme die leere Tasse, die dort wie ein Mahnmal seit zwei Tagen steht, vom Schreibtisch. Auf dem Weg zur Küche komme ich am Sekretariat vorbei und stelle mich strahlend vor Nadines Schreibtisch.

»Du hast es getan! Du hast einen Kaffeeautomaten hergezaubert!«

»Jawohl, und heiße Schokolade kann er auch.« Sie

weist zufrieden auf ihre eigene Tasse. In diesem Moment kommt Brunhilde rein, die ebenfalls eine Tasse in der Hand hält. Sie sieht aus, als wollte sie etwas fragen, aber dann erblickt sie den neuen Drucker, stellt ihre Tasse in die Lücke für bedrucktes Papier und sagt mit beleidigtem Unterton: »Also, wie funktioniert das jetzt hier?«

Und genau deshalb bin ich der Meinung, dass eigentlich unsere Sekretärin diese Stiftung leiten sollte.

Der Automat macht hervorragenden Kaffee. Deshalb bin ich hellwach und bestens gelaunt, als ich meine Recherchen abschließe und Lorenz Reichart eine einigermaßen freundliche Mail schreibe, in der ich ihn um einen Termin bitte. Also, zumindest ich finde die Mail freundlich. Eine böse Zunge könnte behaupten, ich bestelle ihn ein, um ihm in der vertrauten Umgebung meines Büros den Kopf abzureißen. Ich freue mich schon drauf.

Aber erst mal mache ich einen Ausflug zur Schule. Ich könnte Herrn Tröger natürlich auch am Telefon alles erzählen, aber ich möchte mal den Betrieb sehen. Den Betrieb, mein Gott, ich denke schon wie eine Behörde. Die Schüler will ich sehen, und die Lehrer.

Pünktlich zur zweiten großen Pause komme ich an. Hunderte Kinder rennen um das Schulgebäude, klettern, spielen Frisbee und brüllen sich gegenseitig an. Das gehört ja zu den Dingen, die man irgendwie vergisst, wenn man älter wird: dass es eine Zeit gab, in der Lautstärke bei der Konversation Trumpf war. Was sogar Sinn ergibt, wenn man permanent von ebenfalls schreienden kleinen Menschen umgeben ist. Der Geräuschpegel ist hier jedenfalls ziemlich beeindruckend. Ich habe kaum den Schulhof betreten, als mich eine Lehrerin anspricht.

»Guten Tag, kann ich Ihnen helfen?«

»Danke, ich möchte zu Herrn Tröger, wir sind verabredet.«

»Dann bringe ich Sie hin.« Sie ist etwa in meinem Alter, aber ihre pädagogisch geschulte Stimme duldet keinen Widerspruch. Erst als ich ihr erzähle, wer ich bin, taut sie etwas auf und sagt mir, sie ließen niemals schulfremde Erwachsene alleine auf den Hof oder ins Gebäude gehen. »Man sieht den Leuten ja nicht an, ob sie was im Schilde führen.« Ich schaue mich kurz in einer spiegelnden Glastür an und denke, dass man schon ziemlich viel Fantasie oder schlechte Erfahrungen haben muss, um mir etwas Verbotenes zuzutrauen. Aber die Lehrerin durchschaut mein Schweigen sofort. »Sie sehen zum Beispiel aus wie eine nette junge Mutter«, fährt sie fort. »Und eine nette junge Mutter könnte sich gerade in einem Sorgerechtsstreit befinden und ihr Kind dem Vater entziehen wollen. Der Vater würde danach – zu Recht – uns verantwortlich machen.«

Ich seufze. »Kommt es Ihnen auch manchmal so vor, als wäre das alles noch viel einfacher gewesen, als wir in dem Alter waren?«

»Ja«, sagt sie. »Aber ich hoffe, dass unsere Schüler so wenig von den Sicherheitsmaßnahmen mitbekommen, dass sie in dreißig Jahren auch sagen: ›Also, damals bei uns gab es so etwas noch nicht.‹«

Ich finde Herrn Tröger in seinem kleinen Büro vor. An der Wand hängt ein seltsames Gebilde aus hölzernen Rahmen und kleinen beschrifteten Magnetstreifen. Fasziniert trete ich davor. »Was ist das?«

»Ach, damit hat mein Vorgänger den Stundenplan gemacht!« Er tritt neben mich und zeigt auf die Wochentage, die über den Rahmen stehen. »Vier Züge pro Jahrgang, vier Jahrgänge – eine unglaubliche Arbeit. Wir machen das schon lange mit dem Computer. Das ist auch zäh, aber es treibt einen nicht in den Wahnsinn.«

»Apropos Wahnsinn.« Ich informiere ihn über meine Telefonate mit den Behörden und die nicht besonders ermutigenden Handlungsoptionen, das Gebäude verfallen zu lassen oder der Finanzbehörde zu übergeben.

»Verstehe ich Sie richtig«, fragt Herr Tröger, «der Denkmalschutz fühlt sich erpresst, und die Schulbehörde fühlt sich bevormundet?«

»Ja, das könnte man so sagen.«

»Ich kenne solche Streitigkeiten von Kindern, aber das sind wenigstens Kinder, die wissen es noch nicht besser.«

»Diese beiden wissen es auch nicht besser, scheint mir. Ich habe nicht gewagt zu fragen, wann die Schule geschlossen werden soll – ich wollte keine schlafenden Hunde wecken. Nicht dass sie auf die Idee kommen, es noch diesen Sommer zu tun, aber ich fürchte, auf diesen Einfall sind sie schon selbst gekommen.«

In diesem Moment fliegt die Tür des Vorzimmers auf, in dem eine ältere Dame mit Dutt das Sekretariat betreut. Weil auch Herrn Trögers Tür offen steht, sehe ich einen kleinen schwarzhaarigen Jungen zu ihr hineinhumpeln.

»Frau Dogner, ich bin hingefallen!« Er blutet aus einer Platzwunde am Knie, wirkt aber ein bisschen stolz. »Hast du ein Pflaster?«

»Ach du liebe Zeit.« Frau Dogner steht auf und schließt mit einem freundlichen Nicken zu uns erst mal die Verbindungstür. Blutende Kinder sind hier wahrscheinlich kein ungewöhnlicher Anblick, trotzdem hätte ich sofort einen Notarzt gerufen, noch dazu in Tränen aufgelöst. Ich kann kein Blut sehen, und bei Kindern schon gar nicht.

Herr Tröger dagegen scheint der Vorfall kaum zu beeindrucken. »Hm. Und was machen wir jetzt?«, fragt er.

»Ich habe noch keine Lösung gefunden«, bekenne ich. »Nur einen möglichen Weg dahin. Die Behörden streiten über das Gebäude, nicht über die Schule. Sie müssen beide erst mal feststellen, dass es hier um Menschen geht.«

»Die Eltern haben ja eine Unterschriftenliste gemacht.«

»Ich weiß, aber ich meine nicht die Eltern. Eltern und die Schulbehörde scheinen mir so etwas wie natürliche Feinde zu sein. Ich meine die Kinder.«

»Die Kinder sollen eine Unterschriftenliste machen? Die sind doch gar nicht geschäftsfähig.«

»Nein, natürlich nicht.« Ich unterdrücke ein Kichern. »Die Kinder könnten aufschreiben oder malen, warum sie auf diese Schule gehen wollen. Was hier schön ist oder praktisch oder sonst wie besonders. Vielleicht sogar mit Fotos der Kinder. Das schicken wir an die Behörden und drücken ordentlich auf die Tränendrüse.«

»Sie meinen, das funktioniert?«

Ich bin die Frau, die gerade beim Anblick eines blutenden Kinderknies fast in Tränen ausgebrochen wäre. Wenn ich keine qualifizierte Antwort darauf geben kann, wer dann?

»Ich meine, das ist der Weg, um die verhärteten Fronten erst mal aufzuweichen. Danach brauchen wir immer noch einen Kompromissvorschlag, aber die Wahrscheinlichkeit, dass er durchkommt, ist sicher höher.«

»Gut, dann versuchen wir das!« Herr Tröger springt mit einer Agilität auf, die ich ihm gar nicht zugetraut hätte. »Ich sage den Lehrern, sie sollen das im Deutsch- oder Kunstunterricht mit den Schülern machen. So bald wie möglich. Frau Dogner soll Ihnen die Sachen dann zuschicken, am besten lassen Sie ihr Ihre Postanschrift da.«

Frau Dogner allerdings ist gerade noch damit beschäftigt, den Verband am Knie des Jungen mit weißem Klebeband abzuschließen. »Siehst du, das hält besser als ein Pflaster«, sagt sie.

»Ja, bestimmt! Ist das nicht super, dass ich kurze Hosen anhabe, die sind gar nicht kaputtgegangen!«

»Das ist wirklich super, Elyas. Und beim nächsten Mal

passt du ein bisschen besser auf, dann geht auch die Haut am Knie nicht kaputt.«

»Okay!«, ruft Elyas und saust davon. Ich habe gerade Luft geholt, um Frau Dogner die Lage zu erklären, als sein kleiner Kopf wieder in der Tür auftaucht. »Danke!«, sagt er und verschwindet sofort wieder.

Ich hinterlasse meine Büroadresse und meine Telefonnummer. »Wenn es zu viel und zu schwer ist zum Schicken, kann ich es auch abholen. Sagen Sie einfach Bescheid.«

Am Nachmittag erhalte ich eine Nachricht von Mia, ich möge mich um exakt 19.50 Uhr an einem winzigen Park neben dem Oeder Weg einfinden. Prompt stelle ich mir die seltsamsten Dinge vor, die dort passieren könnten. Aber auf die Realität bin ich nicht vorbereitet.

Mia sitzt unter einer Ulme auf einer Bank und schaut in die Ferne. Sie trägt eine riesige Sonnenbrille, obwohl die Sonne schon hinter den Häusern verschwunden ist, eine braune Hose und einen lindgrünen Pullover. »Versteckst du dich hier zwischen den Bäumen?«, necke ich sie und setze mich zu ihr.

»Ja«, gibt sie zur Antwort und mustert meinen gelben Trenchcoat. »Zieh den mal aus. Es ist doch warm genug. Du kannst ihn hinter dir über die Lehne legen.«

»Aber dann erklärst du mir, was wir hier machen!« Ich lege den Mantel hinter mich und wende mich ihr zu, aber sie schaut immer nur geradeaus. Irritiert folge ich ihrem Blick. Ich sehe schräg gegenüber auf der anderen Straßenseite ein hell erleuchtetes Bistro, in dem ein Tisch so platziert steht, als gehöre er zu einer Schaufensterdekoration.

»Der Tisch da ist auf meinen Namen reserviert«, sagt Mia. »Und hier kommt Daniel.«

Tatsächlich läuft Rebeccas Mann die Straße entlang, betritt das Bistro, spricht kurz mit der Bedienung und setzt sich dann an den Tisch.

»Daniel ist also mit dir verabredet?«, rate ich.

»Streng genommen ja.«

»Und Rebecca auch, nehme ich an.«

»Richtig.« Sie klingt äußerst zufrieden.

»Aber wenn sie ihn nicht sehen will?«

»Sie sieht ihn ja gleich von außen und kann selbst entscheiden, ob sie reingehen möchte.«

»Und er weiß Bescheid, dass sie kommt?«

»Aber Carla!« Mia lacht leise. »Natürlich nicht.«

Während wir warten, erzähle ich von meinem Besuch bei der Schule. Mia hört zu, wendet den Blick aber nicht vom Bistro, bis Rebecca wenige Minuten später auf ihrem Fahrrad um die Ecke biegt. Sie sieht zart aus und traurig und ein bisschen romantisch mit ihrem cremefarbenen Rock und der hellblauen Bluse. Schon ein anderer Anblick als ihre Jogginghose, in der sie seit Tagen herumgelaufen ist.

»Ich hab ihr gesagt, sie soll sich mal wieder hübsch anziehen und nicht so rumgammeln«, sagt Mia.

»Du bist echt zum Fürchten.«

»Ja, macht nichts.«

Rebecca schließt ihr Fahrrad ab und lässt den Kopf hängen, als sie auf das Bistro zugeht. Sie sieht Daniel nicht. Aber er sieht sie sofort und springt auf. Mia zieht ein kleines Fernglas aus ihrer Handtasche.

»Du hast nicht im Ernst einen Feldstecher dabei?«, frage ich.

»Pfff, Feldstecher. Das ist nur ein Opernglas!«, verteidigt sie sich.

Auch mit bloßem Auge kann ich erkennen, wie Rebecca sich im Bistro umschaut, Daniel sieht – und sofort auf ihn zugeht. Die beiden umarmen sich. Lange. Mia und ich seufzen gleichzeitig erleichtert auf.

»Okay, sie werden nicht wütend auf mich sein«, sagt sie. »Sehr gut.«

Rebecca und Daniel setzen sich einander gegenüber, und ich beneide sie ein bisschen darum, dass sie jetzt Essen bestellen können. Mia schaut beseelt durch ihr Opernglas.

»Darf ich auch mal gucken?«

Sie reicht es mir rüber, damit ich sehen kann, wie Daniel Rebeccas Hand hält.

»Sie sehen ganz harmonisch aus!«, flüstere ich.

»Ja. Du musst nicht flüstern. Uns trennen zweihundert Meter und eine Glasscheibe.«

Die beiden hinter der Scheibe lachen und schütteln die Köpfe. Ich nehme an, ihnen wird gerade klar, dass sie beide von Mia reingelegt wurden. Dann fängt Rebecca an zu reden und zu gestikulieren. Daniel hört zu, nickt und antwortet.

Ich könnte stundenlang zuschauen, aber Mia nimmt mir ihr Opernglas aus der Hand und steckt es wieder ein. »Komm, wir gehen was essen.«

»Im Ernst? Willst du nicht wissen, wie es ausgeht?«

Sie grinst nur. »Ich weiß genau, wie es ausgeht.«

Wenn Mia erwartet hatte, dass Rebecca noch am gleichen Abend zu Daniel zurückgehen würde, lag sie falsch. Rebecca kommt spät nach Hause und setzt sich zu mir und Pumpkin. Mia ist schon im Bett.

»Bist du etwa aufgeblieben?«

»Na ja.« Pause. »Ja.«

»Das ist sehr lieb von dir.« Sie umarmt mich. »Und es war auch lieb von euch, das zu arrangieren.«

»Der Dank gebührt Mia alleine«, bekenne ich. »Ich wurde genauso überrascht wie ihr.«

»Ach, das hätte ich mir denken können. So macht es ihr ja am meisten Spaß.« Rebecca lächelt breit. Ein richtiges Lächeln. Das habe ich lange nicht an ihr gesehen.

»War es gut?«

»Ja. Wir treffen uns morgen wieder und reden weiter.«

»Worüber habt ihr denn genau gesprochen?«

Sie holt tief Luft. »Ich habe ihm endlich gesagt, dass ich die Jungs liebe, aber auch eigene Kinder will.«

»Erst heute, zum ersten Mal?! Aber das ist doch total wichtig!«

»Ja, allerdings. Ich hab immer gehofft, er würde das selbst ansprechen, damit ich mir nicht wie die böse Stiefmutter vorkomme.«

»Kannst du bitte aufhören, so was über dich zu sagen? Du bist wirklich alles andere als böse.«

»Ich weiß ja. Es hat sich nur überhaupt nicht gut angefühlt, so zu empfinden.«

»Was hat er denn dazu gesagt?«

»Tja, das ist das Verrückte. Au!« Rebecca zieht ihre Füße unter den Hintern, weil Pumpkin seine Krallen an ihnen ausprobiert hat. »Er dachte, es wäre mir vielleicht zu viel mit so vielen Kindern, und wenn nicht, würde ich es schon ansprechen, und dann könnte er ja überlegen, ob er noch Kinder will.«

»Mein Gott, Männer. Nicht zu fassen!«

»Ich kann ihm das schlecht übel nehmen, schließlich hab ich auch nur darauf gewartet, dass er davon anfängt.«

»Ist das nicht seltsam – ich habe das Gefühl, Männer planen ihre Karriere minutiös, aber im Privatleben lassen sie sich vollkommen treiben. Da stolpern sie irgendwie in eine Beziehung rein, die sich gut anfühlt, und dann in Urlaube, die die Frau plant und bucht. Sie ziehen in Wohnungen, die ihre Frau einrichtet, und wenn ihre Frau sie rausschmeißt, ziehen sie eben wieder aus. Aber Entscheidungen treffen sie nicht.«

»Vielleicht lassen sie sich gerne mitreißen? Aber zu ihrer Verteidigung: Die meisten Heiratsanträge kommen ja doch von Männern. Das ist auch eine große private Entscheidung.«

»Die Scheidungen werden dann aber wieder von den Frauen eingereicht.«

»Ja«, gibt Rebecca zu. »Und gerade dämmert mir, wie

viele Heiratsanträge von den Frauen monatelang eingeleitet werden. Mit demonstrativem Stehen vor Juweliergeschäften und einem betont unauffälligen SCHATZ, GUCK MAL, HIER KANN MAN AUCH HEIRATEN in Landgasthöfen.«

»Stell dir mal vor, alle Frauen würden diesen Planungsaufwand und die ganze Energie in ihren Job stecken. Was wir alles erreichen könnten!«

»Oh ja. Wir würden so viel verdienen, dass wir hochqualifizierte Fachleute einstellen könnten, die dann an unserer Stelle unseren Typen durch die Blume mitteilen, dass es Zeit für einen Heiratsantrag und Kinder wird!«

»Och, ich hätte das gern für dich mit Daniel geklärt. Ich kann so was bestimmt! Du hättest mich nur beauftragen müssen.«

»Aha.« Rebecca tätschelt mir das Knie. »Hast du das mit dem ›durch die Blume‹ absichtlich überhört?«

»Ich kommuniziere eben effizient.«

»Nein. Das macht Mia. Du kommunizierst impulsiv«, widerspricht mir Rebecca.

»Und du bist immer viel zu freundlich.«

»Das stimmt. Wir könnten voneinander lernen, im Mittel wären wir normal und ganz funktionstüchtig!«

»Gerne. Aber erst nach meiner Unterredung mit Lorenz Reichart.«

Kapitel 8

Reichart scheint zu ahnen, dass unser Treffen anstrengend werden könnte. Jedenfalls lässt er mich tagelang zappeln. Aber irgendwo muss die Energie ja hin, deshalb malträtiere ich jeden Abend das Klavier, was Mia mir nur durchgehen lässt, weil sie hofft, dass meine Furioso-Sonaten Rebecca schneller zurück zu Daniel treiben. Endlich bricht der Tag meines ersehnten Termins an. Ich bin bestens vorbereitet.

Der Empfang ruft an, um meinen Besucher anzukündigen. Ich jubele innerlich.

»Schicken Sie ihn bitte hoch. Raum 302.«

»Werden Sie ihn am Aufzug abholen?«, fragt der Pförtner.

»Ach, das findet der schon!«, beschließe ich brüsk. Reichart soll hier ruhig erst mal den richtigen Raum suchen, vielleicht verunsichert ihn das ein bisschen. Oder es verärgert ihn. Dagegen hätte ich auch nichts.

Leider macht Nadine meine Pläne zunichte, weil sie ihn auf dem Flur aufgabelt und zu meinem Büro führt. »Hier, dein Besuch!« Ich hasse es, dass all die netten Menschen in meiner Umgebung mich daran hindern, Angst und Schrecken zu verbreiten.

»Guten Tag«, sage ich frostig und reiche ihm die Hand, ohne aufzustehen.

»Guten Tag, Frau Wonneberger.«

Wir starren uns feindselig an.

»Möchten Sie Kaffee? Oder Wasser?«, fragt Nadine, als ich keine Anstalten mache, ihm etwas anzubieten.

»Ein Wasser, bitte. Danke sehr.« Er lächelt sie an und lässt sich auf einen Stuhl fallen, als gehöre ihm der Laden hier.

Ich winke auf ihren fragenden Blick hin ab. Ich habe keine Zeit zum Trinken, ich werde jetzt sehr viel reden, und er wird zuhören.

»Sehen Sie, Herr Reichart, ich habe Sie hergebeten, weil ich den Eindruck gewonnen habe, dass wir beide dem Denkmalschutz des Forsthauses sehr unterschiedliche Prioritäten zumessen«, beginne ich. »Wissen Sie, wir haben hier in Hessen eines der ältesten Denkmalschutzgesetze, von 1902. Da war Hessen noch ein Großherzogtum.«

Reichart macht genau dieselbe abgetörnte Miene, die ich im Geschichtsunterricht immer aufgesetzt habe. Aber ich kenne keine Gnade. Ich setze ihm minutiös die Haltung der Charta von Venedig von 1964 auseinander und zitiere wörtlich: »Die Menschheit, die sich der universellen Geltung menschlicher Werte mehr und mehr bewusst wird, sieht in den Denkmälern ein gemeinsames Erbe und fühlt sich kommenden Generationen gegenüber für ihre Bewahrung gemeinsam verantwortlich.« Dann kommen wir zum schönsten Teil meines Vortrags:

Folterwerkzeuge. Ich berichte Reichart von Geldbußen von bis zu 250 000 Euro, aufwändigen Rückbauten auf eigene Kosten und anderen staatlichen Handhaben.

»Hier, Schloss Reinhardsbrunn im Kreis Gotha: Da hat die thüringische Landesregierung ein Enteignungsverfahren eingeleitet.« Ich halte ihm die ausgedruckte Meldung vor die Nase.

»Und warum?«, fragt der Kerl süffisant.

»Weil die Besitzer sich dauernd dumm stellten«, gebe ich zurück.

»Frau Wonneberger.« Ich hasse es, wie er meinen Namen ausspricht. »Da handelt es sich um ein Schloss. Dies ist ein Forsthaus.«

»Es ist nicht irgendein Forsthaus!«

»Richtig: Es ist mein Forsthaus!«

»Sie denken wohl, Sie können sich alles erlauben!«

»Wenn ich das denken würde, wäre ich wohl kaum seit Wochen mit der Denkmalschutzbehörde im Gespräch.«

»Aha. Aber mit mir sind Sie nicht im Gespräch! Mich stellen Sie vor vollendete Tatsachen!« Oh Gott, ich klinge wie eine beleidigte Ehefrau.

»Weil ich die Genehmigung vom Amt dringender brauche als Ihre Absolution. Das müssen Sie doch verstehen!«

»Oh, ich verstehe es. Ich habe nur kein Verständnis dafür!« Ich schiebe den Stapel Papier zwischen uns mit dem Unterarm beiseite, weil ich am liebsten über den Schreibtisch springen und Lorenz Reichart vermöbeln würde, aber dazu kommt es glücklicherweise nicht.

»Okay, hören Sie zu«, sagt er. »Ich möchte Ihnen einen Deal vorschlagen.«

»Na, da bin ich gespannt.« Ich lehne mich zurück.

»Wir gehen gemeinsam die Pläne durch. Wir verhandeln über die strittigen Punkte, bis wir uns einig sind. Und wenn wir uns einig sind«, er deutet auf mich, »sind Sie meine Fürsprecherin bei der Denkmalschutzbehörde.«

»Was, ich? Auf keinen Fall!«

»Wieso nicht? Sie wollen doch sicher eine Lösung, die für alle Beteiligten das Beste ist.«

»Nein. Ich will die Lösung, die für das Haus das Beste ist«, knurre ich.

»Die werden wir finden. Gemeinsam. Und Sie bekommen ein Vetorecht.«

»Das ist ja wohl das Mindeste!«

»Gut. Dann sind Sie einverstanden?« Unvermittelt lehnt er sich nach vorne und streckt mir die Hand entgegen. Er trägt einen dunkelgrünen Pullover über einem weißen Hemd und sieht aus, als könne er kein Wässerchen trüben. So harmlos wie ein Konfirmand. Bis auf die glitzernden Augen.

»Meinetwegen!«, sage ich patzig und reiche ihm die Hand. Dann sitze ich etwas ratlos da. Hat er mich jetzt über den Tisch gezogen? Oder ist das wirklich ein guter Deal für uns beide?

Reichart hat unterdessen sein Handy herausgezogen und tippt darauf herum. »Würde es Ihnen morgen um dieselbe Zeit passen?«

»Ja«, sage ich und beschließe, verdammt hart zu verhandeln.

»Ihr habt euch auf friedliche Koexistenz geeinigt? Das überrascht mich«, kommentiert Mia später meinen Bericht. Wir sitzen mit Rebecca und Felix in unserer Küche und haben gerade einen Berg Hühnchencurry vertilgt. »Ich dachte, ihr hasst einander.«

»Hass ist vielleicht etwas übertrieben.« Ich zupfe am Etikett meiner Bierflasche herum. »Für das Haus ist es so jedenfalls sicher das Beste.«

»Wenn ich gewusst hätte, wie spannend Denkmalschutz ist, wäre ich vielleicht doch in der Stiftung geblieben!«, sagt Felix. »Jetzt schaue ich in der Galerie jeden Tag auf Fotos von stillgelegten Atomkraftwerken.«

»Ist das eure aktuelle Ausstellung?«, fragt Rebecca. »Klingt geradezu konventionell für eure Verhältnisse.«

»Ja. Es geht das Gerücht, dass der Fotograf und meine Chefin, also: Er hat wohl seinen Brennstab in ihr Abklingbecken gehalten.«

Mia und Rebecca schauen angewidert, während ich mich kaum halten kann vor Lachen. Erfreut schaut Felix mich an. »Wenigstens du hast Humor! Warum haben wir eigentlich nie was miteinander angefangen?«

Ich hebe eine Augenbraue. »Das würde so viel zwischen uns kaputtmachen, Schatz!«

»Och. So groß ist er auch wieder nicht!«

»Du bist wohl gerade Single, was?«, schlussfolgert Mia messerscharf.

»Wie kommst du darauf?«

»Weil du dich so pubertär verhältst.« Lächelnd schenkt sie ihm mehr Riesling ein.

Tatsächlich habe ich Felix vor dieser Einladung darum gebeten, Rebecca nicht anzugraben. Erstens wegen kompletter Aussichtslosigkeit, zweitens weil ich nicht wollte, dass er sie in Verlegenheit bringt. Rebecca hat keine Ahnung, dass Felix auf sie steht, und das kann meinetwegen gerne so bleiben. Dafür ist er Mia und mir gegenüber heute sehr unverkrampft.

»Ich verstehe auch nicht, warum ich immer noch Single bin«, klagt er.

»Immer noch? Sind es nicht erst drei Wochen?«

»Mir kommt es viel länger vor.«

»Vielleicht bist du zu anspruchsvoll«, sagt Rebecca grinsend.

»Kann gar nicht sein. Ich habe nur vier Regeln für Frauen.«

»Nur vier! Alle Achtung.«

»Nummer eins: Sie muss *The Cure* mögen. Nummer zwei: Sie muss älter als 25 sein. Nummer drei: Sie muss mehr als fünfzig Bücher besitzen. Nummer vier: Sie darf kein Lateinamerika-Fan sein.«

»Wieso denn das nicht?«

»Frauen, die Lateinamerika lieben, haben bescheuerte Vorstellungen vom perfekten Mann. Er soll ein bisschen Macho sein und gleichzeitig total romantisch und emotional.«

»Wollen das nicht fast alle Frauen?«

»Aber diese wollen auch noch Salsa mit dir tanzen! Ich sehe bescheuert aus beim Salsa«, jammert Felix.

»Du hast mal Salsa getanzt?«

»Ja. Mit Katharina. Sie wollte das unbedingt, und ich hab nachgegeben, so wie immer. Ich bin einfach zu nett!«

»Ich finde dich gar nicht so nett«, sagt Mia.

»Oh!« Er wendet sich strahlend zu ihr. »Willst du mit mir ausgehen?«

»Tut mir leid. Ich mag *The Cure* nicht.«

»Frag sie lieber noch mal, wenn du wieder in einer Beziehung bist«, stichele ich. »Das entspricht eher ihrem Beuteschema.«

»Und um bei Carla zu landen, müsstest du einen gelben Pulli tragen. Dafür ist alles andere egal«, schießt Mia zurück.

»Und welche Sorte Mann gefällt dir?«, fragt Felix nun doch Rebecca.

»Die mit braunen Augen und neunjährigen Zwillingssöhnen«, sagt sie fröhlich.

»Alles klar. Dann geht der gelbe Pulli wohl doch am einfachsten.«

Der nächste Morgen ist herrlich warm, fast schon sommerlich. Ich ziehe ein Kleid mit großen roten Blumen an, das für den geplanten Verhandlungsmarathon vielleicht etwas zu casual ist, aber egal, ich kann jetzt ja schlecht in Kampfmontur mit Felduniform und Pickelhaube aufkreuzen. Lorenz Reichart wirkt auch ziemlich erfreut, als er pünktlich bei mir anklopft. In der Hand trägt er eine

Ledertasche mit zwei dicken Ordnern. Ich bin auch vorbereitet: Auf dem Tisch stehen Getränke und Kekse. Das hier kann schließlich eine Weile dauern, und keiner von uns wird die Verhandlungen unterbrechen wollen, um zu Mittag zu essen.

Sorgfältig breitet der Bauherr die Pläne auf dem Tisch aus. Daneben stapelt er die Ordner. Dann setzt er sich und sieht mich an. »Wo sollen wir anfangen? Innen oder außen?«

»Innen«, bestimme ich. »Am besten im Obergeschoss, da haben Sie ja schon angefangen.«

»Genau. Ich habe das mit dem Architekten besprochen: Das sind bisher nur oberflächliche Arbeiten, die keine Genehmigung erfordern. Die Tapeten aus den Siebzigern etwa, die sind jetzt alle runter.« Er holt aus dem oberen Ordner eine Hülle mit Fotos und zeigt mir den Unterschied: vorher braune Blümchen, jetzt kahle, löchrige Wände, die darauf warten, verputzt zu werden.

»Wollen Sie die Wände weiß lassen?«

»Die meisten schon, ja. Der Flur zum Beispiel ist sonst ziemlich dunkel.« Er schaut mich vorsichtig an. »Was würden Sie denn machen?«

Diese Frage hat zwar mit Denkmalschutz nicht das Geringste zu tun, aber um meine Meinung zu Inneneinrichtung muss man mich nicht lange bitten. »Kommt drauf an, wie Sie so eingerichtet sind. Generell würde ich sagen: weiße Wände zu farbigen Möbeln, farbige Wände zu weißen oder braunen Möbeln. Im Schlafzimmer könnte man eine Wand dunkel streichen. Aber da hat Ihre Frau doch bestimmt schon Vorstellungen«, sage ich und lächle brav.

»Meine Frau?« Offenbar versucht er sich gerade zu erinnern, ob er eine hat.

»Sie wissen schon, man steckt jemandem einen Ring an den Finger, und dann …«

»Ja, vielen Dank, das Konzept ist mir geläufig. Aber ich bin nicht verheiratet.«

»Dann ziehen Sie alleine ein? Oder mit Ihrer … Freundin? Oder Ihrem Freund?«

»Ich bin auch nicht schwul«, sagt er langsam. »Und nicht liiert. Ich ziehe einfach nur alleine in ein Haus.«

»Entschuldigung.« Es ist mir ernsthaft peinlich. Ich mag es ja auch nicht, wenn jemand auf meinem Single-Status rumreitet. »Dann wollen Sie oben wahrscheinlich neben dem Schlafzimmer ein Gästezimmer und ein Büro, richtig?«

»Das hatte ich mir so überlegt, ja«, sagt er und scheint sich wieder zu entspannen.

»Hmmm.« Ich betrachte die Pläne. »Wenn das hier das Schlafzimmer wird, könnten Sie einen kleinen Teil abtrennen, als begehbaren Kleiderschrank.«

Lorenz Reichart grinst breit. »Wie viele Männer kennen Sie, die einen begehbaren Kleiderschrank wollen?«

»Das ist eine ganz falsche Fragestellung. Ich kenne nämlich sehr viele Frauen, die einen Mann mit begehbarem Kleiderschrank wollen.«

»Okay, Sie denken perspektivisch, das gefällt mir.«

»Ja. Denken Sie an ausreichend Platz für Schuhe. Wie wollen Sie eigentlich heizen?«

»Es muss eine neue Heizung rein. Meine Großtante war wirklich tapfer, aber das Heizen mit dem kleinen Holzofen in der Küche kam erstens nicht gegen die Feuchtigkeit im Wald an, und zweitens ist es nur wirklich praktikabel, wenn man tagsüber zu Hause ist. Sonst ist es morgens eiskalt, wenn man aufsteht, und abends, wenn man nach Hause kommt, auch. Bis der Ofen richtig wärmt, vergehen zwei Stunden.«

»Da muss ich Ihnen leider recht geben. Aber Sie müssen den Holzofen behalten.«

»Aber wozu denn bloß?«

»Weil ein Holzofen etwas sehr Schönes ist! Sie können daneben so viele langweilige Ceran-Flächen einbauen lassen, wie Sie wollen.«

»Ja, na gut. Ach, übrigens, ich habe oben mal den Teppich angehoben.« Er zieht weitere Fotos hervor. »Darunter kamen die gleichen Holzdielen wie unten zum Vorschein, nur besser erhalten. Die legen wir frei, wenn die groben Arbeiten fertig sind.«

»Sehr schön.« Ich betrachte das dunkle Holz verliebt. »So einen Boden wollte ich ja schon immer.«

»Wirklich?«

»Ja.« Ich zucke die Schultern. »Aber das gibt es eben nur noch in sehr alten Häusern, die immer gut gepflegt wurden.«

»Ich werde auch gut auf das Forsthaus aufpassen«, sagt er besänftigend.

»Dafür werde ich schon sorgen!« Ich nehme mir schnell einen Keks, um meine Verlegenheit zu kaschieren. »Was ist mit der Treppe?«

»Der Statiker sagt, die hält noch mindestens zweihundert Jahre. Ich würde gern das Geländer erneuern, aber …«

»Neeeeiiiin!«

»Ja, das dachte ich mir. Also, dann eben das alte wurmstichige Geländer mit den etwas obszön anmutenden Drechselarbeiten.«

»Sehr gut.«

»Sie könnten mir vielleicht noch etwas verraten, Sie scheinen sich da auszukennen: Auf Männer mit welcher Art Badezimmer stehen Frauen denn so?«

Ich muss lachen. »Herr Reichart, ich weigere mich zu glauben, dass Sie Schwierigkeiten haben, Frauen von sich zu überzeugen.«

»Ich möchte gern sichergehen, dass es dann auch klappt, wenn mir eine gefällt.« Der Kerl ist ganz schön frech. »Kommen Sie schon, bitte. Zwingen Sie mich nicht, meine Mutter um Rat in Sachen Inneneinrichtung zu fragen, sonst habe ich am Ende Tapeten von Laura Ashley oder Polstermöbel in Terrakotta. Auf jeden Fall aber: braune Waschbecken.«

»Na gut, das kann ich nun wirklich nicht zulassen. Sie brauchen im Bad eine große Ablage, besser noch eine Sitzgelegenheit. Wenn Sie auf Französinnen oder Italienerinnen stehen, erwägen Sie ein Bidet.«

»Ich hab nie verstanden, wozu das gut sein soll.«

»Vertrauen Sie mir einfach. Ich möchte jetzt nicht ins Detail gehen, aber es ist wirklich sehr praktisch.«

»Gut.« Er hüstelt etwas verlegen. »Was noch? Eine Erlebnisdusche?«, rät er.

»Um Himmels willen. Eine Erlebnisdusche ist was für Masochisten. Wasser in unvorhersehbaren Temperaturen, das unvermittelt aus seitlichen Düsen schießt – nein, bloß nicht.«

»Keine … Erlebnis … dusche«, notiert er demonstrativ.

»Lieber eine große Dusche, damit man zu zweit duschen kann.«

»Zu zweit duschen.« Lorenz Reichart schaut mich auf eine Art an, die mich plötzlich sehr nervös macht. Ich werde knallrot.

»Ist ja nur ein Vorschlag«, sage ich ruppig.

»Guter Vorschlag.« Er verzieht anerkennend den Mund.

»Okay, reden wir über die Fenster«, lenke ich schnell ab.

»Die würde ich drin lassen«, schwenkt er sofort um. »Es sind immerhin zwei Fensterscheiben hintereinander. Und ich habe mit jemandem gesprochen, der auf die Restaurierung von Holzfenstern spezialisiert ist und mir sagte, er kriegt die alle wieder ziemlich dicht.«

»Sie wollen keine Kunststofffenster?«, frage ich mit einer Mischung aus Fassungslosigkeit und Freude.

»Nein, wirklich nicht. Das passt doch gar nicht zum Haus.«

»Endlich überraschen Sie mich mal positiv.«

»Das ist noch gar nichts, Sie sollten mich mal bügeln sehen.«

Sein Blick verrät mir zwei Dinge. Erstens, er hat das ganz harmlos und wörtlich gemeint. Zweitens, er kann mir ansehen, woran ich sofort gedacht habe: alles andere als harmlos und wörtlich und hat nichts mit Kleidungsstücken zu tun.

»Äh«, sage ich souverän. Er schaut mich nur an, mit einer ganz ähnlichen Mischung aus Fassungslosigkeit und Freude wie ich vorhin ihn. Himmel, Carla, sag was, sag irgendwas! Schnell! »Und was haben Sie sich so für Fliesen in der Küche vorgestellt?«

Zwei Stunden später sind wir immerhin bei der Veranda angelangt.

»Lassen Sie uns über Anastylose sprechen.«

»Worüber, bitte?«

»Über die Wiederverwendung von Originalteilen. Die Veranda ist ja halb zusammengebrochen, aber die Bretter und Zierleisten sind alle noch da.«

»Gott, ja, die Zierleisten. Finden Sie die etwa schön?«

»Es geht so. Das ist nun mal ein denkmalgeschütztes Forsthaus, da muss man mit Schnitzereien leben. Die werden Sie nach ein paar Wochen schon lieb gewinnen.«

»Sie meinen wohl, ich bemerke sie dann gar nicht mehr.«

»Ist das nicht fast dasselbe?«

»Viele Ehepaare würden Ihnen da wahrscheinlich zustimmen.«

»Sie sind ein solcher Zyniker.«

»Und Sie sind ganz schön romantisch für Ihr sonst so aufbrausendes Temperament.«

»Also, meine Eltern bemerken einander noch und freuen sich darüber.«

»Meine Eltern haben seit meiner Abiturfeier kein Wort miteinander gewechselt.«

»Oh, das tut mir leid.«

»Es ist besser so, glauben Sie mir. Meine Mutter ist wieder verheiratet, und mein Vater führt ein glückliches Leben ohne Terrakotta-Möbel.«

»Wo verbringen Sie Weihnachten?«

»Ein Jahr hier, ein Jahr dort.«

»Entschuldigen Sie«, rudere ich etwas zurück. »Das war eine ziemlich persönliche Frage.«

»Eigentlich besprechen wir hier die ganze Zeit ziemlich persönliche Fragen.«

»Das ist wahr. Also weiter. Lassen Sie uns über Ihre Schnapsidee mit dem Anbau sprechen.«

»Meine Schnapsidee? Sie sind wirklich unmöglich.«

»Ich würde vorschlagen, Sie vergessen das mit dem Anbau einfach.«

»Aha. Ich hatte mit einem Kompromissvorschlag gerechnet, aber so passt es irgendwie besser zu Ihnen!« Er wirkt amüsiert.

»Herr Reichart, wir wollen hier doch nicht über meinen Charakter verhandeln«, sage ich so charmant wie möglich. »Ich sage Ihnen einfach nur, was das Beste für das Haus ist.«

»Ehe wir zum Anbau kommen: Ich würde gern im Erdgeschoss sämtliche Wände rausnehmen. Es ist so dunkel.«

»Sämtliche Wände?« Ich starre ihn wütend an. »Wenn Sie in einem Loft wohnen wollen, kaufen Sie sich doch eins!«

»War nur ein Scherz, ich wollte sehen, wie Sie reagieren. Die meisten Wände sind tragend, die neben der Küche könnte man vielleicht rausnehmen, dann hätte man einen Durchgang zum …«

»Sie wollten bitte was?« Ich glaube, ich höre nicht richtig.

»Ihre Reaktion sehen. Sie sind wirklich leicht auf die Palme zu bringen.«

»Sie haben es gerade nötig!«

»Okay, reden wir über den Anbau.«

»Lassen Sie ihn einfach bleiben!«

»Aber die Mauer muss sowieso trockengelegt werden!«

Ich fühle mich entsetzlich müde. Ich habe mal ein Interview mit einem Politiker gelesen, der von zähen nächtlichen Verhandlungsrunden berichtete. Die Nacht durchzustehen sei gar nicht so schwer, aber die Morgendämmerung! Wenn morgens die Sonne aufgehe, sei man so gerädert, dass Nachgeben als attraktivere Option erscheine. Jetzt ist es allerdings erst 16 Uhr, und ich bin bereits völlig erschöpft. Die Augen von Lorenz Reichart wirken dagegen noch gar nicht müde. Wahrscheinlich, weil ich mich viel mehr aufrege.

»Wir scheinen heute nicht weiterzukommen«, unterbreche ich die Diskussion. »Lassen Sie uns ein andermal darüber reden.«

»Einverstanden.« Er nickt und räumt bereitwillig die ausgebreiteten Papiere zusammen. »Lassen Sie uns doch morgen Abend essen gehen«, sagt er beiläufig.

Hurra. In einem Restaurant am Abend weiterzustreiten ist sicher eine hervorragende Idee. Mal schauen, wie lange es dauert, bis sie uns rauswerfen.

»Sicher«, sage ich und überlege, ob ich mich davor noch mal hinlegen kann, damit die Morgendämmerung bei mir später einsetzt als bei ihm.

Zu Hause erwarten mich zwei sehr glückliche Frauen. Mia legt Wäsche zusammen, während Rebecca ihre Sachen packt.

»Ziehst du aus?«, frage ich.

»Ja. Daniel holt mich gleich ab.«

»Das heißt, es ist alles wieder gut?«

»Das trifft es nicht so ganz«, sagt Rebecca nachdenklich. »Ich würde sagen, es ist alles besser als vorher.«

»Das ist doch toll!«

»Ja, das ist es!«, blökt Mia rein.

Rebecca wirft ein Paar Socken nach ihr. »Du bist doch bloß froh, dass du wieder Herrenbesuch haben kannst!«

»Du weißt, ich liebe dich«, erklärt Mia. »Aber ich liebe auch den Gedanken, dass wir jetzt beide wieder Sex haben können.«

»Ich finde, ihr könntet das ruhig noch öfter erwähnen!«, rufe ich.

»Du könntest auch welchen haben, wenn du wolltest«, sagt Mia.

»Ich wüsste nicht mit wem.« Im gleichen Moment tauchen Bilder in meinem Kopf auf. Ich wüsste schon mit wem. Aber das geht nicht. Nein, nein, nein.

Rebecca stupst Mia an. »Sie guckt so. Sie verheimlicht uns etwas.«

»Du bist so eine Hexe! Hör auf, meine Gedanken zu lesen!«

»Na gut.« Rebecca zieht den Reißverschluss ihrer Tasche zu. »Du kannst dann ja erzählen, wie es war.«

»Haha.« Als würde das jemals passieren. Ich lege mich neben Pumpkin auf die Couch und bekomme zum Dank seine Krallen über den Unterarm gezogen.

»Der Kater hält uns übrigens für einen dreiteiligen Kratzbaum. Du solltest ihm vielleicht mal einen richtigen anschaffen«, sagt Rebecca.

»Oh Gott, ein Kratzbaum. Diese hässlichen Dinger.« Mia rollt verzweifelt mit den Augen.

»Bestimmt gibt es da auch weniger hässliche.«

»Unsichtbare vielleicht? Aus Glas?«

»Schon okay, ich stelle ihn einfach in mein Schlafzimmer, da verirrt sich außer Pumpkin und mir eh keiner rein«, prophezeie ich düster und ignoriere das Gelächter meiner Freundinnen.

Natürlich lege ich mich nicht kurz hin zwischen der Arbeit und meiner Verabredung mit Lorenz Reichart.

Stattdessen ziehe ich mich zu Hause um. Dann ziehe ich mich wieder um. Dann noch mal. Und dann noch mal. Am Ende liegt mein Bett voller Klamotten, und ich trage genau das Gleiche wie vorher: einen weiten schwarzen Spitzenrock und eine dünne hellrote Bluse. Meine schwarzen Locken binde ich zu einem Pferdeschwanz.

»Ah, machst du wieder auf Zigeunerromantik?«, kommentiert Mia, die ohne anzuklopfen in mein Zimmer marschiert.

»Das heißt jetzt Sinti und Roma, du Nuss«, gebe ich zurück, nehme meine Stecker aus den Ohren und entscheide mich für goldene Creolen.

»Wen triffst du denn?«

»Lorenz Reichart.«

»Den Antichristen? Du machst dich hübsch für den Antichristen?«

»Ich bin souveräner, wenn ich mich schön fühle!«

»Du siehst toll aus. Er wird weinend am Boden liegen, wenn du mit ihm fertig bist.«

»Perfekt!« Ich schiebe Mia vor mir her in den Flur, ziehe goldene Sandaletten an und schnappe mir meine Handtasche. Dann eile ich zur Straßenbahn. Ich bin ein bisschen spät dran.

Der Antichrist hat einen Italiener südlich des Mains ausgesucht, den ich nicht kenne. Tatsächlich kommt mir das Restaurant ein bisschen romantischer vor, als erwartet. Ich werde von einem enthusiastischen Kellner begrüßt, der mir offenbar gerne meine Jacke abnehmen würde, aber ich trage keine. Der Abend ist warm genug.

»Ich bin mit Lorenz Reichart verabredet«, sage ich.

»Sì, sì! Er wartet schon!«

Ich folge dem Kellner ins Nebenzimmer, wo Reichart an einem kleinen alten Holztisch am Fenster sitzt. Zum Glück nicht auf der Wandseite, dort sind nämlich Nischen, die mir ein bisschen zu sehr nach Separee aussehen für diesen Anlass. Er steht auf, als er mich sieht.

»Frau Wonneberger. Guten Abend!« Er wirkt ziemlich aufgeräumt. Und gleichzeitig etwas unaufgeräumt, denn die obersten zwei Knöpfe seines blauen Hemds sind geöffnet. Keine Brusthaare. Interessant.

Lächelnd reiche ich ihm die Hand und setze mich auf den Stuhl, den der Kellner für mich zurechtgerückt hat. Ich wäre dann jetzt bereit, mit »Ihre Ladyschaft« angesprochen zu werden.

»Ich habe gute Neuigkeiten!«, eröffnet Reichart.

»Ach ja? Für Sie oder für mich?«

»Ehrlich gesagt, eher für Sie.« Er verzieht das Gesicht und sieht dabei aus wie ein lustiger Faltenhund. »Mir wurde ein Tischler empfohlen, der ganz begeistert ist von der Perspektive, die Veranda wieder in den Urzustand versetzen zu dürfen. Mit den geschnitzten Leisten. Er hat aber versprochen, alles heller zu lasieren. Das ist dann nicht ganz wie im Original, aber dafür nicht so düster.«

»Das ist okay für mich!«, versichere ich.

»Ein Glück. Was möchten Sie trinken?«

»Apfelschorle.«

In diesem Moment taucht wie hingezaubert der Kellner neben uns auf. »Sind Sie sicher, Signora? Wir haben ausgezeichneten Wein!«

»Das glaube ich Ihnen, aber wissen Sie, ich muss hier noch Verhandlungen führen«, sage ich und weise auf mein Gegenüber. »Und ich verliere äußerst ungern.«

»Ah!« Der Kellner macht eine wegwerfende Handbewegung und wendet sich an Reichart. »Dann verhandeln Sie jetzt schnell, die Signora bekommt alles, was sie will, und dann können Sie Vino trinken!«

»Oh, ich kann auch bei einem Glas Barolo verhandeln.« Reichart grinst selbstsicher.

»Eine Apfelschorle, einen Barolo«, wiederholt der Kellner und drückt erst mir, dann Reichart die Speisekarte in die Hand. Ich entscheide mich für Antipasti und gefüllte Nudeln. Das hier könnte schließlich dauern, da will ich keinesfalls zu wenig essen. Merke: Die geschwächte Antilope wird immer zuerst gerissen.

Aber mein Verhandlungspartner lässt sich Zeit. Er trinkt in aller Seelenruhe Wein und plaudert mit mir über französische Komödien. Macht der das mit Absicht? Können wir jetzt bitte endlich zum Punkt kommen?

»Natürlich«, antwortet er. Ich muss das Letzte also wohl laut gesagt haben. Hoppla.

»Also, der Anbau …«, beginne ich.

»Wird nicht gebaut.«

»Äh, was?« In meinem Kopf hallt die Stimme meiner Mutter wider: »Das heißt ›Wie bitte‹!«

»Ich habe mich dagegen entschieden. Sie haben recht, ich brauche ihn nicht unbedingt. Das Grundstück ist groß, ich setze woanders eine Garage hin. Die Mauer lasse ich trockenlegen.«

»Was ist mit den Bäumen?«

»Die werfen Schatten.« Er seufzt genervt.

»Bei dreißig Grad werden Sie sich darüber freuen!«

»Wieso habe ich das Gefühl, dass wir dieses Gespräch schon mal geführt haben?«

»Weil Sie meine Reaktionen antizipieren?«

Reichart lehnt sich zurück, nimmt Blickkontakt mit dem Kellner auf und deutet auf sein leeres Glas. Soll mir recht sein. Die angetrunkene Antilope hat in der Steppe nämlich auch nicht die größten Chancen.

»Ich weiß wirklich nicht, warum die Obstbäume Sie überhaupt interessieren«, sagt er. »Das hat mit Denkmalschutz doch nicht das Geringste zu tun.«

»Sie wissen eigentlich schon, warum die Obstbäume mich interessieren«, sage ich resigniert.

»Weil Sie das Haus lieben.«

»Richtig.« Ich schaue ihn trotzig an und fühle mich wie der Liebhaber in einem Eifersuchtsdrama. Hey, ich weiß, es ist nicht mein Haus, aber was soll ich denn machen? Ich bin nun mal total verliebt in das alte Gemäuer.

»Da sind wir schon zwei«, sagt Reichart nur und schaut mich freundlich an. »Sie finden zwar, ich bin der Untergang des Forsthauses, aber Sie können mir glauben: Ich liebe das alte Ding. Ich will nur sein Bestes.«

»Hmmm«, mache ich zweifelnd, dabei weiß ich natürlich, dass er die Wahrheit sagt. Wir sind uns eben nur nicht ganz einig darüber, was das Beste ist.

»Können wir vielleicht noch über das Gästezimmer reden?«

»Klar.«

»Ich möchte das Fenster vergrößern.«

»Was!« Empört spieße ich eine Nudel auf, als müsste ich einen Feind erdolchen.

»Jetzt hören Sie mir doch erst mal zu, bitte. Das Fenster ist winzig, es ist die Nordseite, es kommt wirklich kaum Licht rein. Es gibt zwei Möglichkeiten: ein weiteres Fenster einzubauen oder das Fenster zu vergrößern.«

»Aber das verändert den Charakter des Hauses total!«, protestiere ich. »Man hatte damals nun mal kleine Fenster!«

»Okay, da muss ich Ihnen wieder recht geben. Und wenn wir noch ein zusätzliches Fenster daneben einbauen?«

»Direkt daneben oder an der anderen Wand? Die Stirnseite des Zimmers geht ja nach Westen raus.«

»Das stimmt. Ich weiß nicht recht. Was würden Sie denn machen?«

Ich überlege kurz, dann habe ich ein genaues Bild vor Augen. »Ich würde das Gästebett oder Schlafsofa oder was auch immer Sie wollen an die Stirnseite stellen, ohne Fenster. Dafür würde ich ein zweites Fenster nach Norden einbauen lassen und die Wand drum herum mit Regalen verkleiden. Unterhalb der beiden Fenster müssten die Regale etwa kniehoch und so stabil sein, dass man sich zum Lesen draufsetzen kann. Wenn man aus dem Fenster schaut, sieht man nur Himmel und Wald.«

Reichart sieht mich mit einem seltsamen Blick an.

»Die Inneneinrichtung geht mich natürlich nichts an«, mache ich schnell und ruppiger einen Rückzieher, als ich eigentlich wollte.

»Ich habe Sie doch gefragt«, erinnert er mich sanft. »Wie wäre es jetzt mit Wein? Es wird keinen Anbau geben, Sie könnten also auch diesen ausgezeichneten Barolo trinken. Möchten Sie probieren?« Er schiebt mir sein Glas hin.

Will er mich angraben? Ich frage mich eine Sekunde, ob es nicht unpassend wäre, aus seinem Glas zu trinken, aber dann greife ich danach und nehme einen Schluck. Mir egal, was für Signale das senden mag – der Wein ist wirklich sehr gut.

Ich bestelle mir ein Glas, trinke und plaudere und denke noch bei den Profiteroles: die Bäume. Vergiss die Bäume nicht.

Aber irgendwie ist der Abend gerade zu schön, um über Obstbäume zu streiten. Ich rede gern mit Lorenz Reichart, stelle ich fest. Wenn ich ihn nicht gerade ankeife, unterhalten wir uns wirklich gut. Außerdem hat er wahnsinnig schöne Hände, und mir ist wirklich völlig egal, ob es ein Klischee ist, dass Frauen auf schöne Hände stehen. Schöne Hände sind wichtig. Man muss sich doch bei Männerhänden fragen: Will ich, dass sie mich anfassen? Also: überall?

Als mir klar wird, was ich da gerade denke, werfe ich fast mein Glas um, das aber gerade noch so von einer schönen Hand aufgefangen wird.

»Sie haben ganz gute Reflexe, Herr Reichart.« Ich trinke aus, ehe ich es noch mal umstoßen kann.

»Ich war immer Torwart«, antwortet er.

»Ja, das merkt man«, stöhne ich. »Sie haben echte Stärken in der Defensive.«

»Wie meinen Sie das?«

»Was Sie nicht wollen, wollen Sie nicht.«

»Stimmt.« Er lächelt. »Aber was ich will, will ich dafür oft sehr.«

»Das kenne ich gut.« Eventuell schaue ich ihm etwas tiefer in die Augen, als es schicklich ist. Eine Pause entsteht.

»Wollen wir gehen?«

»Äh, ach so, ja, klar.«

Offenbar findet er, der Abend hat jetzt lange genug gedauert. Na gut, ich kreide es ihm nicht an, schließlich ist es nur eine Frage der Zeit, bis ich wieder Streit mit ihm anfange.

Ich bestehe auf getrennter Rechnung und lasse mich auch vom missbilligenden Blick des Kellners nicht beeindrucken. Draußen bietet Lorenz Reichart mir seinen Arm an.

»Darf ich Sie nach Hause bringen?«

»Zu Fuß? Also, gerne, aber es ist ziemlich weit.«

»Das macht mir nichts aus, es ist so eine schöne warme Nacht, und ich laufe gern. Wenn das mit Ihren Schuhen geht?«

Wahnsinn, der Mann denkt mit. »Ja, die sind sehr bequem«, versichere ich.

Wir laufen eine Zeit lang schweigend nebeneinander her. Sein Arm fühlt sich warm und fest an.

»Wie wohnen Sie eigentlich?«, fragt er schließlich.

»Mit einer meiner besten Freundinnen. Und einem Kater.«

»Ach so? Ich hätte Sie eher für den Hundetyp gehalten.«

»Was macht denn so einen Hundetyp aus?«

»Bellt, aber beißt nicht.«

»Sehr witzig!« Ich versetze ihm einen kleinen Schubs. »Was sind Sie denn?«

»Ich bin der Robotertyp, das wissen Sie doch. Ich möchte, dass mein Haustier mir hinterherräumt, nicht umgekehrt.« Er grinst.

»Also haben Sie einen Staubsaugerroboter angeschafft, nennen ihn Lupo und reden abends mit ihm.«

»Er heißt Larry, aber sonst stimmt's. Nein, im Ernst, ich hätte eigentlich gern einen Hund. Aber ich wollte ihn nicht in der Stadtwohnung halten.«

»Ja, so ähnlich war es bei mir auch. Deshalb der Kater.«

»Das ist einer der Gründe, warum ich ins Forsthaus ziehen will. Dort würde ein Hund sich sicher wohlfühlen. Ich könnte ihn tagsüber auch mal alleine im Haus lassen, Platz ist ja genug. Wenn er sich langweilt, kann er mit mir zur Arbeit kommen.«

»Ein Labrador könnte Ihnen vielleicht noch ein paar Tipps geben oder Sie während der Mittagspause vertreten«, stichele ich.

»Solange Sie das nur einem Labrador zutrauen und keinem Chihuahua, bin ich ja zufrieden. Bei Ihnen müsste es aber schon ein Rottweiler sein«, gibt er zurück.

»Sie haben ein ganz falsches Bild von mir.« Hoheitsvoll schüttle ich den Kopf.

»Wirklich?«

»Nein. Eigentlich nicht. Sie haben schon recht, ich kann ein ziemlicher Rottweiler sein.«

»Wenn Sie das Gefühl haben, etwas verteidigen zu müssen. Das finde ich eigentlich sehr sympathisch.«

Wir erreichen die Mitte der Brücke über den Main. Rechts von uns fahren vereinzelte Autos vorbei, links erhebt sich die erleuchtete Skyline. Ohne unsere verschränkten Arme zu lösen, lehnen wir uns an die steinerne Balustrade und genießen den Ausblick.

»Wird Ihnen die Stadt nicht fehlen, wenn Sie da draußen wohnen?«

»Doch, bestimmt. Aber ich fahre ja zur Arbeit rein. Und ich nehme mir wahrscheinlich ein kleines Apartment, damit ich hier schlafen kann, wenn es abends spät wird.«

»Und der Hund?«

»Der muss dann eben mit in die Stadt!« Er lässt meinen Arm los und wendet sich mir zu. Unter uns plätschern die Wellen an die Brückenpfeiler.

»Ich würde ihn auch mal nehmen, wenn Sie ausgehen wollen«, höre ich mich sagen.

»So? Meinen Sie, Ihr Kater käme damit klar?«

»Manchmal verstehen sich Hunde und Katzen ja ganz gut.«

»Ja, den Eindruck habe ich auch.« Er legt seine Hand an meine Wange, dann gleitet sie in meinen Nacken. Sein Gesicht ist ganz nah.

Ich bewege mich keinen Zentimeter, sondern bleibe einfach nur stehen und hebe das Gesicht. Dann spüre ich seine Lippen auf meinen. Wir küssen uns ganz vorsichtig.

»Du«, sage ich, ohne aufzuhören.

»Hmmm?«

»Die Bäume.«

»Bäume?« Er zieht mich näher zu sich.

»Die Obstbäume. Lässt du sie stehen?« Ich knabbere sanft an seiner Unterlippe.

»Du machst nie Feierabend, was?«

»Nicht ehe ich habe, was ich will.«

»Und was wolltest du noch gleich?«

»Dich küssen. Und Bäume.«

»Kriegst du alles.« Er schlingt seinen Arm um meinen Rücken. Zwischen uns ist kein Zentimeter Platz mehr.

»Alle Bäume?«

»Ich pflanze dir noch fünf Obstbäume deiner Wahl dazu, wenn du jetzt die Klappe hältst«, sagt er freundlich.

Ich schlinge die Arme um seinen Hals. Und dann halte ich wirklich die Klappe.

Kapitel 9

»Carla? Hallo?«

»Äh, was?« Ich fahre zusammen.

»Du summst«, sagt Mia.

»Ich mache was?«

»Du sitzt mit geschlossenen Augen am Küchentisch und summst. Ist alles in Ordnung?«

»Hmmm, ja …« Ich nippe an meinem Kaffee.

»Okay, den Blick kenne ich. Du bist verknallt, oder?«

»Ja«, sage ich einfach.

Mia lacht. »Was haben uns unsere Mütter beigebracht? Nicht in den Antichristen verknallen!«

»Ach Mia, er ist gar nicht der Antichrist. Er ist toll. Er ist lustig und klug und gutherzig und …«

»… und kann offensichtlich ganz gut küssen, so träumerisch wie du dreinschaust.«

»Das kann er!« Ich strahle. »Und dann hat er mich nach Hause gebracht. Aber vorher hat er mir Bäume versprochen.«

»Bäume? Du sprichst in Rätseln.«

»Die Obstbäume hinter dem Forsthaus. Er lässt sie stehen. Das wollte ich unbedingt, und er wollte sie eigentlich fällen lassen.«

»Oh, wirklich?« Mia schaut anerkennend. »Dann kannst du wohl auch ganz gut küssen.«

Ich kichere geschmeichelt.

»Und sonst so?«, fragt Mia sachlich. »Wann seht ihr euch wieder?«

»Ich weiß noch nicht. Bald?«

»Verstehe. Räum dein Zimmer auf, bevor du ihn mit nach Hause bringst.«

»Ey! Mein Zimmer ist gar nicht so – ja, okay«, grummele ich, als mir einfällt, was alles auf dem Couchtisch rumfliegt.

Mia nimmt sich eine Banane aus dem Obstkorb, wirft mir augenzwinkernd eine Kusshand zu und rauscht aus der Tür. Summend räume ich meine Müslischale in die Spülmaschine, summend putze ich meine Zähne, summend tusche ich meine Wimpern. Himmel, ich bin wirklich total verknallt. Furchtbar ist das. Und sehr, sehr schön.

Die Frage, wer sich bei wem zuerst meldet, stellt sich glücklicherweise gar nicht: Ich habe Lorenz' Nummer gar nicht auf meinem Handy, sondern nur in meinen Unterlagen im Büro. Zum Glück, ich bin nämlich nicht besonders gut in geheimnisvoller Zurückhaltung. Ich gehöre eher zu den Menschen, die am nächsten Morgen gleich schreiben:

Das war schön, wann sehen wir uns wieder?

So was macht man heutzutage natürlich nicht mehr. Weiß ich. Kann ich mir nur nicht abgewöhnen. Und ich hoffe, irgendwann den Typen zu finden, der sich darüber freut. Würde Lorenz sich darüber freuen? Ich glaube schon. Ich könnte es einfach versuchen, später, aus dem Büro.

Aufgeregt hoppele ich durch den Flur der Stiftung, werde aber von Nadine aufgehalten. »Hier, deine Post!«, ruft sie mir nach. Ich mache auf dem Absatz kehrt, greife nach dem kleinen Stapel auf ihrem Schreibtisch und verschwinde sofort wieder. Auf dem Weg in mein Büro schaue ich die Briefe durch. Ein bisschen erwartbarer Kram. Irgendwas von einem Architekturbüro. Und Post von einem Anwalt. Huch? Einem Anwalt? Das könnte tatsächlich noch etwas wichtiger sein als eine sofortige Nachricht an Lorenz. Ich öffne den Brief. Was ich darin lese, kann ich nicht fassen. Also lese ich es noch mal. In diesem Moment betritt Lovis mein Büro.

»Was ist denn mit dir los?«, fragt er, als er mein Gesicht sieht.

Ich halte ihm den Brief hin. »Verstehst du das?«

Lovis überfliegt das Schreiben kurz. »Na ja, der Anwalt teilt dir mit, dass er den Anbau für irgend so ein Forsthaus vor Gericht durchsetzen wird und dass der Gutachter deine Einschätzung für unzutreffend hält. Was daran verstehst du nicht?«

»Alles.«

Er schaut mich fragend an.

»Ich habe den Besitzer des Forsthauses gestern getroffen, da hat er mir gesagt, er hätte sich schon gegen den Anbau entschieden.«

»Tja, offensichtlich hat er es nicht ganz so mit der Wahrheit. Das Schreiben trägt das Datum von gestern. Oder er hat sich äußerst kurzfristig umentschlossen.«

»Wie finde ich das denn raus?«

»Ganz einfach, ruf den Anwalt an.«

»Ja. Danke, Lovis«, murmele ich. »Was wolltest du?«

»Ach, ich wollte dich vor Brunhilde warnen. Sie sucht jemanden, der mit ihr zu einem Kongress in den Bayerischen Wald fährt.«

»In den Bayerischen Wald? Bonjour Tristesse. Und wer von uns da mitkommt, ist egal, oder was?«

»Jep. Ich glaube, sie hat einfach nur keinen Bock, alleine da hinzugehen. Manchmal hat sie so Anwandlungen von Geselligkeit. Mich hat sie noch nicht gefragt, aber Amadeus und Hortense haben schon abgelehnt. Wahrscheinlich bist du die Nächste.«

»Ah. Danke für die Warnung.«

»Klar.« Er zwinkert mir zu und schließt die Tür, als er geht. Ich bleibe vollkommen verwirrt sitzen. Was ist hier gerade passiert? Wieso bekomme ich Post von Lorenz' Anwalt? Hat er mich gestern Abend reingelegt?

Entschlossen greife ich zum Hörer und lasse mich in der Kanzlei durchstellen. Der Anwalt ist ein absolutes Ekel und behandelt mich wie eine Zwölfjährige. Ob ich denn lesen könne?

»Ich habe Ihr Schreiben durchaus gelesen«, sage ich scharf. »Ich möchte wissen, ob Ihre Position noch aktuell ist!«

»Sie können davon ausgehen, dass wir in enger Abstimmung mit unseren Mandanten stehen«, näselt der Typ. In enger Abstimmung stehen – was für ein Quatsch. Sagt man das überhaupt so?

»Sie meinen diesen Blödsinn also ernst«, raunze ich ihn an.

»Leider mangelt es mir an Zeit, den Fall mit Ihnen zu erörtern«, sagt er. »Zumal Ihre Meinung vollkommen irrelevant ist. Da sind mein Mandant und ich uns einig. Auf Wiederhören.«

Er knallt den Hörer auf und lässt mich fassungslos zurück. Ich schnappe nach Luft und spüre, wie mich Schock, Enttäuschung und Wut überkommen. Ohne nachzudenken, rufe ich Mia an.

»Hallo?«

»Lorenz Reichart ist das größte Arschloch unter der Sonne!«

»Carla, ich hab mich an deine Stimmungsumschwünge ja weitgehend gewöhnt, aber manchmal frage ich mich doch, ob …«

Ich schluchze, und Mia unterbricht sich sofort.

»Hey, was ist passiert?«

»Er hat gestern seinen Anwalt auf mich gehetzt, dann hat er mit mir geknutscht, und heute bekomme ich den Brief, dass sie alles gerichtlich durchsetzen werden, was sie ursprünglich mit dem Haus vorhatten!«

»Autsch.« Mia zieht scharf die Luft ein. »Aber vielleicht hat er sich gestern Abend wirklich umentschieden?«

»Dann hätte er mir das doch erzählt! Er wusste doch, dass sein Anwalt mir schreibt!«

»Okay, da hast du leider recht. Und er hat gar nichts davon gesagt?«

»Keinen Ton.« Ich bin kreuzunglücklich.

»Was für ein Arschloch!«

»Ja, siehst du!« Ich fange an zu heulen. »Warum, Mia? Warum muss der erste Typ, in den ich mich seit Jahren verknalle, mich so verarschen? Und auch noch das Haus ruinieren, das ich liebe? Das tut doppelt weh!«

»Ich weiß es nicht.« Mia klingt so traurig wie ich. »Jetzt kannst du nur Schadensbegrenzung betreiben.«

»Wie soll ich hier denn irgendwas begrenzen? Lorenz ist ein Arschloch, das Haus ist verloren, ich habe keine Chance, etwas daran zu ändern.«

»Schon, aber da draußen laufen sehr viele Arschlöcher rum, und keines von denen stört dich besonders.«

»Du meinst, ich soll ihn vergessen.«

»Ja. Genau das meine ich. Kannst du das?«

»Ich muss. Wenn ich ihn mir nicht schnellstens abschminke, tut es immer mehr weh.«

»Und das Haus?«

»Ist nur ein Haus, nicht wahr.« Ich höre selbst, wie dunkel meine Stimme klingt, aber gleichzeitig fällt mir auf, dass der Schmerz über das Haus nichts ist gegen die tiefe Traurigkeit, die ich wegen Lorenz empfinde.

»Du bist sehr tapfer«, lobt Mia.

»Ich bin am Boden zerstört.«

»Ja, ich weiß. Sag, dass du Migräne hast, geh nach Hause und guck Kriegsfilme. Das entspannt dich wahrscheinlich. Oder was von Quentin Tarantino.«

»Oder beides. Gute Idee. *Inglourious Basterds* könnte helfen.«

»Du hast ein kleines Aggressionsproblem, weißt du das?«

»Besser als Liebeskummer.«

»In drei Tagen fahren wir zusammen nach Amsterdam, das wird dich aufheitern!«

»Oh ja«, sage ich sehnsüchtig. »Meinetwegen könnten wir auch nach Dortmund fahren, Hauptsache raus aus dieser Stadt und weg von Lorenz.«

»Wir machen es uns ganz schön, und du darfst die ganze Zeit süßes Zeug und diese komischen frittierten Frikadellen essen«, verspricht Mia.

»Okay«, schniefe ich schon etwas getröstet.

»Na also. Und jetzt geh nach Hause.«

»Nein, es ist okay. Wirklich. Ich bleibe hier und arbeite, in letzter Zeit hab ich für das Forsthaus so viel liegen lassen, jetzt kann ich das angehen, um mich vom Haus abzulenken.«

»Good girl. Kopf hoch. Wir sehen uns zu Hause.«

Wir haben kaum aufgelegt, als mein Diensttelefon klingelt. Die Nummer kommt mir bekannt vor. Ist das etwa Lorenz? Ich wühle in meinen Unterlagen nach seiner Nummer, um sie zu vergleichen, brauche aber viel zu lang.

Bevor ich sie finden kann, hat Nadine das Gespräch schon im Sekretariat angenommen.

Zehn Sekunden später ruft sie mich an.

»Lorenz Reichart für dich, ich stell durch, ja?«

»Nein!«, rufe ich schnell. »Ich will nicht mit ihm reden.«

»Äh.« Das bekommt sie wahrscheinlich nicht sehr oft zu hören. »Was soll ich ihm denn dann sagen?«

»Sag ihm, ich bin in einer Besprechung, die den ganzen Tag dauern kann.«

»Es ist noch nicht mal Mittag.«

»Ist doch egal.«

»Ich richte es aus.« Nadine geht aus der Leitung.

Das Spiel wiederholt sich am nächsten Tag gleich mehrfach. Außerdem bekomme ich eine Mail von Lorenz, in der er allen Ernstes schreibt, dass er den Abend schön fand und ihn gerne wiederholen würde. Der Typ ist wirklich kackdreist. Mein Herz blutet beim Gedanken, dass er die Obstbäume fällen lassen und seinen hässlichen Anbau an ihre Stelle setzen wird.

Ich richte einen Filter ein, seine Mails verschwinden ab sofort automatisch im Spam-Ordner. Für scheinheiliges Gewäsch hab ich wirklich keine Zeit. Hier sind nämlich die Werke der Kinder der Finkenschule angekommen, und sie sind so hinreißend, dass ich meine Wut auf Lorenz vergesse. Ein Zweitklässler hat gemalt, wie seine Klasse im Winter mit Daunenjacken in der Schule sitzt. Daneben hat er sorgfältig »Heitzung kaput« geschrieben.

Ein Mädchen hat sich selbst mit zwei unterschiedlich langen Beinen gemalt und dazu geschrieben, dass sie nicht so gut gehen kann, aber bis zur Finkenschule schafft sie es alleine. Ein anderes hat die Schule gemalt, wie es sie sich nach der Sanierung vorstellt: Die klaren Linien der Fassade sind deutlich erkennbar, aber auf den Putz sind Blumen gemalt.

Ich mache zwei Stapel: einen für die Schulbehörde, einen für den Denkmalschutz. Denen darf ich nicht die Blumenfassade schicken, sonst kriegt der Sachbearbeiter direkt einen Anfall. Beide Stapel versehe ich mit einem freundlichen Brief, den ich dreimal neu beginnen muss, weil meine ersten Entwürfe klingen, als hielte ich die zerstrittenen Seiten für bürokratische Monster, die es nur darauf abgesehen haben, kleinen Kinderseelen fürchterlichen Schaden zuzufügen. Das ist von der Wahrheit nicht ganz weit entfernt, aber ich muss es sie ja nicht so deutlich spüren lassen.

Abends erkläre ich der netten älteren Nachbarin aus dem Erdgeschoss, welches Futter Pumpkin am liebsten mag (nämlich immer genau das, was gerade nicht in seinem Napf ist). So wie alle Katzen halt. Sie verspricht, seine oscarreife Darbietung des sterbenden Katers vor vollem Futternapf zu ignorieren, und ich biete ihr an, dass sie ihre Enkel mitbringen kann, wenn sie mit Pumpkin spielen oder kuscheln wollen. Win-win.

Weil wir erst abends nach der Arbeit nach Amsterdam fahren werden, muss ich noch einen ganzen Tag lang Brunhilde aus dem Weg gehen. Sie hat mich nämlich immer noch nicht gefragt, ob ich sie begleiten will, aber meines Wissens auch noch keinen anderen gefunden.

Kapitel 10

»Der Herr Reichart hat heute schon fünfmal angerufen!«, hallt es über den Gang, als unsere Sekretärin mich sieht. »Er bittet um Rückruf. So wie gestern.«

»Und vorgestern. Ja, ich weiß. Danke.«

»Darf ich ihn beim nächsten Mal durchstellen?«

»Auf keinen Fall!«

»Aber was soll ich ihm denn sagen?«

»Alle Schimpfworte, die dir einfallen, Nadine!« Ich schließe schnell meine Bürotür hinter mir, damit ich in Ruhe durchatmen kann. Wieso ruft der Arsch denn jetzt immer an? Ich werde nie wieder mit ihm reden! Obwohl es wirklich schön war, diesen einen Abend lang. Schnell schüttele ich den Kopf, um die Erinnerung loszuwerden. Ich bin hier, ich bin gesund, ich fahre mit meinen Freundinnen für ein paar Tage weg. Das ist wichtig. Nicht Lorenz Reichart.

Aber es bleibt immer noch genau so schwierig wie in den letzten Tagen, nicht die ganze Zeit an ihn zu denken. Mehrmals ertappe ich mich dabei, wie ich die Wand anstarre und mir ausmale, wie wir uns auf jeder einzelnen Brücke über den Main küssen. Als ich gerade wieder in meine Träumereien verfallen bin, steht plötzlich Brunhilde vor mir. Vor Schreck lasse ich den Bleistift fallen, den ich alibihalber in der Hand gehalten hatte.

»Carla, ich muss in den Bayerischen Wald, kommst du mit?«, eröffnet sie umstandslos das Gespräch.

Ich hatte mit der Frage gerechnet, ob alles mit mir in Ordnung sei, und hatte meine Reaktion darauf schon vorbereitet. Nur deshalb nicke ich eifrig und sage: »Klar.« Im selben Moment verfluche ich mich. Kann ich nicht ein einziges Mal nachdenken, bevor ich etwas sage?

Brunhilde stutzt kurz und wirkt selbst etwas überrascht von meiner spontanen Zusage. »Das ist prima«, sagt sie schließlich. »Nadine wird dir den Termin und das Zugticket schicken.«

»Aber ich müsste erst im Terminkalender nachschauen. Vielleicht habe ich da wichtige Besprechungen?« Ein verzweifelter Rettungsversuch, ich weiß.

»Nein, das haben wir vorher überprüft«, beschließt Brunhilde das Gespräch.

Ich fahre also in den Bayerischen Wald, nach Cham, wo ich absolut nichts zu tun oder zu suchen habe. Lorenz ist ein Arschloch, aber ich bin ein Idiot.

Mia und Rebecca lachen schallend, als ich ihnen im Auto davon berichte. Mia hat uns beide abgeholt und steuert ihren schicken Dienstwagen jetzt routiniert durch den Berufsverkehr. Rebecca baut auf der Mittelkonsole ein kleines Büfett aus Nüssen und Gummibärchen auf, und ich beichte, dass ich mal wieder sofort losgeredet statt zugehört habe.

»Hey, komm schon, in meiner Branche wäre es ein Karriereschritt, mit der Chefin auf einen Kongress zu dürfen!«, sagt Mia.

»Auch wenn sie vorher zwei andere gefragt hat?«

»Klar, die zwei anderen haben ja jetzt gezeigt, dass sie dumm genug waren, das Angebot abzulehnen.«

»Ich wäre gern mehr deiner Meinung.«

»Dann gib dir mehr Mühe!« Im Innenspiegel sehe ich sie grinsen.

»Bestimmt ist der Kongress total super, und ich komme mit dem Mann meines Lebens zurück.«

»Ja, oder du musst zu ihm dorthin ziehen. Nach Cham.«

»Wie kann man nur so unbarmherzig sein.«

»Cham.« Rebecca schüttelt sich. »Wahrscheinlich ist es sogar nett da, aber ich finde es ja schon schlimm genug, am Stadtrand leben zu müssen.«

»Immer noch? Ich dachte, du hättest dich damit arrangiert«, sage ich betroffen.

»Ich liebe den Garten, also ist es okay. Und ich liebe Daniel, also ist es besser als okay. Aber er hat mir versprochen, dass wir mitten in die Stadt ziehen, wenn die Kinder aus dem Haus sind.«

»Das klingt nach einem guten Deal!«

»Ja, aber eine Frage hätte ich noch«, sagt Mia. »Welche Kinder genau? Die Zwillinge oder eure noch zu bekommenden gemeinsamen Kinder?« Im Verhandeln ist sie äußerst präzise.

»Also, mir würde ja eins reichen«, beginnt Rebecca. »Und wir wohnen ja nicht nur wegen der Kinder da draußen, sondern auch wegen der Nähe zu ihrer Mutter, deshalb könnten wir meinetwegen in zehn Jahren dort die Segel streichen.«

»Du denkst langfristig«, sagt Mia anerkennend.

»Genau deshalb konnte ich mich nicht trennen«, erklärt Rebecca. »Wisst ihr, darüber habe ich die ganze Zeit gegrübelt, als ich bei euch schweigend im Dunkeln auf dem Sofa lag: Ich konnte mir einfach meine Zukunft nicht ohne ihn vorstellen. In jedem Bild, das ich hatte, kam er vor. Ich schwanger: mit Daniel. Ich im Urlaub: mit Daniel. Ich auf Partys: mit Daniel. Beim Essen, beim Kochen, beim Einschlafen, beim Aufwachen, oder ich als alte Frau: alles mit Daniel.«

Zum Glück fährt Mia, ich sehe bereits verschwommen vor lauter Rührung und würde wahrscheinlich in den Graben fahren.

»Ich habe versucht, mir neue Bilder auszumalen«, fährt Rebecca fort. »Aber es ging nicht, sie kamen einfach nicht. Wenn ich in den Bildern alleine war, stand ich einfach nur reglos da. Es gab keine Partys, keinen Urlaub, kein Kochen, ich war ganz starr und festgefahren. Und wenn ich versucht habe, mir jemand anderen dazu vorzustellen, dann gab es das zwar alles, aber ich war furchtbar unglücklich dabei.«

»Du kannst dir ohne Mann keinen Urlaub vorstellen? Hör mal, was machen wir hier denn gerade?«, fragt Mia.

»Wenn ich mir euch vorgestellt habe, dann waren immer noch zwei Männer dabei. Eure Männer. Da habe ich mich auch alleine gefühlt.«

»Unsere Männer? Du denkst wirklich langfristig«, melde ich mich vom Rücksitz.

»Ich bin Betriebswirtin, da lernt man das«, antwortet Rebecca.

»Langfristiges Denken? Du arbeitest für einen Naturkosmetikhersteller und kaufst nur Nivea-Produkte.«

»Ja, Toleranz und geistige Flexibilität lernt man auch.« Rebecca stopft sich eine Handvoll Gummibärchen in den Mund.

Am nächsten Morgen wachen wir in einer niedlichen kleinen Wohnung auf und spazieren auf der Suche nach Frühstück die Grachten entlang. Danach eskalieren wir uns in einem Laden voller schöner bunter Kleider in einen Kaufrausch hinein.

»Ich habe ein Shopper's High!«, jubelt Mia, als wir den Laden mit vollen Tüten verlassen.

»Ein was?«

»Ihr wisst schon, so wie ein Runner's High, nur halt nicht mit Joggen! Ich könnte ewig so weitermachen.«

»Also, ich würde mich gerne hinsetzen«, bekennt Rebecca.

»Und ich etwas Kaltes trinken«, sekundiere ich. »Das Café hier sieht doch nett aus.«

»Okay, bestellt mir bitte schon mal einen Cappuccino, ich muss jetzt leider noch in diesen Laden hier.« Mia drückt mir strahlend ihre Tüten in die Hand. Wenn sie so drauf ist, darf man sie nicht stoppen.

Rebecca und ich setzen uns in die Sonne und gucken

Fußgängern dabei zu, wie sie zu Fuß gehen. Einfach nur Gucken ist wirklich unterschätzt. Dabei zeigt sich in dieser Beschäftigung die wahre Entspannung: Der Kopf ist so leer, dass ihm absolute Ereignislosigkeit als Reiz vollauf genügt.

Aber Mia ist offenbar noch nicht entspannt genug. Tatsächlich trinkt Rebecca irgendwann ihren Cappuccino, bevor er ganz kalt wird. Von Mia keine Spur. Immer wieder blicken wir auf den Eingang des großen Lederladens, in dem sie verschwunden ist. Lässt sie sich gerade als Geschäftsführerin anstellen, oder was treibt sie so lange da drin? Eigentlich ist sie sehr schnell mit Entscheidungen. Wenn sie sich eine Tasche kauft, dauert das sicher nicht so lange.

Nach zwanzig Minuten tritt Mia aus der Tür und läuft auf uns zu.

»Wir brauchen einen Packesel«, wispert Rebecca mir schnell zu, als wir ihre Tüten sehen. Mia lässt sich auf den freien Stuhl fallen.

»Hey, wo ist mein Cappuccino?«

»Den hat Rebecca getrunken, weil du ihn dir jetzt wahrscheinlich eh nicht mehr leisten kannst«, gebe ich zurück.

»Ha. Ja, kann sein. Wisst ihr noch, ich wollte mir doch von meinem Urlaubsgeld eine richtig teure Handtasche kaufen!«

»Ach ja. Was ist daraus geworden?«

»Vier!«

»Allmählich verstehe ich, warum du mit dem Auto fahren wolltest.«

So schön unser Kurztrip auch ist: Meine Gedanken wandern immer wieder zu Lorenz. Alle zwei Stunden schaue ich verstohlen im Spam-Ordner nach, ob er mir noch eine Mail geschrieben hat. Okay, ich habe auf die erste Mail und auf all die Anrufe nicht reagiert, aber vielleicht ist ihm inzwischen eingefallen, dass er sich entschuldigen könnte? Und dass es ein Fehler war, und dass er das Haus doch verschonen sollte?

Aber es kommt keine Mail. Nicht im Schallplattenladen, nicht im *Stedelijk Museum* für Zeitgenössische Kunst, nicht auf dem Markt, wo wir ungefähr zwanzig Sorten Käse essen. Auch nicht bei einer Grachtentour am nächsten Tag. Auch nicht, als mir vom frittierten Fleisch aus dem Automatenrestaurant tatsächlich ein bisschen blümerant wird. Auch nicht, als Mia Rebecca dabei erwischt, wie sie vor einem Coffeeshop tief die cannabisgeschwängerte Luft einatmet.

»Was ist los, reicht dir Weißwein nicht mehr?«, stichelt Mia.

»Ehrlich, vor so einem Elternabend wäre Gras eine fantastische Idee. Dann würde ich einfach grinsend eine Stunde da sitzen, alle Menschen prima finden und mich nicht aufregen.«

»Warum musst du überhaupt zum Elternabend?«

»Wir haben das aufgeteilt. Die Mutter kümmert sich um alles Medizinische, mit Impfungen und Zahnpflege und so. Daniel muss mit den Jungs immer neue Klamotten und Schuhe kaufen, was eine ziemliche Plage ist, weil sie das beide hassen. Außerdem kontrolliert er ihre Hausaufgaben, wenn sie bei uns sind. Und ich gehe zu den Elternabenden, was die Idealbesetzung ist, weil die Mutter der Jungs die anderen Eltern abgrundtief hasst und Daniel beim ersten Mal blöd genug war, sich versehentlich zum Elternsprecher wählen zu lassen. Ich dagegen laviere mich unauffällig durch.«

»Klingt, als bräuchtest du gar kein Gras.«

»Ja, klingt das so?« Rebecca schenkt den Rauchschwaden einen sehnsüchtigen Blick, ehe sie mit uns weitergeht. Zwei Stunden später hat sie fünf verschiedene Sorten Tulpenzwiebeln und eine riesige pfirsichfarbene Glasvase gekauft, die sie mit Begeisterung schleppt. »Ich habe beschlossen, meiner Neigung zu schönen Vasen mehr Raum zu lassen!«, erklärt sie ernst.

Ich nehme die unglaublich schwere Tüte mit meinen gebraucht erstandenen Soul-Platten in die andere Hand und schaue auf mein Handy.

Immer noch keine Mail von Lorenz.

Kapitel 11

Seine Versuche, mich im Büro anzurufen, hat er jedoch nicht eingestellt – das zeigt sich in den Tagen nach meiner Rückkehr eindrucksvoll. So eindrucksvoll, dass Nadine schon genervt reagiert, als eine Frau sich ihr als Frau Reichart vorstellt und mit mir sprechen möchte.

»Hier ist eine Frau Reichart, sie hat keinen Termin mit dir, aber vielleicht hast du ja gerade Zeit«, schnarrt Nadine in den Hörer.

»Frau Reichart? Nicht Herr Reichart?«

»Ich bin nicht mehr die Jüngste, aber den Unterschied erkenne ich noch.«

Ich stöhne. »Entschuldigung. Bitte schick sie zu mir.« Frau Reichart. Natürlich. Der Kerl ist verheiratet und hat mich auch darüber angelogen. Lorenz Reichart ist ein manipulativer, pathologischer Lügner. Hat seine Frau von unserem Date erfahren? Was will sie jetzt von mir? Wahrscheinlich wollte er mit mir telefonieren, um mich dazu zu bringen, für ihn zu lügen. Als seine Frau mein Büro betritt, bin ich auf alles gefasst.

»Guten Tag«, sagt sie. »Ich bin Maike Reichart, Lorenz' Schwester.«

Okay, darauf war ich nicht gefasst. Ich starre meine

Besucherin an. Sie hat blonde Haare wie er, trägt sie kurz und zerwühlt, als hätte sie nervös mit ihnen gespielt.

»Er hat nie was davon gesagt, dass er eine Schwester hat«, sage ich und klinge wahrscheinlich, als wären wir seit zwei Jahren verheiratet.

»Das kann ich mir vorstellen. Mein kleiner Bruder hat nämlich noch nie gerne geteilt.«

»Wie meinen Sie das?« Ich bin verwirrt.

»Ich bin wegen dem Forsthaus hier. Das Forsthaus gehört uns beiden, wir haben es zu gleichen Teilen geerbt. Ich war aber bis vor Kurzem im Ausland und habe jetzt erst erfahren, was er damit vorhat.«

»Dass er dort alleine einziehen will?«, rate ich.

»Auch, aber das kann ich gerichtlich regeln.« Sie seufzt. »Nein, ich meine die Umbauten. Bis mein Anspruch vor Gericht durch ist, hat er wahrscheinlich schon die Veranda abgerissen und einen Basketballkorb ans Haus geschraubt! Ich kann nicht zulassen, dass er das macht. Deshalb bin ich zu Ihnen gekommen. Ich weiß, dass Sie damals mit unserer Großtante über Denkmalschutz und die Restaurierung gesprochen haben, nachdem Sie dem Haus den Preis verliehen haben. Sie wollen doch auch verhindern, dass er es ruiniert, oder?«

»Und ob ich das will.«

»Ich dachte, wir könnten das zusammen schaffen. Es eilt. Wer weiß, was ihm und seinem Architekten noch einfällt. Können Sie mir helfen? Mir und dem Haus?« Zaghaft schaut sie mich an.

»Wir werden einander helfen.« Ich reiche ihr die

Hand. »Sie schickt der Himmel. Und wir sitzen im selben Boot: Sie sind auch meine letzte Hoffnung, was die Rettung dieses Hauses angeht.«

Maike Reichart schüttelt meine Hand und sieht unglaublich erleichtert aus. »Danke! Das ist ja wunderbar!«

»Hoffentlich wird es das, ja.« Mein Kampfgeist ist wieder erwacht: Im Geiste führe ich bereits Streitgespräche mit Lorenz, in denen er sang- und klanglos untergeht. »Ich würde Folgendes vorschlagen: Ich mache mich schlau, wie man in einem solchen Fall schnell verfahren kann. Vielleicht erreichen wir ja eine einstweilige Verfügung, aber das muss ich alles mit unserer Hausjuristin klären, die sich wahrscheinlich auch erst mal erkundigen muss. Es ist ja eine besondere Konstellation. Haben Sie morgen Zeit, noch mal vorbeizukommen? Dann können wir das weitere Vorgehen besprechen und vielleicht schon einen Antrag stellen.«

»Ja, natürlich!«

Als sie weg ist, lehne ich mich in meinem Schreibtischstuhl zurück und lächle entspannt die Decke an. So, Lorenz Reichart. Du wirst schon sehen, wozu betrogene Frauen fähig sind.

Meine Recherchen verlaufen außerordentlich befriedigend. Wenn alles so klappt, wie ich mir das vorstelle, kann Lorenz Reichart innerhalb einer Woche der Zugang zum Haus erst mal entzogen werden, bis der Sachverhalt abschließend geklärt ist. Ich frohlocke innerlich. Einerseits.

Andererseits frage ich mich schon, wie man mit so einem ausnehmend schlechten Männergeschmack ausgestattet sein kann wie ich. Der erste Mann, den ich angehimmelt habe, hieß Gig Young. Das war ein amerikanischer Schauspieler, der immerhin mal einen Oscar bekam, ich kannte ihn als aufgedrehten Freund von Cary Grant in *Ein Hauch von Nerz* mit Doris Day, was eines Samstagnachmittags auf einem unserer drei Fernsehsender lief. Da war ich ungefähr zehn. Seine Figur war witzig, lebhaft und ziemlich neurotisch; eine Kombination, die noch heute eine unwiderstehliche Anziehungskraft auf mich ausübt. Als ich mich Jahre später an diese meine erste Liebe zurückerinnerte und den Wikipedia-Artikel über ihn las, erfuhr ich: Gig Young heiratete 1978 zum fünften Mal, seine Ehefrau Kim Schmidt war eine deutsche Schauspielerin. Da war er 65 und sie 31 Jahre alt. Dieses Mal hielt die Ehe bis zum Tod: Drei Wochen später erschoss er erst sie und dann sich selbst. Bis heute weiß man nicht warum, es ist einfach passiert, unerklärlich. So geht's manchmal.

Wenn man diese Geschichte und die neuesten Entwicklungen um Lorenz Reichart bedenkt, muss man mein Beuteschema also wohl modifizieren: witzig, lebhaft und neurotisch, aber leider auch soziopathisch.

Mein Telefon klingelt. Diesmal ist es zum Glück nicht Reichart.

»Frau Wonneberger!«, haucht eine Frau in den Hörer. Einen kurzen Moment denke ich, es handle sich um einen obszönen Anruf, aber dann erkenne ich die Nummer: Es ist die Schulbehörde. Außerdem redet die Frau nun weiter. Der Samt bleibt in ihrer Stimme. »Ich habe die Post der Kinder bekommen. Ich war so gerührt, dass ich gleich zu meinem Chef gegangen bin. Er ist gerade zum zweiten Mal Vater geworden, das war also ein sehr guter Zeitpunkt, jedenfalls finden wir beide, dass man die Finkenschule erhalten sollte.«

Ich jubiliere. »Wie schön, das freut mich sehr!«

»Ja. Wir wissen nur noch nicht, wie das gehen soll!«

Ein Satz wie eine kalte Dusche. Wäre ja auch zu schön gewesen.«Gibt es denn so etwas wie ein Budget, an dem man sich orientieren könnte?«, frage ich vorsichtig.

»Sagen wir mal: Es wird Geld da sein, aber nicht so viel, wie die denkmalschutzgerechte Sanierung verschlingen würde.«

»Ich verstehe. Und wie sieht es mit einer Übergangslösung aus?«

»Also, falls die Denkmalschutzbehörde mit sich reden lässt und es uns möglich ist, das Gebäude für einen vernünftigen Betrag zu sanieren, dann könnten die Kinder derweil in Containern unterrichtet werden. Wäre dafür im Hof genug Platz?«

»Auf jeden Fall. Nicht vor der Schule, aber dahinter.«

»Gut. Dann wäre das geklärt. Die Schule soll die Anmeldungen fürs neue Schuljahr jetzt erst mal annehmen. Aber wir brauchen erst ein deutliches Entgegenkommen vom Denkmalschutz, bevor wir mit der Renovierung loslegen können.«

»Ich werde mich darum bemühen.« Mein Plan sieht allerdings vor, dass ich warte, bis der Sachbearbeiter sich meldet. Das muss er doch nach dieser Post. Wie könnte man sich darauf nicht melden?

Kapitel 12

»Hast du Lorenz' Entwürfe hier?«, fragt Maike Reichart. Sie sitzt mir gegenüber, und wir sind jetzt per Du, für Waffenschwestern schien mir das angebracht. »Ich habe alles Mögliche darüber gehört, was er vorhat, aber keine Pläne gesehen.«

»Oh ja, das habe ich.« Ich ziehe die Unterlagen heraus. »Ich bin mir allerdings nicht sicher, ob das die endgültigen Pläne sind. Das mit dem Jacuzzi in der Holzveranda würde schon gut zu ihm passen.«

Maike rollt mit den Augen und greift nach der Mappe. »Ja, er hat keinen Sinn für Antikes.«

»Was ist eigentlich mit euren Eltern? Sind sie auf deiner Seite?«

»Na ja. Wir haben beide kein sehr enges Verhältnis zu ihnen. Zu unserer Großtante umso mehr, deshalb hat sie das Haus ja auch uns vererbt und nicht unseren Eltern. Gerade das ist einer der Gründe, warum ich nicht mit ihrer Unterstützung rechne, egal für wen, ob für Lorenz oder mich. Sie hätten das Haus wahrscheinlich selbst gern gehabt«, sagt sie und schaut mich entschuldigend an.

»Hm, ich verstehe. Aber du hast sicher selbst deine

Geburtsurkunde und andere Nachweise, dass ihr Geschwister seid?«

»Ja, irgendwo sind die bestimmt. Die muss ich suchen.« Maike vertieft sich in eine Auflistung der Innenausbauten. »Wow, das will er alles noch machen lassen? Das ist bestimmt ein riesiger Aufwand. Und geht so ein Anbau überhaupt ohne Kran?«

»Keine Ahnung. Ich kenn mich mit Erbauen nicht aus, nur mit Erhalten.« Ich zeige ihr den neuen Grundriss und schüttele selbst wieder den Kopf über sein Vorhaben, den alten Holzofen rausreißen zu lassen. »Ich hatte ihn eigentlich überredet, den Ofen drin zu lassen«, erkläre ich. »Aber es kann sehr gut sein, dass er seine Meinung wieder geändert hat. Ich habe jetzt auch seit fast zwei Wochen nichts mehr von ihm gehört.«

Okay, das stimmt nicht ganz. Aber ich bin ja nie ans Telefon gegangen. Und Mails habe ich tatsächlich keine mehr bekommen. Ich will verdammt sein, wenn ich seiner Schwester erzähle, dass ich auf ihn reingefallen bin und sogar mit ihm geknutscht habe. Ich schäme mich entsetzlich für meine Naivität.

Statt meine Dummheit zu beichten, unterbreite ich Maike den Schlachtplan der Juristin. Übermorgen kommt sie wieder vorbei, dann übergeben wir alles einer externen Anwältin. Die wird schon dafür sorgen, dass die Baumaßnahmen gestoppt werden. Rechtlich sind wir auf der sicheren Seite. Eigentlich kann da fast nichts schiefgehen. Maike lässt mir ihre Nummer da und verspricht, sich sofort auf die Suche nach ihrer Geburtsurkunde zu machen.

Und ich fühle mich zum ersten Mal seit Wochen in einer so entspannten Verfassung, dass ich nach Kratzbäumen für Pumpkin google.

Du hattest recht, schreibe ich Mia kurz darauf, **Kratzbäume sind ziemlich hässlich.**

Wie hässlich auf einer Skala von null bis zehn?

Zwölf Komma drei. Bekloppte Namen haben sie auch: Penelope, Ikarus, Oxford.

Oxford! Für den professoralen Kater mit Niveau. Verziert mit Shakespeare-Sonetten.

Die Preise sind auch beeindruckend, einer kostet 260 Euro. Der kriegt auf der Hässlichkeitsskala immer noch eine glatte Neun.

Für 260 Euro könnten wir Pumpkin auch einfach einen Ohrensessel kaufen, den er ruinieren kann.

Ausgezeichnete Idee. Dann stelle ich das Projekt damit zurück, ja?

Ich bitte darum. Wir hatten damals ja auch keinen Kratzbaum, und es hat uns nicht geschadet!

Obwohl ich viel besser drauf bin, liege ich in der Nacht wach. Ich muss mir die ganze Zeit ausmalen, wie ich Lorenz Reichart vor Gericht wiedersehen und so tun werde, als wäre niemals etwas zwischen uns gewesen. Wenn ich nur überzeugend genug bin, kann ich es vielleicht sogar selbst irgendwann vergessen. Das wäre schön.

Aber ich sehe immer wieder seine Augen vor mir.

Irgendwann döse ich ein. Aber nach gefühlt fünf Minuten werde ich von einem lauten Knall wach. Dann schreien ein Mann und eine Frau gleichzeitig los. Sofort stehe ich neben dem Bett und rase los. Im Flur treffe ich Mia, die vom Epizentrum des Geschreis wegläuft.

»Mia, was ist hier los?!«

Sie zieht mich in die Küche. »Die Nachbarn«, raunt sie, dabei würden die uns nicht mal hören, wenn wir schreien würden. Nebenan geht nämlich richtig die Post ab. »Andreas ist offenbar gerade nach Hause gekommen und bei Inken ins offene Messer gelaufen.«

»Ich hoffe, du meinst das metaphorisch. Und heißt sie wirklich Inken?«

»Ja, ich hab neulich ein Paket für sie angenommen.«

»Inken. Inken wie betrinken.« Mitten in der Nacht bin ich besonders tiefsinnig drauf.

»Ja, das dürfte das Geheimnis des Umgangs mit ihr sein«, sagt Mia trocken.

Nebenan sind die Streithähne inzwischen wenigstens dazu übergegangen, abwechselnd zu schreien. Mit viel gutem Willen könnte man es als Gespräch bezeichnen, in der Lautstärke eines startenden Düsenjägers.

»Ich weiß nicht, wie ich daneben schlafen soll. Willst du noch mal bei ihnen klingeln?«, fragt Mia hoffnungsvoll.

»Sicher nicht. Ich warte einfach, bis einer von beiden sich heiser gebrüllt hat, dann ist auch Ruhe und ich muss mich nicht zwischen die feindlichen Linien begeben.«

»Na toll. Du schläfst ja auch am anderen Ende.«

»Glaub mir, bei mir ist das immer noch laut genug.

Aber warum gehst du denn nicht klingeln? Du hattest doch noch nie ein Problem, dich zu beschweren.«

»Hm, stimmt.« Mia wirkt unsicher, und das erkenne ich nur selten an ihr. »Diesmal lieber nicht.«

Prüfend schaue ich sie an.

»Ich versuch's mit Ohropax«, sagt sie. »Schlaf gut.«

Im Flur trennen sich unsere Wege. Ich kuschle mich wieder unter die Decke, höre Andreas und Inken aber immer noch streiten. Hin und wieder falle ich in einen leichten Schlaf, aus dem ich jedes Mal wieder nach wenigen Minuten aufwache. Schließlich markiert ein weiterer Knall das Ende des Lärms – offenbar ist einer von beiden gerade rausgeflogen. Aber ich höre keine Schritte im Treppenhaus.

Dafür höre ich nach einer Weile Mias nackte Füße in unserem Flur. Unsere Wohnungstür öffnet sich.

Dann schlafe ich ein.

Ich habe zwar kaum geschlafen und bin gleichzeitig auf dem Kriegspfad und gepeinigt von Liebeskummer – aber diese Männerschuhe in unserem Flur, die stehen da wirklich. Ich werde nicht wahnsinnig. Vorsichtig tippe ich sie mit den Zehen an. Durch das Fenster scheint die Morgensonne auf meine Füße. Aus Mias Zimmer kommt kein Mucks, dabei ist sie sonst um diese Zeit wach.

Das wird sie mir alles detailreich erzählen müssen. Spätestens heute Abend, da bekommen wir nämlich Besuch von Rebecca und Felix.

Ich verlasse das Haus, ohne dass sich noch etwas gerührt hat. Der Schlafentzug macht mich seltsam fröhlich. Wahrscheinlich blockiert die Müdigkeit den Teil meines Gehirns, der sich immer wieder vorstellt, mit Lorenz Reichart zu knutschen. Hallo, mein Name ist Carla, und ich fantasiere von einer sexuellen Beziehung mit einem Soziopathen.

Dabei ist Rumknutschen ja noch nicht wirklich eine sexuelle Beziehung. Es sei denn, es ist sehr, sehr gut.

Insofern war das mit uns durchaus – okay. Mist, eventuell funktioniert das mit dem Nicht-ans-Knutschen-Denken überhaupt nicht. Egal. Ich stelle mir abwechselnd vor, wie ich mit ihm knutsche und wie ich ihn vor Gericht besiege. Hach, die Kombination fühlt sich ganz ausgezeichnet an.

Kein Wunder, dass ich Single bin.

Weil ich allmählich doch zu ungeduldig werde, rufe ich selbst beim Denkmalschutz an. Mein Ansprechpartner sagt, er habe meine Post bekommen – aber er ist wohl nicht gerade Vater geworden, denn bei ihm hat sie offenbar keine durchschlagende Wirkung gezeigt. Zumindest seufzt er nicht so in den Hörer wie seine Kontrahentin neulich. Ich erkläre ihm, dass die Schulbehörde zu einem Kompromiss bereit ist.

»Und wie soll der aussehen?«

»Davon hatten die auch keine Vorstellung, deshalb dachte ich, Ihnen und mir fällt vielleicht gemeinsam einer ein.«

»Aha.«

Pause. Pause. Pause.

»Es ist ja nun so, dass im Innern gar nicht viel Originalgetreues zu finden ist.« Das ist jetzt zwar nach meinem persönlichen Eindruck ziemlich improvisiert, aber vielleicht liege ich ja richtig. »Die Türen zum Beispiel stammen aus der Zeit der Nutzung als Gefängnis und damit nicht aus der Ära der Entstehung. Im Innern liegen die größten Probleme der Sanierung, die Außenmauern sind nicht das Problem.«

»Und das heißt?« Dafür, dass der Mann neulich geredet hat wie ein Wasserfall, lässt er mich jetzt ganz schön auflaufen.

»Könnten Sie sich vorstellen, dass das Gebäude von außen in den Originalzustand versetzt und innen modernisiert wird? Es darf sowieso fast niemand rein außer den Schülern und Lehrern. Der Gesellschaft geht da nicht viel verloren.«

»Hm. Hmhm.«

Diesmal lasse ich ihn auflaufen, denn das genügt mir als Antwort noch lange nicht. Ich schweige und warte.

»Das wäre ein ziemlich ungewöhnliches Verfahren«, sagt er schließlich. »Wir sind sonst eigentlich bemüht, die Anlagen in ihrer Gesamtheit zu erhalten. Ich werde das mit meinem Chef besprechen.«

»Einverstanden. Danke!«

»Sie hören von mir.«

Aber erst mal höre ich von Mia.

Ich hab mir heute spontan freigenommen, soll ich für heute Abend einkaufen? Was kochen wir?

Gegenfrage: Hat er bei dir im Bett geschlafen?

Nein, hat er nicht. Auf dem Sofa.

Du lässt attraktive Typen auf deinem Sofa schlafen? Wirst du etwa altersmilde?

Du bist ein altes Lästermaul. Ich kauf ein, du kochst Risotto mit Chorizo.

Geht klar!

Am Abend bekomme ich dann aber doch die ganze schräge Geschichte erzählt: Unsere charmante Nachbarin hat ihren frischgebackenen Exfreund um zwei Uhr nachts aus der gemeinsamen Wohnung geworfen. Ihr größtes Kunststück bestand allerdings darin, ihn einfach auf den Flur zu schubsen und die Tür hinter ihm zuzuknallen – ohne seine Jacke, in der sein Handy und sein Geld waren. Nur den Schlüssel, den hatte er in der Hosentasche. Den Schlüssel zur Wohnung, in der seine wild gewordene Ex gerade die Kette vorlegte.

»Er saß auf der Treppe, als ich die Tür geöffnet habe«, erzählt Mia, während ich ihr gebannt zuhöre und nebenbei das Risotto umrühre. »Er konnte keinen seiner Freunde anrufen und kein Hotelzimmer bezahlen. Deshalb wollte er im Hausflur warten, bis es Tag wird.«

»Was auch immer er ihr angetan hat, das ist wirklich daneben.«

»Er hat ihr angetan, dass er bis ein Uhr nachts mit zwei Kumpels unterwegs war.«

»Äh, Moment mal. Deshalb ist sie so ausgerastet?«

»Ja. Das weiß ich genau, weil ich in meinem Schlafzimmer jedes Wort verstehen konnte.«

»Ich komme mir gerade so ausgeglichen und unkompliziert vor, das ist ein ungewohntes Gefühl. Erzähl mir bitte mehr!« Mein Satz wird abgeschnitten vom Schrillen der Klingel. Felix und Rebecca treffen kurz nacheinander ein, und Mia erzählt ihre Geschichte ein zweites Mal.

»Wo ist er denn jetzt?«, fragt Rebecca.

»Er hat heute Vormittag, nachdem Inken zur Arbeit gegangen ist, ein paar Sachen zusammengepackt und ist vorhin zu einem Freund gefahren.«

»Ihr habt also heute beide nicht gearbeitet«, fasse ich zusammen. »Und womit habt ihr den Tag so verbracht, hm?«

»Wir haben geschlafen. Dazu sind wir nachts nicht gekommen.«

»Wie war die Nacht so? Kann er was im Bett?« Felix ist recht direkt.

»Felix, er war erst seit 120 Sekunden getrennt«, protestiere ich.

»Wir saßen auf dem Sofa und haben die ganze Nacht geredet«, haucht Mia.

»Geredet? Die ganze Nacht? Das ist doch völlig bescheuert.«

»Ich will nicht immer nur vögeln, ich hab auch Gefühle!«

»Seit wann zählen Hunger und Durst als Gefühle?« Felix hebt skeptisch die Augenbrauen.

»Ach, du kannst mich mal.« Mia wirft einen Topflappen nach ihm.

»Du regst dich nur auf, weil du weißt, dass ich recht habe«, sagt er grinsend. »Überhaupt, immer dieser Quatsch mit ›die ganze Nacht geredet‹ – das heißt nur, dass du zu müde bist zum Vögeln und zu notgeil zum Schlafen.«

»Worüber habt ihr denn geredet?«, fragt Rebecca.

»Über alles. Wir haben uns in den letzten Wochen immer mal auf dem Flur unterhalten, auch länger, und jetzt haben wir einfach … weitergeredet.«

»Wie ging es ihm denn? Immerhin hatte sie ihn gerade erst rausgeschmissen. Waren die zwei lange zusammen?«

»Vier Jahre. Er war wütend und traurig und irgendwie auch erleichtert. Wir haben ja alle mitbekommen, dass es nicht mehr gut lief.«

»Dann hat er auch keine Rettungsversuche vor?«

»Nein. Er sagt, es hätte nicht im Eklat zu Ende gehen müssen, aber es ist besser so und es gibt nicht genug, wofür es sich zu kämpfen lohnen würde.«

»Und du stehst auf ihn«, sagt Felix.

»Schon viel länger, als ich ihm gegenüber zugeben würde.«

»Aber uns sagst du es!« Hoffe ich zumindest.

»Ich steh auf ihn, seit die beiden hier eingezogen sind.«

»Liebes, das ist zwei Jahre her«, sagt Rebecca bedächtig.

»Ich weiß. Es war ja auch eher eine Schwärmerei,

dachte ich. Dann haben wir uns immer öfter unterhalten, und ich hab, ehrlich gesagt, durch diese dünnen Wände im Laufe der Zeit mehr von ihm erfahren, als man sich innerhalb einer Woche erzählen kann.«

»Bitte sag nicht, dass du die beiden auch beim, also …«

»Nein, ihr Schlafzimmer geht nach Norden raus. Aber ich weiß ziemlich genau, wie sein Chef so ist, wo seine Geschwister wohnen und was er gerne isst.«

»Auf den letzten Punkt kann man eine Beziehung begründen, finde ich.« Felix, Beziehungsexperte in Aktion.

Dass Mia dem Gedanken, eine Beziehung auf irgendwas zu begründen, nicht vehement widerspricht, verblüfft mich. Sie sitzt einfach nur da und schaut nachdenklich.

»Du stehst also auf ihn, und zwar schon seit Ewigkeiten«, fasse ich zusammen. »Und umgekehrt? Weißt du das?«

»Er hat nichts Konkretes gesagt.«

»Das ist ja meistens auch nicht nötig«, wirft Rebecca ein.

»Also, er hat mich ganz viel gefragt, schon in den letzten Wochen. Er wollte immer wissen, wie es mir geht, was ich so mache, wie ich über Dinge denke. Er hat sich schon für mich interessiert. Das hat mir gefallen. Das kenne ich von Männern eher nicht.«

Wie auf Kommando stieren wir alle drei vorwurfsvoll Felix an, der abwehrend die Hände hebt. »Hey, ich frag euch auch immer Sachen!«

»Dann frag doch jetzt mal was!«

»Ist noch Wein da?«

»Blödmann.«

»Das war nur ein Scherz. Also, Mia«, Felix senkt bedeutungsschwer die Stimme, »habt ihr Telefonnummern ausgetauscht?«

»Gute Frage!«, lobe ich.

»Ja. Er hat mir auch schon geschrieben.« Mia wird zartrosa. So habe ich sie wirklich noch nie erlebt.

»Und was?« Felix findet in seine Rolle als sensibler Fragensteller.

»Dass er nicht gedacht hätte, dass man in einer solchen Situation so eine schöne Nacht verbringen kann. Er hat sich bedankt, dass ich ihn aufgenommen habe. Und geschrieben, dass er mich gern wiedersehen würde, wenn er sein Leben wieder im Griff hat.«

»Im Griff? Was heißt das?«, frage ich.

»Ich denke, er meint: Wenn er bei ihr ausgezogen ist und sich alles etwas beruhigt hat.«

»Das kann Monate dauern!«

»Ich weiß«, sagt Mia und sieht furchtbar unglücklich aus.

»Warum will er dich denn vorher nicht treffen?«

»Weil er genau weiß, dass sie dann im Bett landen würden«, sagt Felix. »Ich versteh den Mann. Man sollte eine Beziehung abwickeln, bevor man die nächste anfängt.«

»Aber sie ist traurig darüber!« Rebecca weist anklagend auf Mia.

»Und er kann doch nicht erwarten, dass sie auf ihn wartet!«, füge ich hinzu.

»Offensichtlich wartet sie seit zwei Jahren auf ihn«, gibt Felix süffisant zurück.

»Hallo, ich bin immer noch hier! Ich kann euch hören!«

»Entschuldige, Mia.« Ich streichle über ihre Schulter. »Wir machen uns nur Sorgen um dich, weil wir wissen, dass Sehnsucht wahnsinnig wehtun kann.«

»Weiß er, was du für ihn empfindest?«

»Ich hab es ihm nicht deutlich gesagt, aber ich hab es auch nicht verheimlicht.«

»Wahnsinn«, sagt Felix düster. »Wieso wartet auf mich nie eine Hammerbraut, wenn eine Beziehung zu Ende geht?«

»Weil es nicht genug Hammerbräute auf der Welt gibt, als dass dich nach jeder Beziehung eine neue erwarten könnte. Dein Verschleiß ist einfach zu hoch«, analysiert Mia.

»Ach, du bist so übermüdet, du weißt ja gar nicht, wovon du redest.«

»Was wirst du jetzt tun?«, fragt Rebecca.

»Ich kann nicht viel tun.« Mia ist trotz allem bei so klarem Verstand wie immer. »Ich melde mich hin und wieder, hoffe, dass er bald eine Wohnung findet, und warte.«

»Das klingt so gar nicht nach dir.« Ich schüttle den Kopf. »Du willst niemanden abschleppen? Nicht mal ein bisschen? Zur Ablenkung?«

»Vielleicht. Ich weiß es nicht. Erst mal nicht, mir ist gerade nicht danach.«

»Das könnte eine Reihe von Männern äußerst unglücklich machen«, witzele ich.

»Ja. Dann sollen sie halt doch mal wieder ihre Frauen flachlegen, ehe sie Moos ansetzen.«

»Ah, Gott sei Dank!« Felix prostet ihr zu. »Du bist verknallt wie ein Teenager, aber immer noch eine gemeine Hexe! So mag ich dich.«

»Wir haben ja jetzt auch genug über mich gesprochen«, befindet Mia. »Felix, erzähl du doch mal! Neue Freundin? Wie heißt sie diesmal? Carina?«

»Despina?«, schlägt Rebecca vor.

»Regina?«, werfe ich ein.

»Sie heißt Melina«, gesteht Felix. »Aber das ist reiner Zufall!«

Kapitel 13

Mein Termin mit Maike platzt. Sie kommt einfach nicht und ruft auch nicht an. Ich bin ernsthaft besorgt. Hat Lorenz Reichart von unserer Verschwörung Wind bekommen? Aber was soll er schon machen, sie in Ketten legen? Von seinen Robotern plattmachen lassen? So wahnsinnig wird nicht mal er sein. Ich versuche Maike unter der Nummer zu erreichen, die sie mir gegeben hat. Aber das Handy ist aus.

Drei Stunden warte ich und wähle immer wieder die Nummer. Dann rufe ich Lorenz Reichart an.

»Carla, endlich meldest du dich!«, ruft er in den Hörer.

»Ich will nicht mit dir sprechen«, sage ich kalt. »Ich bin auf der Suche nach deiner Schwester.«

»Nach meiner was?«

»Nach deiner Schwester! Du brauchst wirklich nicht mehr so zu tun, als hättest du keine!«

»Das gibt's doch nicht.« Ich höre ihn tief ein- und ausatmen. »Ich bin bei dir um die Ecke, ich komme vorbei.«

»Was? Nein!«

»Doch!« Er legt auf.

Spinnt der Kerl? Was will er denn hier? Ich will ihn

nicht sehen! Panisch verstecke ich meine Handtasche unter dem Schreibtisch und gehe erst mal aufs Klo. Wenn ich hier lange genug bleibe, geht er vielleicht wieder weg, weil mein Büro aussieht, als wäre ich gar nicht da. Das ist doch ein genialer Plan!

Es dauert nur zehn Minuten, bis mir der »Plan« gar nicht mehr genial vorkommt, sondern nur noch feige und kindisch. Ich zupfe meine Locken in Form, hole noch einmal tief Luft und gehe zu meinem Büro. Vor der offenen Tür steht Lorenz Reichart mit Nadine.

»Ich weiß auch nicht, wo sie gerade ist«, sagt Nadine.

Ich räuspere mich. »Hier bin ich.«

»Ach, sehr gut!« Nadine strahlt mich an, wahrscheinlich hofft sie, dass dies das Ende von Lorenz Reicharts dauernden Anrufen ist. Lorenz hingegen betrachtet mich mit dem halb besorgten, halb argwöhnischen Blick, mit dem man Menschen auf der Straße mustert, die laut mit sich selbst reden. Er sieht leider sehr gut aus dabei. Verdammt.

Ich bitte Nadine um Wasser und Ruhe und stelle mein Telefon auf sie um. Ohne Lorenz zu begrüßen, rausche ich in mein Büro und zeige stumm auf den Gästestuhl, auf den er sich setzen soll. Dann knalle ich den Brief seines Anwalts vor ihm auf den Tisch.

»So, dann fangen wir doch mal ganz vorne an«, sage ich. »Was sollte das?«

»Ich weiß erst seit vier Tagen von diesem Schreiben«, sagt Lorenz.

»Ach so, na klar.« Ich lache ungläubig.

»Dieser Anwalt ist ein alter Freund meines Vaters. Er

dachte wohl, er wüsste besser als ich, was richtig ist. Ich habe ihm das Mandat entzogen.«

»Du hast ihm … hast du das wirklich?«

»Ja. Und ich habe tausendmal hier angerufen, erst weil ich wissen wollte, was los ist, und dann, weil ich es dir erklären wollte, aber du bist nie rangegangen!«

»Du hättest eine Mail schreiben können!«

»Das habe ich getan!« Er weist auf meinen Rechner. Mist, er könnte recht haben – irgendwann nach Amsterdam habe ich aufgehört, in den Spam-Ordner zu schauen, in dem seine Mails automatisch landen. Schnell öffne ich den Ordner, sortiere nach Namen und finde tatsächlich eine lange Mail von Lorenz. Betont würdevoll hebe ich die Filterregel wieder auf, als könne es sich nur um ein Versehen handeln. Langsam wende ich wieder den Kopf zu ihm. Er beobachtet mich genau.

»Okay, dann kommen wir zum nächsten Punkt«, sage ich schnell. »Deine Schwester Maike war hier und hat mir alles über dich erzählt! Ich weiß, dass du ihr die Hälfte des Erbes entziehst!«

»Ich habe keine Schwester.«

»Also bitte, das hast du jetzt lange genug behauptet.«

»Weil es stimmt. Carla, ich weiß nicht, wer bei dir war, aber sie war sicher nicht meine Schwester. Hat sie Beweise vorgelegt?«

»Nein, das wollte sie heute tun, aber sie …«

»…kam dann doch nicht, richtig?«

»Beweis du mir doch erst mal, dass du keine Schwester hast!«, begehre ich auf.

»Gott, bist du anstrengend. Wie soll ich denn etwas beweisen, das gar nicht existiert?«

»Gib mir dein Handy.« Ich zeige auf die Tasche seines Jacketts.

»Was willst du denn mit meinem Handy?«

»Wirst du schon sehen. Entsperr es.«

Lorenz gibt den Code ein und reicht es mir. Ich suche im Telefonbuch: keine Maike.

Aber ich finde einen viel besseren Eintrag an der gleichen Stelle: Mama.

»Hallo, Sohn!«, meldet sie sich. Nette Begrüßung.

»Guten Tag, Frau Reichart!«, sage ich und sehe, wie Lorenz entsetzt die Augen aufreißt. »Mein Name ist Carla Wonneberger. Ihr Sohn hat mir gerade sein Handy geliehen, ich bin so etwas wie eine Kollegin und habe eine dienstliche Frage.«

»Oh, worum geht es denn?«

»Ist Lorenz ein Einzelkind?«

Schallendes Gelächter am anderen Ende der Leitung. Nur Lorenz findet das alles überhaupt nicht lustig und versucht, mir sein Telefon aus der Hand zu reißen. Ich wehre ihn ab.

»Geht es um sein Sozialverhalten?«, spöttelt Frau Reichart. »Ja, er ist ein Einzelkind, er kann also nichts dafür, aber wir haben uns wirklich Mühe mit ihm gegeben!«

Ich muss auch lachen, die Frau ist wirklich erfrischend. »Das glaube ich Ihnen sogar. Ich gebe ihn Ihnen noch mal kurz, ja? Ich glaube, er will Sie sprechen!«

Freundlich lächelnd reiche ich Lorenz sein Telefon. Er durchbohrt mich mit einem bösen Blick.

»Hallo, Mama. Entschuldige, das war eine … ja … nein … so nett ist sie eigentlich nicht!« Noch ein böser Blick in meine Richtung. »Ja, nächstes Wochenende. Genau. Bis dann!«

»Deine Mutter ist ziemlich witzig«, sage ich.

»Sie fand dich auch nett«, grummelt er. »Was ist jetzt mit dieser Frau, die angeblich meine Schwester sein soll?«

»Verschwunden.«

»Gut, können wir uns dann jetzt bitte wieder wie Erwachsene verhalten? Ich habe keine Schwester, ich habe meinem Anwalt gekündigt. Ich will, dass alles wieder so ist wie vorher.«

»Klar. Dann setz doch die Pläne um und melde dich dann im September wieder bei mir zur Endabnahme, damit ich die nächste Rate des Förderpreises anweisen kann.«

»Du meinst – wenn das Haus fertig ist?«

»Genau.«

»Davor sehen wir uns nicht? Ich dachte, wir hätten einander gemocht, Carla.«

»Es ist besser, wenn wir keinen Kontakt haben. Es war sowieso nicht besonders professionell, mit dir zu knutschen«, sage ich nüchtern.

»Professionell? Was meinst du damit?«

»Die Entscheidung, ob ich dir die Förderung lasse oder sie stoppe, sollte ich mit kühlem Kopf und emotional unbeteiligt treffen.« Das ist ziemlich hoch gepokert, denn: Noch bin ich mir gar nicht sicher, dass ich die Förderung stoppen könnte. Ich will nur nicht, dass er von den vereinbarten Plänen abweicht.

Lorenz kann offenbar Gedanken lesen. »Unbeteiligt?«, fragt er. »Du bist total verliebt in das Haus.«

Besser als in dich, rutscht es mir fast raus, aber ich kann die Worte gerade noch so zurückhalten.

»Das gehört zum Berufsrisiko. Mit dem Hausbesitzer knutschen nicht.«

»Aha.« Lorenz wirkt plötzlich richtig unsicher.

Ich schaue ihn stumm an, aber in mir tobt ein Aufruhr. Ich schicke gerade den einzigen Mann seit Jahren weg, der mir richtig gut gefallen hat. Wahrscheinlich hat er wirklich überhaupt nichts Falsches gemacht, aber die ganze Geschichte ist viel zu verfahren, als dass ich mich auf ein zweites Date mit ihm einlassen würde. Ich kann mit diesem komplizierten Mist nicht umgehen. Und so ganz sicher bin ich mir immer noch nicht, ob ich nicht morgen den nächsten Brief von seinem Anwalt bekomme.

Lorenz versteht mein Schweigen als Aufforderung zu gehen. Er räuspert sich und steht auf.

»Gut, dann melde ich mich, wenn das Haus fertig ist.«

»In Ordnung.«

Als er mir linkisch die Hand reicht, geht irgendetwas in mir mit einem leisen Klirren zu Bruch.

Zusammengesunken und erstarrt sitze ich den Rest des Nachmittags an meinem Schreibtisch. Ich bin erleichtert, weil der ganze Ärger sich aufgelöst hat und weil meine Menschenkenntnis doch nicht so katastrophal ist – wenn man mal davon absieht, dass ich Maike geglaubt habe und damit offenbar ganz falschlag. Aber Lorenz ist in Ordnung. Er ist kein Lügner, er ist kein Heuchler, er ist kein Betrüger. Oder? So ganz vertraue ich ihm nicht. Vor allem aber vertraue ich mir selbst nicht mehr.

Rebecca, hältst du mich für ein bisschen dämlich?, schreibe ich meiner Freundin. Mia kann ich das nicht fragen, die ist zu ehrlich. Fürs Trösten ist bei uns eher Rebecca zuständig.

Nein, bis jetzt nicht, antwortet Rebecca, **aber ich bin gespannt auf die Geschichte!**

Meine Erklärung ist so kompliziert wie die ganze Geschichte um Lorenz und Maike, aber Rebecca versteht mich trotzdem.

Und jetzt hast du den Mann weggeschickt, in den du verliebt warst, schreibt sie.

Ja. War das dumm?

Du solltest dir Zeit dabei lassen, das herauszufinden. Wie fühlt es sich denn jetzt im Moment an?

Ich fühle mich im Moment nur verwirrt.

Dann mach erst mal einfach gar nichts. Ich weiß, das ist nicht deine Lieblingsbeschäftigung. Aber versuch es wenigstens.

Kapitel 14

Stillhalten ist wirklich nicht mein Ding. Es klingt so einfach, aber es strengt mich wahnsinnig an. Ich muss sozusagen aktiv passiv sein. In den nächsten Tagen nehme ich immer wieder den Telefonhörer in die Hand, um Lorenz anzurufen. Einmal habe ich schon fast alle Ziffern gewählt, als ich schnell auflege. Ich weiß sowieso nicht recht, was genau ich ihm sagen will. Eigentlich möchte ich fragen: Kann ich dir wirklich vertrauen?

Was für eine unsinnige Frage. Als würde da irgendjemand Nein sagen.

Immerhin freut sich Herr Tröger über meinen Anruf. Ich teile ihm mit, dass der Schulbetrieb erst mal weiterlaufen soll wie gehabt, bis ich die Denkmalschutzbehörde zum Einlenken überreden kann. Er bedankt sich hundertmal, aber ich bin noch lange nicht zufrieden. Jetzt ist Sommer, aber der Winter kommt bestimmt – und die Kinder sollen nicht noch einen Winter in Daunenjacken das ABC üben müssen. Aber ich höre weder vom Denkmalschutz noch von den Arbeiten am Forsthaus auch nur einen Ton.

Nach einer Woche halte ich es nicht mehr aus. Ich lege mir die Mittagspause auf den Nachmittag und fahre zum Forsthaus. Um diese Zeit müsste Lorenz selbst in der Arbeit sein und nicht auf der Baustelle. Auf der Autobahn klopfe ich nervös auf dem Lenkrad meines Seats herum. Wenn alles gut geht, komme ich ungesehen ums Haus herum und kann schauen, ob die Mauer hinten für einen Anbau vorbereitet wird.

Sobald ich den Wald sehe, werde ich etwas ruhiger. Ich parke etwas versteckt an einem Weg, der etwa zweihundert Meter vom Forsthaus entfernt in den Wald hineinführt, damit sich niemand etwas dabei denkt, wenn mein Auto am Haus steht. Den Rest gehe ich zu Fuß.

Als Erstes sehe ich einen weißen Kastenwagen. *Steinmetz Mossner* steht darauf, aber die Handwerker sind offenbar im Inneren des Hauses beschäftigt. Hof und Garten scheinen leer. Ich schleiche mich nach hinten, so gut man in hochhackigen Sandaletten eben schleichen kann. Die Obstbäume stehen noch, aber das heißt gar nichts, man darf im Sommer keine Bäume fällen. Sie sehen wunderschön aus und haben so viele Früchte angesetzt, als wüssten sie, dass es ihr letzter Sommer sein könnte.

An der Rückwand des Hauses liegt Bauschutt. Ansonsten kann ich überhaupt nicht erkennen, was hier gemacht wurde. Und vor allem: was noch gemacht werden soll.

Ich nähere mich dem Küchenfenster und höre die Handwerker dahinter reden. Deshalb lege ich einen unwürdigen Abgang hin. Gebückt mogle ich mich unter dem Fenster an ihnen vorbei.

Im Auto bin ich noch unglücklicher als vorher. Es

fühlt sich an, als hätte ich einen Exfreund wiedergetroffen, in den ich immer noch heimlich verliebt bin. Und er hätte seine neue Freundin dabeigehabt, die ihn nicht gut behandelt, dabei hätte er es mit mir viel besser.

Himmel, ich muss endlich über dieses Haus hinwegkommen. Mit Männern gelingt mir das doch auch immer! Und dass ich Lorenz' Nummer mittlerweile auswendig weiß, beweist das Gegenteil überhaupt nicht.

Zu Hause liegt auch Bauschutt. Oder zumindest so etwas Ähnliches: Ich stolpere über Seile, Bretter, Kunstfell, Schrauben und Holzleim. Daneben sitzt Mia in einer alten Hose, die ihr viel zu weit ist.

»Was machst du denn – sag mal, ist das meine Hose?«

»Korrekt. Ich hab ja so was nicht.«

»Du hast keine alten Hosen?«

»Nein, wozu denn auch?«

»Um das zu machen, was du da gerade machst!« Was auch immer das ist. Ich deute auf ihre Versuchsanordnung.

»Ich baue einen Kratzbaum für Pumpkin. Einen schönen.«

»Du?«, entfährt es mir. »Du baust etwas? Was ist denn mit dir los?«

Mia seufzt. »Ich dachte, es tut mir gut, etwas mit meinen Händen zu machen.«

»Wow. Dir muss der Sex echt fehlen.«

»Ach, halt die Klappe. Wenigstens dresche ich nicht aufs Klavier ein!«

»Auch wieder wahr.« Ich bücke mich und hebe eine Skizze auf, die Mia gemacht hat, bevor sie die ersten Schrauben in die Bodenplatte aus schönem dunklem Holz gedreht hat. »So soll es später aussehen, ja?«

»Genau. Die Höhle ist etwa auf Hüfthöhe.«

»Sieht gut aus. Soll ich dir helfen?«

»Du könntest dieses runde Holzstück immer wieder drehen, während ich das Seil drum herum leime.«

»Also gut. Das krieg ich intellektuell gerade so hin.«

Eine Stunde später weiß ich, warum Kratzbäume so teuer sind: Es ist wirklich eine Heidenarbeit. Dass Pumpkin alles, was hier herumliegt, für sein persönliches Spielzeug hält, macht die Arbeit nicht einfacher. Aber aussperren wollen wir ihn beide nicht. Endlich steht das Ergebnis vor uns. Wir betrachten es argwöhnisch.

»Immerhin ist er stabil«, sagt Mia.

»Er hat auch deutlich mehr Stil als die fertigen Kratzbäume«, stelle ich fest.

»Aber schön ist er nicht«, gibt Mia zu.

»Nein, nicht so richtig. Egal, schöner kriegt man es wahrscheinlich einfach nicht hin. Das Holz ist hübsch, das Fell ist dezent. Und …« In diesem Moment rennt Pumpkin auf den Kratzbaum zu, als wäre er ein lange vermisster Freund, springt auf die mittlere Ebene, lässt sich sofort wieder herunterfallen und schärft genussvoll seine Krallen an dem aufgewickelten Seil. Anschließend verzieht er sich in die Höhle, die wir innen mit flauschigem Fell ausgekleidet haben.

»Also, die Zielgruppe schätzt es.« Mia klingt zufrieden.

»Auf jeden Fall.« Ich bin ein bisschen beeindruckt. »Und sonst so? Wie geht's Andreas?«

»Ganz okay, denke ich, aber das Beste ist: Ich hab jetzt zwei Stunden lang nicht an ihn gedacht!«

»So funktioniert das? Ist ja cool. Ich meine, was baust du als Nächstes? Ein Gewürzregal?«

»Soll ich? Brauchen wir eins?« Mia ist voller Tatendrang.

»Eigentlich nicht, aber es gibt wahrscheinlich ungesündere Arten, sich abzulenken, als ein bisschen Bastelei mit Schrauben und Holzleim. Also tob dich ruhig aus. Woher kannst du das überhaupt? Ich habe dich außer einem Ikea-Regal nie irgendwas bauen sehen.«

»Von diesem dreitägigen Teambuilding-Event in einer Schreinerei letztes Jahr. Das Handwerk kann gar nicht aussterben, die Personalabteilungen fahren voll drauf ab. Wahrscheinlich müssen wir beim nächsten Mal Zündkerzen wechseln oder Schuhe neu besohlen.«

»Ist doch super, so viel echtes Leben kriegen manche bei euch ja das ganze Jahr über nicht mit.«

»Leider wahr. Neulich hat mich jemand gefragt, wie diese Plastikschnüre heißen würden, mit denen man einen Fahrradkorb befestigen könne. Er meinte Kabelbinder.«

»Schön, dass deine Banker genauso weltfremd sind wie meine Kulturheinis.«

Ich will Mia nicht noch mal nach Andreas fragen. Wenn sie sich ablenken möchte, sollte ich sie nicht dauernd an ihn erinnern. Außerdem sehe ich ja, wie sie ihr Handy anschaut. Bei ihr gibt es nur noch zwei Gesichtsausdrücke: »Oh, er hat mir geschrieben!« und »Warum meldet er sich nicht?« Absolut nichts dazwischen. Ich wünschte, es würde sie nicht so belasten.

Und ich wünschte, Lorenz würde mir schreiben. Auch wenn ich nicht weiß, auf welche Nachricht ich genau hoffe. »Das Haus ist fertig, ihr könnt es besichtigen«? Sehr romantisch, wirklich. »Es tut mir alles so leid«? Hat er eigentlich schon gesagt. »Du dumme Nuss, wieso gibst du einfach auf?« – ja, das wäre wahrscheinlich das Richtige. Aber da er selbst aufgegeben hat, kann er es mir kaum vorwerfen.

Vielleicht rede ich mir auch viel zu viel ein. Wir hatten ein schönes Date, und ich war verknallt. Ich bin es irgendwie immer noch. Aber das hat überhaupt nichts zu sagen. Es gab ja noch gar nichts, was ich hätte aufgeben können. Wir hatten nichts aufgebaut außer ein paar Illusionen voneinander. Ich werde ihn vergessen, das ist doch klar. Die Typen vorher habe ich doch auch irgendwann vergessen.

Beinahe freue ich mich darauf, mit Brunhilde in den Bayerischen Wald zu fahren. Ein bisschen Abstand zu Lorenz und Ablenkung von meinem tobenden Haufen widerstreitender Gefühle tut mir bestimmt gut. Meine Chefin hat angekündigt, wir würden auf jeden Fall mit der Bahn fahren, und zwar in einem Ruheabteil. Mir ist das ganz recht – ich hatte mich schon gefragt, wie ich vier Stunden lang im Auto mit ihr Small Talk machen soll. Im Zug komme ich wenigstens zum Lesen. Dachte ich zumindest in meiner grenzenlosen Naivität.

Wir sitzen an der Spitze des Zuges in einem Abteil mit Platz für zehn Personen. Wir schauen alle in dieselbe Richtung, nämlich vorne raus – oder zumindest täten wir das, wenn die Scheibe zum Lokfahrerstand nicht aus Milchglas wäre. Es fühlt sich ziemlich abgeschieden an. Ich sitze bequem, mein italienischer Familienroman ist interessant, alles könnte gut sein. Aber neben uns telefoniert ein Mann im Anzug lautstark über irgendwelche Geschäftsabschlüsse.

»Also das können Sie mir glauben, die Konkurrenz verlangt mehr als wir und bietet viel weniger!«

Während ich noch genervt schnaube, beugt sich Brunhilde bereits zu ihm hinüber.

»Guten Tag«, sagt sie mit dieser natürlichen Autorität, für die ich sie manchmal bewundere, »dies ist ein Ruheabteil.«

Der Businesskasper schaut sie missbilligend an, fuchtelt abwehrend mit einer Hand, als wolle er eine Fliege vertreiben, und telefoniert ungerührt weiter. »Diese Hands-on-Mentalität, die ist das Wichtigste, ganz klar! Das ist unser Unique Selling Point, da legen wir auch größten Wert drauf!«

Vor ihm sitzt ein junger Mann, der sich jetzt über seine Lehne beugt und kurz und scharf sagt: »Telefonieren Sie woanders!« Ohne Reaktion.

Mittlerweile fängt auch das Seniorenpärchen hinter uns an, leise zu schimpfen. »Immer diese Handys …

Ruhe im Ruheabteil … Ungezogen«, dringt es an meine Ohren.

Brunhilde ist nicht minder empört, aber sie schimpft nicht. Sie lehnt sich im Sitz zurück und denkt nach. Dann steht sie kurz auf, um zu schauen, wer vor uns sitzt: zwei Damen mittleren Alters, die mit uns eingestiegen sind.

»Wir haben das Feedback aus vorangegangenen Projekten aus der Distribution: ganz starke Learnings, das knallt voll in den Sales Process!«

Genervt lasse ich mein Buch sinken. Ich könnte den Kerl jetzt einfach kalt lächelnd erwürgen. Aber Brunhilde hat offenbar schon eine bessere Idee. Sie steht auf, stellt sich so ans Ende des Abteils, dass wir sie alle gut sehen können, und räuspert sich vernehmlich. Dann hebt sie beide Arme.

»Hoch auf dem gelben Wa-ha-gen!«, singt sie.

»Sitz ich beim Schwager vorn!«, steigen die Senioren hinter mir ein, so textsicher und souverän, dass ich vermuten muss, dass sie das schon tausendmal im Gesangsverein getan haben. Brunhilde dirigiert, als hätte sie nie etwas anderes getan, und hält sich nur einmal kurz am Sitz fest, als der Zug eine Kurve nimmt.

»Vorwärts die Rosse tra-ha-ben, lustig schme-he-ttert das Horn!«

Die Damen vor mir singen jetzt auch mit. Ich kenne den Text leider nicht und kann nur haltlos kichern, während der Businesskasper sich zur Seite dreht und versucht, sich seinem Gesprächspartner verständlich zu machen: »Nein, ich bin im Zug … Ich weiß auch nicht, was hier los ist!«

»Felder und Wiesen und Auen! Leuchtendes Äh-ren-gold!«

»Nein, natürlich erzähle ich Ihnen keinen Unsinn … Die Spinner singen hier jetzt plötzlich!«

»Ich möcht ja so gerne noch scha-ha-hauen!«

»Hallo, sind Sie noch dran?« Der Businesskasper nimmt sein Smartphone vom Ohr und tippt wütend darauf herum.

»AAABER DER WAAAGEN, DER ROOLLT!«

Ich applaudiere. Was soll ich denn auch anderes tun. Die anderen klatschen mit, als der Businesskasper seine Aktentasche vom Sitz zerrt und das Abteil wutschnaubend verlässt.

Brunhilde sieht sehr zufrieden aus, als sie sich wieder neben mich setzt.

»Das war großartig!«, sage ich.

»Ja, danke. Aber jetzt sei still, ich will lesen.«

Grinsend nehme ich mein Buch wieder in die Hand. Der Rest der Fahrt verläuft angenehm ereignislos. Am Ende habe ich den Roman ausgelesen und ziemlich gute Laune.

Kapitel 15

In Cham bestätigt sich, was Lovis mir angekündigt hatte: Brunhilde braucht mich offenbar gar nicht, sondern hatte einfach nur keine Lust, immer allein zu reisen. Nicht dass sie viel mit mir reden würde. Aber wenn sie mit jemandem redet, dann meistens mit mir – *Socializing* ist nicht so ihr Ding. Ich dagegen weiß nicht, was ich hier tun sollte, außer mit anderen zu reden. Der Kongress behandelt Kulturvermittlung in all ihren Ausprägungen, deshalb sind hier sowohl PR-Leute von Museen als auch ein paar ambitionierte Lehrer. Tatsächlich mögen die Vorträge hochinteressant sein, aber mit meinem Arbeitsleben haben sie nicht das Geringste zu tun. Ich hätte lieber eine kleine Fortbildung zum Thema: »Verteidigung denkmalgeschützter Häuser – der richtige Umgang mit halb automatischen Waffen«.

Ich mache es mir also erst mal mit meinem zweiten mitgebrachten Buch auf einer Bank unter einem Baum im Garten des Hotels bequem. Dort erreicht mich prompt ein Anruf meiner Mutter.

»Kind, wo bist du denn?«

»Im Bayerischen Wald«, sage ich düster, dabei ist es hier im Sommer verblüffend schön.

»Ach so? Schade, da hättest du ja eigentlich vorbeikommen können, aber dein Vater und ich fahren jetzt zur Tante Margot, wir wollten nur Tschüss sagen!«

»Tschüss sagen? Tante Margot wohnt nur eine Stunde von euch entfernt.«

»Hach ja, na gut.« Meine Mutter seufzt. »Ich wollte fragen, wie es dir geht! Du meldest dich ja so selten.«

»Es geht mir gut«, sage ich etwas schuldbewusst. »In der Arbeit läuft alles prima, meine besten Freundinnen sind verliebt, der Kater frisst jeden Tag sein eigenes Körpergewicht …«

»Mia ist auch verliebt? Wie schön! Und was ist bei dir mit den Männern?«

»Mit DEN Männern? Vielleicht stellst du dir mein Leben ein bisschen zu aufregend vor.«

»Du hast doch von diesem einen erzählt, wie hieß er? Lorenz!«

»Vergiss es, das hat sich erledigt. Du, Mama, ich bin jetzt auf einem Kongress und muss gleich zu einem Vortrag.« Muss ich nicht, aber ich sehe mich nicht in der Lage, meiner Mutter während einer Dienstreise einen Abriss darüber zu geben, wie die Abrissbirne namens Lorenz meine Gefühlswelt zertrümmert hat.

»Ein Kongress? Sind da interessante Männer?«Herrje.

»Ich weiß nicht, ob da interessante Männer sind, Mama, ich werde am Telefon von einer Frau festgehalten, die mir neugierige Fragen stellt.«

»Ja, ja!« Meine Mutter lacht. »Dann fahren wir jetzt mal. Viel Spaß!«

Ich lege auf und blinzele in die Sonne. Den nächsten Vortrag höre ich mir auf jeden Fall an, aber so habe ich noch eine halbe Stunde herrliche Ruhe. Zufrieden lehne ich mich zurück.

»Entschuldigung«, spricht mich plötzlich jemand von hinten an. Ich erschrecke so sehr, dass ich mir selbst die Sonnenbrille von der Nase haue. Eilig drehe ich mich um und sehe einen Mann vor mir stehen, der ebenso erschrocken aussieht wie ich und sich gleich noch mal entschuldigt. »Tut mir leid, ich wollte Sie nicht erschrecken!«

»Dann sprechen Sie mich nicht von hinten an!«, sage ich und drücke die Hand auf mein rasendes Herz.

»Nie wieder!« Beschwörend hebt er seine Hände. »Ich wollte nur fragen, ob ich mich neben Sie setzen darf.«

»Sicher.« Ich weise auf die anderthalb Meter freier Sitzfläche neben mir und schaue mir den Mann genauer an, als er Platz nimmt. Mittelgroß, dunkelhaarig, ziemlich attraktiv. Bisschen ernst vielleicht. »Sind Sie auch wegen der Kulturvermittlung hier?«

»Ja, aber ich hatte heute Morgen noch zu tun, deshalb habe ich den Beginn verpasst. Und Sie?«

»Ich schwänze den ersten Vortrag«, bekenne ich freimütig. »Mein Fachbereich ist Denkmalschutz, ich passe hier also nicht so richtig hin. Und Sie?«

»Ich finde, Sie passen hier sogar sehr gut hin«, sagt er und schaut mich an und den Baum und dann wieder mich. Dann reicht er mir die Hand. »Ich bin Michael.«

»Carla. Hallo.« Ich warte, dass er auf meine Frage

antwortet, aber das geschieht nicht. Na meinetwegen, ich frage einen Mann sicher nicht zweimal nach seiner Karriere. Aufforderungen, die das Risiko mehrminütiger Monologe mit sich bringen, muss man sehr sparsam einsetzen.

»Was lesen Sie denn da?« Er zeigt auf das Buch, das ich mitgenommen hatte, um romantisch unter dem Baum zu lesen.

»Kurzgeschichten von Dorothy Parker.«

»Ah, Geschichten aus der Großstadt. Haben Sie die zum Schutz gegen die Provinz dabei?«

»Vielleicht ein bisschen«, gebe ich zu. »Es hilft aber nicht, ich komme nicht zum Lesen.«

»Weil ich Sie ablenke!« Er reißt seine braunen Augen auf. »Ich bin still, lesen Sie.«

»Nein, nein.« Nach dem ersten Schreck wird mir der Mann immer sympathischer. »Wir können uns gern unterhalten.«

»Oh. Das freut mich.« Er wirkt überaus angetan. Wir plaudern noch ein bisschen über Großstadtbücher und Provinzbücher, ehe wir zurück ins Hotel müssen. Beim ersten Vortrag sitzt er neben mir. Beim nächsten auch. Ich höre den Rednern zu, spüre Michaels Präsenz aber die ganze Zeit sehr deutlich neben mir. Er benutzt ein sehr angenehmes Eau de Toilette, das ein bisschen nach Kühle und Pfeffer riecht. Verstohlen linse ich ins Programm. Wie lange dauert es noch bis zum Mittagessen? Okay, nur ein Vortrag noch. Der hat es aber in sich: »Zustand und Perspektiven europäischer Online-Bibliotheken« – schnarch. Irgendwie werden wir das hinter uns bringen, und dann gibt es hoffentlich Schnitzel oder ein anderes Gericht, das mein Hirn gut gelaunt in Watte packt. Wenn ich anständig zu essen kriege, bin ich wirklich sehr umgänglich. Die Schwestern und Pfleger, die mich bei meinem einzigen längeren Krankenhausaufenthalt betreut haben, dürften mich dagegen als »das Monster mit der frischen Blinddarmnarbe« in Erinnerung haben. Ich habe sehr ausdauernd diskutiert, warum man keine Pizza ins Krankenzimmer bestellen darf, weil ich den grauen Kartoffelbrei, den es zu jedem Gericht gab, schon nach einem Tag nicht mehr ertragen konnte. Am Ende bestellte ich die Pizza an die Pforte und holte sie dort ab. Im Bademantel. Man muss Prioritäten setzen.

Ich schwelge so in meinen Gedanken an Pizza, dass ich es kaum mitbekomme, als Michael neben mir eine Mappe aus seiner Tasche holt. Dass er aber plötzlich »Bis gleich« sagt, aufsteht und ans Rednerpult geht, ist der zweite Schreck des Tages. Warum hat dieser nette Mann dieses langweilige Thema? Beschäftigt er sich etwa ernsthaft damit, also: jeden Tag? Kein Wunder, dass er nicht erzählen wollte, was er macht.

Aber Michael überrascht mich gleich noch mal: Sein Vortrag ist interessant. Okay, die Screenshots, na ja. Für die einfallslosen Layouts der Online-Bibliotheken kann er schließlich nichts. Aber er ist so witzig, klar und geradezu visionär, dass ich ziemlich hingerissen zuhöre. Offensichtlich sind Online-Bibliotheken, wenn man sie richtig einsetzt, die Zukunft ungefähr aller unserer Fachrichtungen. Schließlich zeigt er noch Blaupausen historischer Gebäude aus einem Online-Archiv, für das ich mir unbedingt bald einen Zugang besorgen muss. Ich bin hin und weg. Auch die anderen schreiben geschäftig mit und applaudieren begeistert. Michael bedankt sich freundlich, beantwortet noch ein paar Fragen und kommt dann wieder zu mir, während alle anderen in Richtung Speisesaal strömen.

»Das war toll!«, sage ich. »Ich werde mich da überall anmelden und hoffen, dass die alle Ihre Ideen umsetzen!«

»Danke, das freut mich!« Er lächelt. »Haben Sie auch solchen Hunger?«

»Wahnsinnigen Hunger.« Ich hänge mir meine Tasche um. »Wollen wir uns eigentlich nicht duzen? Schließlich hat dieser Vortrag gerade mein Leben verändert!«

»Welche Ehre! Ja, sehr gern. Dann komm mal mit, ich geleite dich direkt zum Büfett.«

Der Mann gefällt mir wirklich immer besser.

Beim Mittagessen belegt Brunhilde mich mit Beschlag, was mich in der Vermutung bestärkt, dass sie nicht mit anderen Leuten reden will. Michael hat an unserem Tisch keinen Platz mehr gefunden, deshalb musste ich ihn mit einem Gefühl aufrichtigen Bedauerns ziehen lassen. Jetzt sitzt er am Nachbartisch, schaut immer wieder zu mir rüber und zwinkert mir verschwörerisch zu. Nach dem Dessert taucht er neben mir auf.

»Rauchst du?«, fragt er.

»Nja!«, sage ich schnell. Ist zwar gelogen, verschafft mir aber die perfekte Gelegenheit, hier rauszukommen und noch ein bisschen mit Michael zu reden, bevor das Programm weitergeht. Ich nicke Brunhilde zu und verziehe mich.

»Eigentlich rauche ich gar nicht«, gebe ich auf dem Weg nach draußen zu.

»Ich auch nicht. Hab vor zwei Jahren aufgehört.«

»Ach so?« Ich lache ihn an.

»Ich hab ja nie behauptet, dass ich rauche!« Er grinst. »Ich hab nur dich gefragt.«

»Ja, und ich hab gelogen.«

»Und du hast nicht mal ein schlechtes Gewissen!« Er schüttelt in gespielter Erschütterung den Kopf. »Schau, unsere Bank unter dem Baum ist frei.«

Unsere Bank.

Wir unterhalten uns über italienische Schlager und Augenfarben und sind uns einig darüber, dass braune Augen am schönsten sind, weil wir nun mal beide welche haben. Kurz blitzen die blauen Augen von Lorenz Reichart in meiner Erinnerung auf, ehe ich sie wegschieben kann. Nur äußerst ungern stehe ich auf, um an Michaels Seite wieder in den Seminarraum zu gehen. Er läuft ganz dicht neben mir über das weiche Gras.

Den Nachmittag verbringen wir ebenfalls nebeneinander. Wenn unsere Unterarme sich auf den Lehnen unserer dicht aneinanderstehenden Stühle berühren, stellen sich auf meinem Arm die feinen Härchen auf. Hin und wieder flüstern wir dem anderen etwas zu.

Ich muss alles zurücknehmen, was ich über den Bayerischen Wald gesagt habe. Dieser Kongress war wirklich eine ganz ausgezeichnete Idee. Ich freue mich schon aufs Abendessen – nicht nur wegen Abendessen, sondern auch wegen Michael. Vielleicht können wir ja diesmal zusammensitzen.

Zuvor allerdings verziehen wir uns alle für eine knappe Stunde auf unsere Zimmer. Ich werfe mich aufs Bett und träume ein bisschen. Michael. Schöner Name auch. Er wohnt zwar in Köln, aber irgendwas ist ja immer, und so weit ist das eigentlich nicht.

Dann ziehe ich ein langärmliges blaues Kleid an, binde meine Haare zu einem Knoten, male meine Lippen rot und mache mich auf zum Essen. Heute Abend gibt es kein Büfett, wir essen mit den ganz normalen Hotelgästen im großen Speiseraum. Wenn Michael also neben mir sitzen soll, muss ich ihn gleich zu Beginn finden. Das ist aber gar nicht so einfach; der Saal ist schon ziemlich voll. Erst als ich schon zur Hälfte durch bin, entdecke ich Michael an einem Tisch. Ich lächle und will schon auf ihn zugehen, als ich merke: Er sitzt da nicht mit Kongressteilnehmern. Er sitzt da mit einer sehr schwangeren, sehr schönen Frau und einem etwa zwei Jahre alten Mädchen, dem er gerade den Mund abwischt.

Ich möchte mich sofort umdrehen und gehen. Meine Füße folgen aber noch dem alten Signal und gehen auf den Tisch zu. Michael scheint mich nicht zu bemerken, aber seine Frau sieht mich bereits fragend an. Drei Meter noch, dann stehe ich direkt vor ihnen. Was dann?

In diesem Moment packt eine kühle, trockene Hand mein Handgelenk.

»Carla, hier ist für uns reserviert«, sagt Brunhilde und weist auf den leeren Platz neben sich. Nie erschien mir ihr graues Haupt weiser und gütiger als jetzt. Ich setze mich erleichtert neben sie, begrüße die anderen am Tisch und versuche mich zu beruhigen.

»Ist alles in Ordnung mit dir?«, fragt sie.

»Ja, danke, es ist nur so schwül heute, mein Kreislauf.«

Das reicht Brunhilde völlig als Antwort. Wir reden kaum beim Essen. Hin und wieder schaue ich hinüber zu Michael und seiner Familie. Ich bin mir sicher, dass er keinen Ring trägt. Wieso trägt er keinen Ring? Können Menschen in den Dreißigern nicht allmählich mal verstehen, dass Eheringe ein prima Service für die Singles dieser Welt sind? Hier, Träger ist verheiratet, alles klar, vielen Dank, der wirkt zwar nett, aber dann schmink ich mir das von vornherein ab. Und selbst wenn sie nicht verheiratet sind, sollten sie für jedes Kind einen Ring bekommen, am besten tätowiert: Dieser Mann hat drei Linien um den Finger, Finger weg. Wie viel Zeit und Kummer man sich spart durch Eheringe!

Sparen würde. Wenn Leute wie Michael ein bisschen mitdenken würden. Ich schaue giftig zu ihm hinüber, da hebt er den Kopf und grüßt mich wie einen entfernten Bekannten. Ohne Zwinkern und Flüstern und Verschwörung. Das war tagsüber. Ich war die Frau für tagsüber, jetzt sitzt er da mit der Frau für den Abend – und fürs Leben.

Später an der Hotelbar trinke ich ein Glas Rotwein

zu viel und fange an, schmutzige Witze zu erzählen. Zum Glück sind die anderen auch ziemlich hinüber. In der Kulturbranche wird ganz ordentlich gesoffen. Michael allerdings lässt sich nicht blicken. Massiert wahrscheinlich die Füße seiner schwangeren Frau.

Dabei hätten meine das auch mal wieder verdient.

Kapitel 16

Leicht verkatert, aber bestens gelaunt marschiere ich am nächsten Tag in den Seminarraum. Michael sitzt auf dem gleichen Platz wie gestern, mein Platz neben ihm ist frei. Wohlkalkuliert gehe ich an ihm vorbei und setze mich in der zweiten Reihe auf einen einzelnen freien Platz. Dort gebe ich vor, interessiert Notizen zu machen, während ich mir vorstelle, wie er mit Blicken die ganze Zeit meinen Rücken durchbohrt.

In der Kaffeepause gehe ich sofort zu Brunhilde und lasse mich von ihr in ein Gespräch über Kulturvermittlung in sozialen Netzwerken verwickeln. Brunhilde hat überhaupt keine Ahnung von sozialen Netzwerken, findet das aber alles sehr interessant und will meinen Facebook-Account sehen. Es fühlt sich ein bisschen wie damals an, als meine Mutter in mein unaufgeräumtes Zimmer kam und Zeug rumliegen sah, das ich ihr sonst eher nicht gezeigt hätte: Mädchenzeitschriften mit hanebüchenen Flirt-Tipps, Mamas schon lange vermisster Kaschmirpullover und meine heimlich gekauften Kaltwachsstreifen. Jawohl, Kaltwachsstreifen – dafür mag man mit dreizehn ein bisschen zu jung sein, aber ich hatte halt wirklich schon sehr viele Haare an den Beinen. Meine Mutter hielt mir einen Vortrag, den man heute unter dem Kampfbegriff *Body Acceptance* zusammenfassen würde. Ich hielt mit meiner ganzen pubertären Verve dagegen, dass ich lieber sterben würde, als wie ein Wolfsmensch herumzulaufen. Wir einigten uns darauf, dass ich die Schienbeine enthaaren, aber die weiche Haut an den Oberschenkeln in Ruhe lassen würde. So halte ich das bis heute. Wer meine Haare nicht erträgt, hat meine Beine nicht verdient!

»Und das sind alles deine Freunde?«, fragt Brunhilde, als ich ihr meine Seite zeige. Passenderweise geht Michael gerade vorbei. Hast du gehört? Alles meine Freunde! Ich brauch dich nicht, du Superehemann!

»Ach, manche sind auch eher flüchtige Bekannte«, sage ich und hoffe, dass das für Brunhilde unverfänglich klingt und für Michael, als hätte ich ein ausschweifendes Sexleben.

»Warum stellen die alle Fotos von ihrem Essen ins Internet?«

»Weil … Es hat irgendwas damit zu tun, sein eigenes Leben sorgfältig zu kuratieren, denke ich.«

»Tatsächlich? Ich dachte schon, es wäre so etwas wie Weight Watchers.«

»Wie meinst du denn das?«

»Dass man sich verpflichtet, alles zu zeigen, was man isst, und dann isst man nicht so viel!«

Ich schaue Brunhilde fasziniert an. »Es könnte sein, dass du soeben eine geniale neue App erfunden hast. Selbstdarstellung und Abnehmen in einem – fantastische Idee eigentlich.«

»Klar. Ihr müsst mich nur fragen!«, sagt meine Chefin vollkommen ironiefrei. Was ihr an sozialer Kompetenz fehlt, gleicht sie mit Kreativität und Selbstbewusstsein wirklich locker aus.

Zurück im Seminarraum nicke ich Michael genauso distanziert-höflich zu wie er mir gestern Abend. Er wirkt ein bisschen nachdenklich, aber nicht gerade betroffen. Bin ich nur hysterisch? Habe ich mir das alles eingebildet, und sein Verhalten war ganz normal kollegial und freundlich?

»Hör endlich auf, immer zu fragen, ob ein anderer mit seiner Wahrnehmung mehr recht hat als du!«, schimpft Mia, als ich ihr am Abend zu Hause diese Frage stelle. »Selbst wenn das für ihn ganz normaler Umgang mit fremden Frauen sein sollte, muss er doch irgendwann in seinem Erwachsenenleben mal mitgekriegt haben, dass Frauen es als Flirt verstehen!«

»Du hättest es auch so verstanden, oder?«, frage ich verunsichert.

»Selbstverständlich! Himmel, ich hätte an deiner Stelle schon mal geguckt, ob ich Kondome dabeihabe. Eventuell wäre ich darauf gefasst gewesen, dass er verheiratet ist, das bin ich ja gewohnt. Aber dass er mit seiner Familie beim Abendessen sitzt und harmlos guckt, hätte ich nicht erwartet!« Mia schnauft. »Wie hat er sich denn vor dem Abendessen von dir verabschiedet?«

»Er hat ›Bis gleich‹ gesagt.«

»Weil er wusste, dass du ihn sehen würdest. Wahrscheinlich fand er den Gedanken super, dass du auf ihn stehst und er dir abends zeigen kann, dass er unerreichbar ist. Ekelhafter Egoarsch!«

»Hey, du bist ja wütender als ich«, sage ich erstaunt. »Ist alles okay?«

»Nein, nichts ist okay! Ich vermisse Andreas!«

»Oh. Erzähl mal.«

»Warten ist einfach furchtbar. Ich hatte noch nie das Gefühl, etwas so schlecht zu können und kein bisschen besser darin zu werden, egal wie lange es dauert!«

»Aber es sind doch auch erst – wie viel, drei Wochen?«

»Die längsten drei Wochen meines Lebens!« Mia neigt eigentlich nicht zum Melodrama. Ich kann es kaum fassen, dass solche Superlative aus ihrem Mund kommen.

»Habt ihr denn Kontakt?«

»Ja. Wir schreiben uns und telefonieren hin und wieder, er ist sehr lieb zu mir. Aber wir treffen uns nicht, weil er es zu früh findet!«

»Wenn er das so empfindet, wird es schon stimmen, Mia. Was bringt es dir denn, wenn er jetzt hier auftaucht und nach zwei Wochen wieder weg ist, weil er sich emotional doch übernommen hat?«

»Dann wüsste ich wenigstens, wie es wäre, mit ihm zusammen zu sein.«

»Und hättest noch viel größeren Liebeskummer als jetzt«, widerspreche ich ihr. »Ehrlich, das ist keine gute Idee. Wenn du eine richtige Beziehung mit ihm möchtest, musst du dich auf sein Tempo einlassen.«

»Es ist so ungerecht! Wieso muss ich das und nicht

umgekehrt? Wieso lässt sich nie jemand auf mein Tempo ein?«

Ich betrachte meine vor Wut schnaubende, wunderschöne und blitzgescheite Freundin. »Weil niemand mit dir mithalten kann, Schnucki«, sage ich. »Gib ihm Zeit. Was ist eigentlich aus deiner bunten Sammlung an Affären geworden?«

»Ich wimmele sie ab, bis sie es von selbst kapieren«, grummelt Mia. »Rebecca findet, ich müsste richtig mit ihnen Schluss machen, aber das ist total absurd, ich mach doch nicht mit jemandem Schluss, der eh mit jemand anderem zusammen ist.«

»Rebecca ist eben die Anständigste von uns dreien.«

»Nicht, dass sie große Konkurrenz hätte.«

»Ah, na bitte, sobald du dich beruhigst, bist du wieder zu Selbstironie fähig. Eine Frage noch: Spricht irgendwas dagegen, dass du dich mit Andreas einfach mal tagsüber auf einen Kaffee triffst? Schlimmstenfalls knutscht ihr ein bisschen rum, das sollte doch keinen von euch in Gewissensnöte stürzen.«

»Also mich nicht, aber ihn vielleicht?« Mia schaut nachdenklich. »Ich muss ihn wirklich unbedingt bald wiedersehen. Vielleicht könnte es ja so gehen. Ich überlege mir das mal.«

Kapitel 17

Weil wir am Abend mal wieder viel zu lange zusammengesessen und geredet haben, komme ich am nächsten Tag kaum aus dem Bett. Mit halb geöffneten Augen halte ich mir mein Handy vors Gesicht und schaue, was in der Nacht so passiert ist. Ich überfliege geistesabwesend eine Nachrichtenwebsite und bin kurz davor, wieder einzuschlafen, als etwas aufpoppt: »Michael möchte mit dir auf Facebook befreundet sein.«

Sofort bin ich auf den Beinen und renne wie eine Irre in die Küche. Mia ist schon fertig angezogen und guckt erschrocken, als ich die Tür aufreiße und ihr mein Handy hinhalte.

»Er hat mir eine Freundschaftsanfrage geschickt!«

»Wer, Lorenz?«

»Nein, Michael!«

»Im Ernst? Ist ja absurd.« Mia schnappt sich mein Handy und öffnet sofort sein Profil. »Hmmm, sieht schon nicht schlecht aus, der Mann. Aber was will er denn jetzt?«

»Keine Ahnung, ich nehm das bestimmt nicht an!«

»Natürlich nimmst du an. Du willst doch auch wissen, was der Quatsch soll, oder? Denkst du, er will einfach nur Networking betreiben?«

»Kann schon sein. Mist, ein bisschen neugierig bin ich wirklich.«

»Nimm an und warte, ob er was zu sagen hat. Wenn nicht, kannst du ihn doch immer noch entfreunden.«

»Na gut.« Ich bestätige die Freundschaft mit Michael und schaue mir die Fotos an, die er hochgeladen hat. »Gott, wie rührend, er mit Kind in der Hängematte.«

»Bewegend. Ich wein gleich«, sagt Mia lakonisch. Dann greift sie nach ihrer Tasche. »Sag mir Bescheid, wenn er sich gemeldet hat!«

Mia und ich müssen überraschend kurz warten. Als ich an der Stiftung vom Fahrrad steige, habe ich schon eine Nachricht von Michael.

Liebe Carla, bist du gut wieder zu Hause angekommen? Ich finde es sehr schön, dass wir uns kennengelernt haben. Hoffentlich sehen wir uns bald mal wieder?

Erstaunlich. Wie kann jemand so nett und gleichzeitig so dreist sein? Das klingt alles fast ganz harmlos. Fast.

Hallo, Michael. Ich bin etwas überrascht – wenn du es so schön fandest, warum hast du mich dann am Abend komplett ignoriert?

Michael ist online und schreibt sofort zurück.

Ach, das tut mir leid! Meine Frau ist oft so eifersüchtig. Komplettiert wird seine Nachricht durch ein Augenzwinker-Emoticon: **;-)**.

Alles klar. Spätestens jetzt ist der Kerl bei mir untendurch. Aber hey, Dreistigkeit kann ich schon auch.

Und was meinst du, wo wir uns bald mal wiedersehen könnten?

Bist du vielleicht mal in Hamburg? Da habe ich regelmäßig geschäftlich zu tun.

Du wohnst doch in Köln, warum treffen wir uns nicht da?

Weil meine Frau mir dann die Hölle heißmacht …

Jetzt reißt mir endgültig der Geduldsfaden.

Pass auf, Michael. Durch die Welt zu laufen, fremde Frauen anzuflirten und dich dann zu beschweren, dass deine Frau VÖLLIG ZU RECHT eifersüchtig ist, qualifiziert dich zum Arschloch erster Klasse. Ich werde dich nirgends treffen, ich treffe mich nämlich nicht mit Heuchlern. Und falls du einen Ehering in der Schublade hast, trag ihn gefälligst – dann weiß die nächste Frau wenigstens, worauf sie sich einlässt, und beschimpft dich nicht anschließend auf Facebook. Viel Erfolg!

Michael liest meine Nachricht und geht sofort offline. Ich mache einen Screenshot für Mia und lege den Kopf auf die Tischplatte, um ausgiebig zu ächzen. Just in diesem Moment ruft meine Mutter an.

»Mama, im perfekten Moment, wie immer!«, begrüße ich sie.

»Ja? Schön!« Für Sarkasmus ist sie nicht besonders empfänglich. »Wie war es auf dem Kongress?«

»Ich habe einen Mann kennengelernt, und er hat sich

als Arschloch entpuppt. Das scheint der Refrain meines Lebens zu sein.«

»Ach Kind!« Meine Mutter wirkt nicht besonders betrübt. »Komm doch mal wieder nach Hause. Der Garten ist wunderschön, alles blüht, und nächstes Wochenende ist Dorffest. Da kommen bestimmt auch viele alte Klassenkameraden von dir. Deine Schwester hat sich auch angekündigt!«

»Das klingt eigentlich ganz schön«, gebe ich zu. »Gute Idee. Hier verpasse ich momentan sowieso nicht viel außer Gluthitze zwischen Hochhäusern.«

Nachdem sie aufgelegt hat, sitze ich mit dem tutenden Hörer in der Hand da und frage mich, ob ich eigentlich bescheuert bin. Apropos bescheuert: Ich rufe jetzt einfach selbst wegen der Schule beim Denkmalschutz an. Die haben sie ja wohl nicht mehr alle, mich so lange warten zu lassen.

»Hallo, hier ist Carla Wonneberger. Ich wollte mich erkundigen, ob Sie schon mit Ihrem Chef über die Finkenschule gesprochen haben.« Schon. Haha.

»Ja, das habe ich«, entgegnet er überraschend zackig. »Ich hätte Sie dazu heute auch angerufen. Oder morgen.« Oder übermorgen, ja, genau.

»Und wie ist sein Standpunkt?«

»Wir sind einverstanden damit, dass die Schulbehörde auf eigene Kosten das Gebäude von außen denkmalschutzgerecht und von innen nutzungsgerecht saniert. Unter einer Bedingung.«

»Nämlich?«

»Sie müssen eine Lösung für die Fenster finden. Wir möchten natürlich die Originalfenster erhalten wissen, auch wenn die nicht besonders dicht sind. Von innen können Sie damit machen, was Sie wollen, hängen Sie notfalls dicke Samtvorhänge davor. Aber die Fenster müssen drinbleiben.«

»Uff. Ich verstehe.« Das ist ein echtes Problem. »Ich werde mir etwas überlegen. Setzen Sie sich dann mit der … Nein, halt, ich sage der Schulbehörde, sie soll sich mit Ihnen in Verbindung setzen.«

Jetzt gibt es nämlich wirklich keine Zeit mehr zu verlieren. Die Sommerferien haben gerade angefangen, und die Container in den Hof zu bauen dauert sicher auch seine Zeit. Ich schreibe eine Mail an die Schulbehörde und Herrn Tröger, in der ich die guten Nachrichten verkünde und zur Eile mahne, damit die Kinder nicht mitten im Schuljahr umziehen müssen.

Die Fenster, herrje. Am liebsten würde ich sie rundherum mit Silikon abdichten, aber erstens kann man dann nicht mehr richtig lüften und zweitens hält das eine Glas ja nun auch keine Kälte ab. Ich frage mich, wie das jemals ein Gefängnis gewesen sein soll, wenn man die Fenster mit dem Ellbogen eindrücken konnte. Andererseits dürfen Sträflinge ja auch in den Hof. Dann werden eben die Mauern drumherum bewacht. Trotzdem, das muss ich Herrn Tröger mal fragen.

Auf dem Heimweg schmilzt mein Po fast in meinen Fahrradsattel hinein. Zu Hause treffe ich keine Mia an, dafür hat Rebecca spontan angekündigt, direkt nach der

Arbeit vorbeizukommen. Das Weinglas, das ich ihr reiche, lehnt sie allerdings ab.

»Huch? Sollte ich etwas wissen?«, frage ich.

»Nein, nein. Wir, also, ich habe die Pille abgesetzt, und ich will nur sichergehen, dass ich nicht mit einem Spontanbesäufnis eine hoffnungsvolle Eizelle daran hindere, sich einzunisten.«

»Mmh. Dein Optimismus in allen Ehren, aber du weißt schon, dass das nach der Pille meist mindestens ein halbes Jahr dauert?«

»Ja. Aber wenn es passieren soll, passiert es«, sagt Rebecca schlicht.

»Weise Worte.« Ich schenke ihr einen Eistee ein.«Komm, wir setzen uns auf den Balkon.«

»Apropos Familie, ich wollte euch beide um etwas bitten. Ich hab es doch dieses Jahr übernommen, das Fest meiner Großfamilie zu organisieren.«

»Ach ja, deine zehntausend Cousins und Cousinen mit jeweils mehreren Hundert Stief- und Halbgeschwistern. Und, wie läuft's?«

»Gut! Es ist ja auch schon bald. Ich habe eine Gemeindehalle im Umland gemietet, Catering bestellt, einen DJ engagiert, alles gut. Aber ich könnte am Abend selbst ehrlich gesagt Hilfe brauchen. Ich weiß, ihr seid nicht mal mit den Leuten verwandt, deshalb interessieren sie euch wahrscheinlich nicht besonders …«

»… aber gerade deshalb haben wir dort als Einzige Zeit zu helfen, weil wir uns im Gegensatz zu deiner Verwandtschaft nicht den ganzen Abend unterhalten müssen«, vollende ich ihren Satz. »Und es wäre doch wirklich schön, wenn du auch mal sitzen und reden könntest. Wofür genau brauchst du uns denn?«

»Es wäre toll, wenn jemand der Ansprechpartner fürs Catering wäre, die haben dauernd Fragen. Und später für die älteren Semester Taxis bestellen. Bestimmt fallen noch viele andere Dinge an, auf die ich jetzt nicht komme.«

»Na klar. Also ich bin auf jeden Fall dabei, und Mia ...« Ich höre den Schlüssel in der Wohnungstür. »Kannst du gleich selbst fragen.«

»Hallöchen!« Mia kommt auf den Balkon geschwebt. »Ich komme gerade aus der Kirche.«

»Aus der was?« Verständnislos schaue ich sie an. Mia betritt Kirchen sonst nur, wenn sie eingeladen wird: zu Hochzeiten, Taufen oder Beerdigungen. Aber die finden selten unter der Woche um 18 Uhr statt.

»Jedenfalls schaut sie nicht wegen der Kirche so beseelt drein«, sagt Rebecca, während Mia wortlos grinsend in die Küche verschwindet. »Es sei denn, Weihrauch wirkt tatsächlich bewusstseinserweiternd.«

»Das würde überhaupt vieles erklären.«

Mia betritt mit einem Glas Weißwein, in dem ein paar Eiswürfel schwimmen, und einer Packung Gummibärchen den Balkon. »Ich hatte ein Date!«

»Stehst du jetzt auf Priester?«, frotzele ich. »Deine Leidenschaft fürs Verbotene wird immer interessanter!«

»Jaha, ich weiß.« Schwungvoll reißt sie die Tüte auf. »Ich habe Andreas getroffen. In der Kirche, weil wir uns da sehen und im Seitenschiff leise unterhalten konnten, aber garantiert nicht in die Versuchung kamen rumzuknutschen.«

Rebecca kichert in ihren Eistee. »Keusche Selbstüberlistung! Ihr seid ja niedlich.«

»Wenn du mit niedlich clever meinst: absolut!« Mia wirkt hochzufrieden. »Es war so schön. Endlich konnte ich ihn wiedersehen.«

»Wie geht es ihm denn?«, frage ich.

»Er versucht, wieder Boden unter den Füßen zu bekommen. Nächste Woche zieht er bei ihr aus«, Mia gestikuliert geheimnisvoll zur anderen Hausseite, »und in eine eigene Wohnung.«

»Du musst dir keine Sorgen machen, unsere charmante Nachbarin kann dich nicht hören«, sage ich. »Erstens müsste sie um die Ecke hören können, zweitens quillt ihr Briefkasten über. Sie ist wohl weggefahren.«

»Gut. Dann kann ich euch ja auch erzählen, dass wir Händchen gehalten haben. Das fanden wir in der Kirche okay.«

»Das ist vollkommen okay«, versichert Rebecca ihr. »Und wie geht es jetzt weiter?«

»Ich weiß es nicht. Er braucht Zeit, und ich will sie ihm geben. Aber er sagt leider nicht so etwas wie: zwei Monate, dann können wir loslegen. Ich hab keine Ahnung, wie lange es dauert.«

»So was magst du ja gar nicht.«

»Allerdings nicht! Seit er nachdenkt, futter ich nur noch. Ich hab fast vier Kilo zugenommen.«

»Oh. Ist das ein Problem für dich?«

»Machst du Witze? Ich hatte noch nie so fantastische Brüste. Am liebsten würde ich den ganzen Tag zu Hause bleiben und sie fotografieren.« Mia nimmt sich neue Gummibärchen. »Und im Sommer trage ich ja eh nur Röcke. Die engen Hosen passen schon rechtzeitig wieder.«

»Was ist jetzt eigentlich mit deinem Forsthaus?«, fragt Rebecca mich.

»Es ist nicht mein Forsthaus«, jaule ich.

»Ah, man sieht richtig, wie deine Wunden verheilen«, spottet Mia. »Und der Typ dazu?«

»Der traut sich offenbar nicht mehr, sich zu melden.«

»Carla Wonneberger: *Wie man Männer vergrault*. Taschenbuch mit vielen bunten Abbildungen. Wäre sicher ein Bestseller. Ich würd's lesen.«

»Ich hab mal ein Buch über die Spice Girls gelesen«, sage ich, ohne auf ihre Boshaftigkeit einzugehen. »Die hatten angeblich den ultimativen Trick, wenn sie jemanden loswerden wollten: groß auf sein Klo gehen und nicht runterspülen.«

»Bäh!« Rebecca ist empört. »Das ist widerlich.«

»Deshalb funktioniert es bestimmt gut!«, ruft Mia begeistert aus.

»Kann man nicht einfach sagen: Du, das war nett, aber nicht nett genug, bitte meld dich nicht mehr bei mir?«

Mia und ich schauen uns an. »Doch, klar«, sagt sie dann. »Wenn du bereit bist, noch stunden- oder tagelang darüber zu diskutieren, warum du ihn nicht zu schätzen weißt und dass du ihm ja gar keine Chance gegeben hast zu zeigen, wer er wirklich ist.«

»Meine Güte. Ich kann nicht fassen, dass ich ernsthaft darüber nachgedacht habe, Daniel zu verlassen und mich in diesen Dschungel da draußen zu begeben.«

»Ich hätte es dir auch nicht empfohlen«, sage ich und denke an Michael und seine augenzwinkernden Flirtversuche. In diesem Moment kommt Pumpkin zu uns auf den Balkon, versucht die Gummibärchentüte vom Tisch zu reißen und schreit Mia empört an, als sie sie vor ihm rettet. Er klingt fast wie eine Krähe.

»Du musst an deiner Niedlichkeit arbeiten«, belehrt Mia den Kater.

»Ist er heiser?«, fragt Rebecca.

»Können Katzen überhaupt heiser sein? Ich hab wirklich keine Ahnung von Tieren, aber immerhin kann ich Dosenfutter öffnen.«

»Schon nicht schlecht, aber offenbar findet er Gummibärchen noch toller«, sagt Mia. »Fährst du eigentlich noch manchmal zu diesem Forsthaus?«

»Nein. Ich war jetzt schon eine Weile nicht mehr, und ich lass es auch bleiben. Es geht mich nichts an. Und ich will Lorenz nicht über den Weg laufen.«

»Aber was ist, wenn er tatsächlich irgendwas Bauhausartiges daraus macht?«

»Sag doch so was nicht!«

»Okay, okay, Entschuldigung.«

»Ich fahr nicht mehr hin. Das muss sich dann alles die Denkmalschutzbehörde anschauen«, sage ich und fühle mich sehr vernünftig, reif und erwachsen dabei.

Kapitel 18

Bald darauf finde ich mich im Wald wieder. Bis dahin war es ein ganz normaler Tag, aber dann hat es mich plötzlich gepackt, und jetzt wackele ich in Riemchensandalen und Sommerkleid über den weichen Waldboden. Es ist unglaublich schwülheiß heute, sogar am Waldrand noch stickig. Meine Haut fühlt sich kühl an, aber mein Kopf dampft.

Das dunkelgraue Schieferdach des Forsthauses brät in der Sonne. Ich kann die Luft darüber flirren sehen. Heute scheinen keine Handwerker da zu sein; der Platz neben dem Haus ist leer. Davor steht eine Palette mit Fliesen, offenbar fürs Badezimmer. Ich trete vorsichtig auf die Veranda und schaue durch das Fenster in den Flur, aber ich kann nichts Interessantes erkennen. Also gehe ich wieder ums Haus herum. Die Erde ist von der Hitzewelle ausgetrocknet und hart. Der Himbeerbusch lässt die Blätter hängen, aber die Bäume sehen prächtig aus. Die ersten Äpfel werden rot.

Durch das erste Fenster sehe ich spiegelnden Parkettboden und lindgrüne Wände. Wahnsinn. Das muss das Esszimmer sein. Dass er damit schon so weit ist, überrascht mich. Allerdings ist alles mit Möbeln vollgestopft, die dann wahrscheinlich auf die anderen Räume verteilt werden sollen. Trotzdem: Respekt. Die Farbe ist sehr stilvoll. Ich pfeife leise, aber anerkennend.

Schwitzend kämpfe ich mich über Bauschutt zum nächsten Fenster vor. Ich muss aufpassen, mir in meinen Schühchen hier nicht den Fuß zu brechen. In der Hitze kann ich nicht klar denken. Zum Glück braut sich am Himmel was zusammen, und die Sonne verschwindet jetzt hinter aufziehenden Wolken. Ich schaue in das Gästeklo, dessen Spitzengardinen die Handwerker offenbar abgemacht haben. Darin herrscht das reine Chaos. Alle Fliesen sind von den Wänden gehauen, die Toilettenschüssel und das Waschbecken stehen abmontiert und zerbrochen in der Ecke. Es sieht aus wie nach einem Raketeneinschlag.

Entmutigt mache ich vom Fenster einen Schritt rückwärts und stoße gegen etwas, das größer ist als ich und eben noch nicht da war. Erschrocken schreie ich auf und schlage mir die Hand vor den Mund.

»Du!«, sagt Lorenz grimmig und dreht mich an den Schultern zu sich herum.

»Fass mich nicht an!«, brause ich auf. Angriff ist schließlich die beste Verteidigung.

»Du spionierst mir also nach!«, knurrt Lorenz.

»Ist auch besser so, ich weiß ja nicht, was dir mit dem Haus noch alles einfällt!«

»Du wüsstest das durchaus, wenn du mir nicht gesagt hättest, ich dürfte dich erst im September wieder anrufen!«

»Hast du etwa die Entwürfe geändert? Denn wenn du die Entwürfe geändert hast, dann …!«

»Was dann?«, fragt Lorenz eine Spur zu ruhig für meinen Geschmack.

»Nein, das hast du nicht getan«, stöhne ich. »Sag mir sofort, dass du nichts geändert hast!«

»Du wirst das schon früh genug sehen«, brummt Lorenz. »Und bis dahin bleibst du hier weg. Oder hast du mich vermisst?« Plötzlich grinst er breit.

»Dich vermisst?«, schnauze ich ihn an. »Wenn ich dich vermisst hätte, hätte ich dich jederzeit anrufen können!«

»Hättest du nicht«, sagt er.

»Ach nein, und wieso nicht?«

»Weil du zu stolz dafür bist.«

In fassungsloser Wut starre ich ihn an. Erst ruiniert er mein Lieblingshaus, dann bricht er mir das Herz, und jetzt macht er sich auch noch über mich lustig.

»Weißt du was? Ich bin wirklich stolz. Darauf, dass ich dich jetzt nicht erwürge, obwohl du es verdient hättest.«

Lorenz verschränkt die Arme vor der Brust und schaut mich einfach nur an.«Das ist nicht fair, Carla.«

Ist es nicht? Okay, ich habe gesagt, dass ich nichts wissen will. Nichts von ihm und nichts vom Haus. Und jetzt pöbele ich ihn an, weil er mich daran erinnert.

»Wie kommst du überhaupt hierher?«, fauche ich, um das Thema zu wechseln.

»Mit dem Auto! Genau wie du. Ich hab deine Schüssel am Waldrand gesehen und mein Auto direkt dazugestellt, um nachzuschauen, was du hier so treibst.«

Deshalb habe ich also kein Auto gehört. Verdammt. »Nenn mein Auto nicht Schüssel!«

»Entschuldigung. Und was hast du nun zu deiner Verteidigung vorzubringen?« Der Himmel verdunkelt sich immer weiter und taucht Lorenz' Gesicht in ein düsteres, diffuses Licht. »Immerhin stehst du hier auf meinem Grundstück herum. Ich kann mich gar nicht daran erinnern, dich eingeladen zu haben.«

»Du kannst dich wahrscheinlich auch nicht daran erinnern, wann du dem armen Himbeerbusch zum letzten Mal Wasser gegeben hast!« Anklagend weise ich auf die Pflanze.

»Das ist ein Garten am Waldrand, der reguliert sich schon selbst.« In diesem Moment fällt ein dicker Wassertropfen auf Lorenz' Nase. Wie auf Kommando schauen wir zum Himmel, der plötzlich alle Schleusen öffnet. Der Regen kommt wie ein dichter Vorhang quer über den Garten auf uns zu und prasselt auf uns nieder. Ich mache einen Satz zum Haus hin, um an der Mauer wenigstens etwas geschützt zu sein, aber der aufkommende Wind treibt den Regen in meine Richtung. Ein Blitz zuckt durch den Himmel. Als Lorenz neben mir Schutz sucht, donnert es ohrenbetäubend.

»Wir müssen ins Haus!« Er sucht seine Hosentaschen ab und murmelt einen Fluch. »Ich hab den Schlüssel im Auto vergessen.«

»Machst du Witze? Unsere Autos stehen einen halben Kilometer entfernt!«

»Ja, ich weiß.« Schnell sind wir beide komplett durchnässt. Der Wind pfeift um die Hausecke; ich beginne zu frösteln. »Ich seh keine andere Lösung, als zum Auto zu laufen. Durch das Dach der Veranda regnet es durch, das ist komplett undicht. Entweder wir bleiben hier im Gewitter stehen, oder wir rennen.«

»Scheiße.« Ich betrachte meine ehemals weißen Sandaletten, über die gerade lehmiges Regenwasser fließt. »Ich bin für rennen.«

»Gut.« Lorenz wirft einen Blick zum Himmel, der keinerlei Besserung verspricht. »Komm mit.«

Er dreht sich zur Seite und läuft los, in den Regen hinein. Ich folge ihm, aber schon nach fünf Schritten rutsche ich mit meinen glatten Sohlen auf dem nassen Boden aus und kann mich gerade noch so mit der rechten Hand abstützen. Als ich erschrocken quieke, dreht Lorenz sich um.

»Alles okay?« Er kommt zurück und zieht mich an der linken Hand hoch.

»Der Boden ist so rutschig, ich kann nicht so schnell.«

»Da vorne auf dem Weg wird es besser.« Hand in Hand rennen wir los. Meine von Erde verdreckte Hand strecke ich dabei zur Seite aus. Nach zweihundert Metern hat der Regen sie schon sauber gewaschen.

Mein hellrotes Kleid ist vom Regen so durchnässt, dass es an meinen Oberschenkeln klebt. Bei jedem Schritt quillt das Wasser aus dem weichen Waldboden in meine Schuhe und zwischen meine Zehen. Aber Lorenz hält meine Hand fest. Als wir uns den Autos nähern, greift er in seine Hosentasche. Mit einem kurzen Blinken entriegelt sich sein Wagen, dann reißen wir die Türen auf und rutschen beide auf die Ledersitze, tropfnass. Der Regen prasselt auf Dach und Windschutzscheibe.

»Wir ruinieren deine Sitze!«, sage ich verlegen.

»Ja, warte.« Er streckt sich über die Mittelkonsole nach hinten, öffnet die Durchreiche zum Kofferraum und zieht eine große Wolldecke heraus. Dabei streckt er mir unabsichtlich seinen Hintern hin, was ich gar nicht so verkehrt finde. Mit ein bisschen Geturne decken wir die Sitze ab. Auf meiner Seite bleibt sogar noch ein Stück Decke übrig, in das ich mich einwickeln kann. Mir ist ziemlich kalt.

»Was für ein Weltuntergang«, sage ich.

»Brauchst du vielleicht ein Handtuch? Für deine Haare?«

»Du hast ein Handtuch hier drin?«

»Ja …« Er greift auf den Rücksitz, wo eine kleine Sporttasche steht, und zieht es heraus. »Unbenutzt, bei meiner Ehre. Ich hab das immer dabei, falls ich es zum Sport schaffe, aber momentan fahre ich doch meistens zum Haus.«

Dankbar greife ich nach dem Handtuch und fahre damit über meine klatschnassen Haare. »Und wenn du Sport machst, was für Sport machst du dann? Immer noch Bälle fangen?«

»Nee, Bälle schlagen. Ich spiele ein bisschen Tennis. Bin mir aber nicht sicher, ob meine Trainingspartner mich noch erkennen würden. In anderen Bereichen bin ich deutlich ehrgeiziger. Zum Beispiel will ich immer auf alles vorbereitet sein.« Er öffnet das Handschuhfach und holt eine Packung gesalzene Erdnüsse heraus. »Hunger?«

Ich muss lachen. »Hast du auch eine Bibliothek und eine Bar hier drin?«

»Noch nicht. Gute Idee, klingt gemütlich.« Er lächelt mich an. Wir essen Erdnüsse und schauen in den Regen. Ich ziehe meine Sandaletten aus und schiebe meine Füße in die Decke. Allmählich wird es dunkel.

»Ich wollte nur wissen, was mit dem Haus ist«, sage ich irgendwann in die Stille.

»Ja. Aber das geht nicht, Carla.«

»Wie meinst du das?« Sein ernster Ton überrascht mich.

»Du hast gesagt, du willst nichts von mir wissen. Du hast dich nie mehr gemeldet. Da kannst du nicht einfach abends vor meinem Haus auftauchen und durch die Fenster gucken!«

»Aber ich traue dir nicht!« Das ist vielleicht nicht nett, aber zumindest ehrlich.

»Ach ja?« Richtig wütend sieht er aus. »Ich hab dich nicht nach einem Date fallen lassen wie eine heiße Kartoffel! Ich hab nicht einer Fremden geglaubt statt dir! Ich hab nicht tausend Anrufe von dir ignoriert!«

»Hast du jetzt die Pläne geändert oder nicht?«

»Meine Pläne«, sagt er sehr langsam, »gehen dich überhaupt nichts mehr an.«

»Du machst dir also nicht mal die Mühe, mich anzulügen!« Ich taste nach meinen Schuhen und ziehe sie wieder über meine Füße. »Weißt du, vielleicht habe ich dir aus den falschen Gründen misstraut und hätte auf diese Maike nicht reinfallen dürfen. Aber was deinen Charakter angeht, lag ich trotzdem richtig!«

»Mein Charakter? *Mein* – du weißt ja überhaupt nicht, was du da sagst!«

»Oh doch, ich weiß das«, sage ich gehässig. »Und weil das vollkommen ausreicht, werde ich es dir nicht erklären. Schönen Abend noch!« Damit reiße ich die Tür auf, knalle sie mit aller Kraft hinter mir zu und laufe die paar Schritte zu meinem Auto. Es schüttet immer noch wie aus Kübeln. Bis ich die Tür aufgeschlossen habe, bin ich wieder ganz nass.

Lorenz sieht mich durch sein Fenster mit einer Mischung aus Wut und Verzweiflung an. Als ich längst gewendet habe und durch den Regen davonfahre, sieht er mir immer noch hinterher.

Rebecca, du als Betriebswirtin ...

Oh Gott, so fangen die kompliziertesten Fragen immer an. Also, schieß los!

Angenommen, ich wollte ein Haus kaufen. Wie müsste das Verhältnis des Eigenkapitals zum Kaufpreis sein?

Das kann man so einfach nicht sagen, das hängt natürlich davon ab, wie schnell und lange du abbezahlen willst und kannst, von der geplanten Nutzung des Hauses, von etwaigen – Moment mal. Geht es um DAS Haus?

Ja.

Es steht zum Verkauf?

Nein.

Während ich auf ihre Antwort warte, klingelt das Telefon in meiner Hand. Rebecca ruft an.

»Liebes, bist du okay?«, fragt sie sanft.

»Nein, ich bin wütend und unglücklich!«, platze ich heraus. »Ich bin zum Haus gefahren, um durch die Fenster zu gucken, und …«

»Himmel, warum machst du denn so was?«

»Weil ich es wissen musste. Und dann war da Lorenz, und er hat gesagt, seine Pläne gehen mich nichts an, und bestimmt macht er eine Mehrzweckhalle daraus und ich kann nie wieder einen Wald sehen, ohne loszuheulen!«

Ich höre Rebecca tief atmen. Irgendwie macht sie das immer, wenn ich hysterisch werde.

»Carla, jetzt beruhig dich erst mal. Wenn er etwas richtig Grundlegendes am Haus hätte verändern wollen, würde man das doch jetzt wahrscheinlich schon sehen. Und es tut mir leid, aber du kannst kein Haus kaufen, das der Besitzer nicht verkaufen will.«

»Aber vielleicht, wenn ich ihn mit einer Schusswaffe bedrohe?«

»Das würde dem Notar wahrscheinlich auffallen, Süße.«

»Also noch eine zweite Waffe, für den Notar.«

»Du musst auf andere Gedanken kommen, ehe du straffällig wirst.«

»Ja, ja.« Ich seufze tief. »Ich fahre am Wochenende zu meiner Familie und geh mit meiner Schwester aufs Dorffest.«

»Das klingt doch super!«

Kapitel 19

Meine Mutter scheint mein Erscheinen auch super zu finden. Ich habe gerade erst hinter dem Haus geparkt, da steht sie schon juchzend an der Terrassentür. Zwei Minuten später nötigt sie meinen Vater, eine Flasche Sekt zu öffnen. Und als meine Schwester Maya bald darauf eintrifft, haben wir alle drei bereits leicht einen sitzen.

»Seid ihr verrückt?«, ruft sie durch den Flur. »Wir gehen doch heute Abend erst aufs Dorffest!«

»Ja, bis dahin essen wir auch noch ganz viel!«, antwortet meine Mutter.

Was sie nicht erwähnt: Bis dahin werde ich nach allen Regeln der Kunst ausgequetscht. Ich fange bei unverfänglichen Themen wie der Schule und meinen Grabenkämpfen mit den Behörden an, aber als wir bei der selbst gemachten Panna Cotta ankommen, haben meine Mutter und meine Schwester sich einmal komplett durch meine letzthalbjährige Vita hindurchgefragt und widmen sich ausführlichst dem Thema Lorenz Reichart. Die Spanische Inquisition war ein Kindergeburtstag dagegen. Mein Vater verlegt sich glücklicherweise auf gelegentliches Brummen. Dafür sagt meine Schwester die Dinge, die ich nicht hören will.

»Also ich finde, er hat recht«, sagt sie. Ich werfe einen kurzen Blick auf ihr Glas, aber im Gegensatz zu uns hat sie noch fast nichts getrunken. Da nicht der Alkohol aus ihr spricht, muss sie den Quatsch wohl ernst meinen. »Du hast ihn in die Wüste geschickt, da kannst du nicht dauernd nachfragen, was er da jetzt so vorhat.«

»Ich hab ja nicht gefragt, ich bin extra hingefahren!«

»Du hast ihm nachspioniert.«

»Das stimmt schon, was Maya sagt, so was macht man nicht«, sagt meine Mutter. »Stell dir mal vor, einer deiner Exfreunde würde an deinem Haus vorbeifahren und durch die Fenster schauen.«

»Das ist unfair. Lorenz wohnt da ja nicht mal!«

»Trotzdem ist es sein Haus.«

»Papa, was denkst du denn dazu? Nie sagst du was!«, beklage ich mich.

»Ich verstehe nichts von komplizierten Liebesgeschichten.« Hilflos zuckt er mit den Schultern. »Eure Mutter hat mich nie rausgeworfen und stand nie plötzlich vor meinem Haus. Ich weiß nicht, was man da macht.«

»Findest du, Carla ist zu Recht wütend auf ihn?«, sekundiert Maya.

»Ich finde, sie sind beide zu Recht wütend aufeinander«, beschließt mein Vater salomonisch. »Aber was man da macht, das weiß ich nach fast vierzig Jahren Ehe.« Er nimmt die Hand meiner Mutter. »Man entschuldigt sich beieinander.«

»Ich bin nicht mit Lorenz verheiratet«, sage ich stur.

»Ja.« Meine Schwester rollt mit den Augen. »Frag dich mal warum!«

Wir lösen unsere familiäre Meinungsverschiedenheit auf, indem wir das Thema zurücklassen und aufs Dorffest gehen. Tatsächlich ist das Fest absurd groß für dieses kleine Kaff. Alle Höfe, Weinbauern und Kleinstbrauereien der Hauptstraße haben ihre Tore geöffnet; der ganze Ort steht voller Bierzeltgarnituren, und wenn mal irgendwo ein Fleckchen Straße freigehalten wurde, kann man sicher sein: Das ist eine Tanzfläche. Wir setzen uns zu ein paar Senioren aus Niedersachsen, die eigentlich zum Wandern in die Fränkische Schweiz wollten, sich aber dann doch für *la Dolce Vita* mit Bier entschieden haben. Nach ein bisschen Small Talk und einem halben Bier lassen meine Eltern uns Schwestern allein und tanzen auf der noch ziemlich leeren Tanzfläche einen Foxtrott zu Bonnie Tylers »Total Eclipse of the Heart«. Nie so ganz im Takt, aber sehr vertraut. Wir schauen gerührt zu.

»So was will ich auch«, seufzt Maya.

»Jeder will das. Aber wir haben immerhin Bier.«

»Die beiden lieben sich noch richtig. Kannst du dir das vorstellen, jemanden so lange zu lieben?«

»Kommt auf den Mann an.«

»Ich meine, wenn er nicht jederzeit perfekt ist, ebenso wenig wie du. Wenn er dich manchmal nervt und du alle seine lustigen Geschichten schon fünfzigmal gehört hast. Kannst du dir das vorstellen?«

»Nein«, gebe ich zu. »Aber das nicht als selbstverständlich anzunehmen ist wahrscheinlich eher hilfreich, oder? Es gehört doch harte Arbeit dazu.«

»Unsere Eltern machen das jedenfalls richtig gut.« Maya legt den Kopf an meine Schulter. »Wir haben das auch in unseren Genen, Carla! Wir müssen es nur hinkriegen!«

In diesem Moment schiebt sich ein junges Paar auf die Tanzfläche.

»Schau mal.« Ich stupse Maya vorsichtig an. »Ist das nicht deine Schulhofliebe?«

»Peter? Oh Gott, ja.« Er wirkt mit seiner Begleiterin genau so vertraut und routiniert wie unsere Eltern und tanzt denselben, etwas drögen Foxtrott. »Das ist seine Frau, Lisa. Die war in meiner Parallelklasse.«

»Oh, dann ist der Kelch ja sehr nah an dir vorbeigegangen. Wie lange sind die zusammen? Wirken wie ein altes Ehepaar.«

»Könnten jetzt auch schon zehn Jahre sein.« Maya schaudert. »Zehn Jahre lang immer nur Peter abends im Bett vorfinden. Der Horror.«

»Jetzt komm aber, du warst wahnsinnig verknallt in ihn!«

»Das war, bevor ich wusste, dass es eine Welt außerhalb von Mittelfranken gibt. Mit anderen Männern.«

Wir verabschieden uns von unseren Eltern, die uns heute Abend offenbar nicht mehr brauchen werden, und ziehen weiter – »irgendwohin, wo sie Musik aus diesem Jahrtausend spielen«, wie Maya sagt. Tatsächlich landen wir am Ende im größten Hof der Straße, wo eine Bühne für die Band aufgebaut wurde und die Barkeeper mit dem Zapfen für etwa dreihundert Leute kaum nachkommen. Als ich für Bier anstehe, vibriert mein Handy.

Ich könnte ihm ja alles verzeihen, schreibt Mia. **Aber nicht, dass in meinem Kopf seinetwegen die ganze Zeit »Die Gefühle haben Schweigepflicht« von Helene Fischer dudelt!**

Ich drücke auf Sprachaufnahme, halte mein Handy in Richtung der Band und schicke ihr ein bisschen Musik, die sie von ihrem Ohrwurm ablenken wird.

»Ich steck meinen Fuchsschwanzchip in deinen Schlitten rein, denn ich bin Autoscooter-Marek und ich fahr dich heim«?!? Was um Himmels willen hörst du da?

Das ist Endlich Kerwa, die beste Partyband, die Franken jemals hervorgebracht hat!

Wirklich gut, dass du da weggezogen bist. Komm bald wieder in die Stadt, Liebes.

Im nächsten Moment tippt mir jemand auf die Schulter. Ich drehe mich um und schaue in ein Gesicht, das irgendwie falsch aussieht. Weil es noch ganz anders aussah, als es mir vertraut war.

»Hallo, Carla«, sagt Georg.

»Hallo!« Ich bin verblüfft. Georgs Eltern wohnen im Nachbarort, aber wir haben uns trotzdem seit zehn Jahren nicht gesehen. Allerdings sind wir uns auch ganz gern aus dem Weg gegangen, nachdem unsere erste große Liebe mit einem ebenso großen Knall geendet hat.

»Wie geht's?«, fragt er. Gleichzeitig brüllt mich aber die Frau hinter der Theke an. Ob ich jetzt bestellen wolle oder nicht? Ich will. Anschließend ist Georg dran, und ich stehe ziemlich blöd mit zwei Bierkrügen in der Hand daneben, aber zum Glück kommt meine Schwester gerade vorbeigehüpft. Sie schnappt sich ein Glas und trinkt das erste Drittel in einem Zug aus.

»Mach langsam, Maya!« Mein mahnender Unterton nervt mich selbst, also nehme ich lieber auch einen tiefen Schluck, als sie weg ist. Dann stoße ich mit Georg an und nehme noch einen.

»Bist du alleine hier?«, frage ich.

»Mit ein paar Freunden.«

Ich checke unauffällig seine Hände, weil ich nicht fragen will. Kein Ring. Aber Georg ist aufmerksam wie immer, wedelt ironisch mit einer Hand und sagt: »Nicht verheiratet.«

»Ah. Freundin?« Wenn wir schon so offen reden, können wir das ja gleich auch klären.

»Frisch getrennt. Und bei dir?«

»Nix.«

»Finde ich super, dann können wir ja über was anderes reden als unsere ehemaligen Mitschüler, die erzählen nur noch von ihren Kindern. Ich habe heute schon acht Babyfotos gezeigt bekommen. Eins sah aus wie Gert Fröbe.«

»Immerhin, ein Oscarpreisträgerbaby!«

Wir reden ein bisschen über unsere Jobs und unsere Familien. Aber eigentlich ist mir ziemlich egal, was Georg beruflich macht, ich versuche die ganze Zeit nur, ihn wiederzuerkennen. Spuren des jungen Georgs in seinem Gesicht, seiner Stimme und seinen Gesten zu finden. Mit dem jungen Georg habe ich tagelang geknutscht. Dazwischen hat er mir Gedichte vorgelesen. Wir waren ein sehr romantisches Paar. Zumindest bis wir uns nach anderthalb Jahren über die Frage entzweit haben, ob es sinnvoll sei, fürs Studium in dieselbe Stadt zu gehen. Oder wenigstens in dasselbe Land! Georg ging dann nach Toronto. Er behauptete, es sei auch für seine persönliche Entwicklung wichtig, ganz allein weit weg zu gehen. Womöglich hatte er recht, aber das konnte ich mit neunzehn nun wirklich nicht begreifen – und fürchterlich schmerzhaft war es auch. Eigentlich ist Georg der Grund, warum ich in den ersten Semestern an der Uni ziemlich wild unterwegs war. Ich habe mir die ganze Zeit vorgestellt, dass er in Toronto alles flachlegt, was ihm in die Quere kommt. War wahrscheinlich totaler Schwachsinn. Dafür ist er nämlich einfach nicht der Typ.

Wir erzählen von unseren Eltern. Ich habe seine Mutter immer sehr gemocht. Der Vater war etwas mürrisch, und während Georg das damals belastend fand, scheint er jetzt seinen Frieden damit gemacht zu haben. »Weißt du, wenn ich anrufe, rede ich fünf Sätze mit ihm, und dann frage ich nach meiner Mutter«, sagt er. »Das scheint ihm zu reichen, und mir reicht es auch.«

Dann bestellen wir neues Bier und hecheln alle ehemaligen Klassenkameraden durch. Georg hat noch mit einigen von ihnen regelmäßigen Kontakt und ist daher deutlich besser informiert als ich. Ich melde mich nämlich immer nur bei meinen alten Freunden, wenn ich an Weihnachten und Ostern nach Hause komme, und setze bei Festen darauf, dass wir uns vielleicht von selbst über den Weg laufen. Klappt meistens. Hat mit Georg ja auch geklappt, unbeabsichtigt.

Während wir reden, werde ich immer leichter und lustiger. Das könnte auch am ziemlich starken Bier liegen, aber es hat durchaus mit Georg zu tun. Mal wieder mit einem Mann zu reden, der weder verheiratet noch streitsüchtig ist, tut mir wirklich gut. Maya kommt zwischendurch immer mal wieder an die Bar, holt Nachschub und zwinkert mir zunehmend auffällig zu. Aber meine Reaktionen werden mit steigendem Alkoholpegel wahrscheinlich auch nicht undurchschaubarer. Beim dritten Mal mache ich eine Handbewegung mit der Hand, um sie zu vertreiben wie eine streunende Katze. Aber Georg bemerkt nichts davon. Auch um uns herum wird es voller, deshalb stehen wir bald ganz dicht beieinander. Es fühlt sich angenehm an.

Als die Band eine Pause macht und der DJ erst mal alle Regler hochzieht, wird es uns beiden zu laut. »Wollen wir ein bisschen rausgehen?«, schreit Georg.

»Ja, ich sag nur meiner Schwester Bescheid!«

Maya wackelt auf der Tanzfläche herum und hält nur den Daumen hoch, um mir zu signalisieren, dass sie mich verstanden hat. Dann fällt sie fast über ihre eigenen Füße, wird aber von einer Freundin aufgefangen, kichert und tanzt einfach weiter.

Georg zieht mich an der Hand hinter sich her aus dem Getümmel heraus und geht dann neben mir durch eine kleine Seitenstraße, die aus dem Ort herausführt – sehr schnell herausführt, es ist wie gesagt ein kleiner Ort. Drei Minuten später stehen wir auf der Anhöhe, wo ein Wäldchen beginnt, und schauen zurück aufs Dorf. Die Musik ist so laut, dass man sie auch hier noch deutlich hört.

»Hast du mal überlegt, hierher zurückzuziehen?«, frage ich.

»Nein«, sagt Georg sofort. »Mir gefällt es in Hamburg. Ich würde auch sofort wieder nach Toronto gehen, wenn es sich ergeben würde. Aber auf keinen Fall zurück hierher. Du denn?«

»Nein. Auch nicht. Ich liebe meine Eltern, aber ich möchte ihre Raufasertapete nicht jede Woche sehen.«

»Hm. Weißt du, was ich immer geliebt habe?«

»Was denn?«

»Deinen Mund.«

Georg ist offenbar mit den Jahren doch ein wenig direkter geworden. Das gefällt mir. Er kommt näher und legt die Arme um mich; ich lehne mich an ihn und schaue ihn an.

Plötzlich sehe ich Lorenz' blaue Augen in denen von Georg aufblitzen. Ich blinzele erschreckt, und im nächsten Augenblick sind sie wieder vom selben dunklen Grün wie immer. Dann kommt sein Gesicht langsam näher. Ich stehe wie erstarrt und höre auf einmal aus der Ferne eine vertraute Stimme.

»Göhörls dhschast wonna häf fahan!«

Ich zucke zurück und schaue abwechselnd den verblüfften Georg und das Dorf an.

»Was ist los?«, fragt er ratlos.

»Ich glaube, meine Schwester macht auf Cindy Lauper!«

»Seiii dhschast wonna, dschast wonna-aa!«, grölt Maya vernehmlich. Dann hallt eine weitere Stimme durch ein Mikrofon: »Wir würden ja gerne weiterspielen, aber hier ist jemand nicht von der Bühne runterzukriegen.«

»Entschuldige, ich muss gehen!« Ich drehe mich um und renne zurück in Richtung Dorf. Irgendwann schaue ich mich kurz um und sehe, dass Georg kopfschüttelnd hinter mir her schlendert. Wenn er weiter so langsam ist, kann ich Maya von der Bühne und nach Hause zerren, ohne ihn wiederzusehen. Erst kurz vor dem Hof wird mir klar, dass er wahrscheinlich genau deshalb so langsam geht.

Meine Schwester steht auf der Bühne, hält sich am Mikrofonständer fest und jault irgendetwas hinein. Der DJ hat offenbar nicht die geringste Lust, das Mikrofon einfach runterzudrehen, sondern steht grinsend hinter seinem Mischpult. Ich klettere hoch zu ihr, fasse sie um die Hüfte und sage: »Komm, wir gehen nach Hause. Jetzt.«

»Carla!«, sagt sie, als wäre sie überrascht, mich zu sehen. Dann lässt sie sich von mir abführen – unter dem Gejubel des Publikums. »Isch habe jesungen!«, lallt Maya. Besoffen spricht sie offenbar fließend Kölsch.

»Wunderschön hast du gesungen.« Im Vergleich zu Maya bin ich stocknüchtern. Trotzdem schaffen wir es nur in Schlangenlinien nach Hause.

»Fuchsschwanzchip … Fuchsschwanzchip …«, lallt meine Schwester, als ich sie gegen die Hauswand lehne und meinen Schlüssel aus der Tasche hole. Ganz leise schließe ich die Haustür auf, um unsere Eltern nicht zu wecken. Zu meiner Überraschung schafft Maya es, sich selbst auszuziehen und ins Bett zu legen. Kleine Schwestern. Sie werden so schnell erwachsen.

Im Bett schaue ich ein letztes Mal auf mein Handy. Ich habe eine Nachricht – von Lorenz.

Es tut mir leid, schreibt er. Sonst nichts.

Mir auch, antworte ich schnell. Dann mache ich das Licht aus.

Meiner Familie erzähle ich am nächsten Tag nichts. Das mit Georg ist mir so peinlich, dass ich es so schnell wie möglich vergessen möchte. Dabei weiß ich nicht mal, ob mir mein unrühmlicher Abgang unangenehmer ist oder die Tatsache, dass ich fast mit meinem Jugendfreund geknutscht hätte. Ich setze einfach darauf, dass ich ihm die nächsten zehn Jahre wieder nicht über den Weg laufe.

Auch dass Lorenz und ich uns beieinander entschuldigt haben, verschweige ich besser. Mein Vater würde sich wahrscheinlich freuen, dass ich seinen Ratschlag sofort umgesetzt habe. Aber meine Mutter würde eine Verlobung wittern und meine Schwester mich fragen, wie es denn nun weitergeht.

Ich habe doch selbst keine Ahnung, wie es weitergeht. Bin ich jetzt dran mit Schreiben oder er? Er, oder?

Ist vielleicht damit jetzt schon alles gesagt, was wir uns zu sagen hatten?

Tagelang schleiche ich um mein Handy herum. Allmählich beneide ich Mia: Sie weiß wenigstens, was sie will. Beim Abendessen schreckt sie immer wieder auf, weil ihr Handy brummt. Sie schaut während des Essens nicht nach, dazu ist sie zu höflich. Aber man merkt, dass sie unter Strom steht.

»Wann trefft ihr euch denn wieder?«, frage ich sie.

»Ich weiß es nicht.«

»Meine Freundin Mia wartet auf einen Typen. Dass ich das noch erleben darf!«

»Ja, ja, sehr lustig. Ich geh bald die Wände hoch. Er macht überhaupt keine Anstalten!«

»Warum glaubst du eigentlich, dass er die Warterei wert ist? So lange kennt ihr euch ja eigentlich noch nicht.«

»Ach«, sagt Mia und spießt eine Nudel auf, »es ist einfach anders mit ihm. Weißt du – ich will ein einziges Mal weder die Lösung noch das Problem sein.«

»Wie meinst du das?«

»In meinen letzten Männergeschichten gab es nur diese zwei Möglichkeiten. Entweder ich war das Problem, weil sie nun mal leider ihre Frauen mit mir betrogen haben, obwohl sie das eigentlich gar nicht wollten, wie sie danach immer behaupten. Die böse Verführerin.« Mia rollt mit den Augen. »Oder ich war die Lösung all ihrer Probleme, weil sie dachten, sie verlassen einfach ihre Frau und die Kinder und haben bis ans Ende ihrer Tage ihre Ruhe und eine nette Geliebte, die ihnen alle Freiräume lässt.«

»Und was bist du bei Andreas?«

»Das ist es ja gerade.« Gedankenverloren sieht sie zu, wie ich ihr mehr Rotwein einschenke. »Ich glaube, da bin ich einfach nur Mia.«

Kapitel 20

Seit ich dauernd grüble, bekomme ich in der Stiftung nur noch die Hälfte mit. Erstaunlicherweise schadet das meiner Arbeit überhaupt nicht, im Gegenteil. Und mit der Schule läuft es auch gut: Herr Tröger hat mich zu einem Rundgang mit dem Architekten eingeladen, der die baulichen Veränderungen im Innern plant. Wegen der Sommerferien liegt die Schule wie im Dornröschenschlaf da. Vor allem wenn man sich vorstellt, dass Dornröschen nach den hundert Jahren auch etwas verwittert war.

»Wie kann das hier eigentlich ein Gefängnis gewesen sein? Ich meine, es wirkt nicht besonders ausbruchsicher«, sage ich, während Herr Tröger und ich auf dem Schulhof auf den Architekten warten. Wir sitzen auf einer Bank wie ein altes Ehepaar und trinken Cappuccino aus Pappbechern, den ich mitgebracht habe.

»Sie müssen sich vorstellen, dass die Mauern und Zäune rundherum damals doppelt so hoch waren«, erklärt er. »Man hat sie eingerissen, als die Nutzung geändert wurde. Außerdem waren hier keine Schwerverbrecher. Es war ein Gefängnis für junge Frauen – heute würde man es vielleicht eher ein Heim für schwer erziehbare Heranwachsende nennen. Die Familien haben ihre Töchter solchen Institutionen ausgeliefert, wenn sie den Eindruck hatten, sie kommen vom rechten Pfad ab und reißen am Ende vielleicht mit einem jungen Mann aus oder werden schwanger.«

»Das ist ja fürchterlich. Aber warum sind sie nicht von hier abgehauen? Die Fenster sind doch so dünn.«

»Wo sollten sie denn hin? Ihre Familien hätten sie direkt wieder hierhergeschickt. Die Türen dienten als Abschreckung, und aus dem Fenster im zweiten und dritten Stock zu springen, war auch nicht besonders attraktiv. Außerdem gab es keine Einzelzellen, die Frauen haben sich also quasi untereinander bewacht. Weil es riesigen Ärger für die anderen gegeben hätte, wenn eine von ihnen geflohen wäre.«

»Sympathisch«, murmele ich und wünsche mir für einen kurzen Moment, wir könnten diese olle Trutzburg doch einfach abreißen lassen.

Der Architekt kommt jedoch mit einer derartigen Begeisterung auf den Hof getrabt, dass ich sofort weiß: Wir haben jemanden gefunden, der auf den sachlichen Stil des Gebäudes steht. Sein Gesicht leuchtet förmlich. Er ist im berühmten besten Alter und sieht mit seinen sonnenblondierten Haaren, seinen Chinos und seinem Polohemd aus, als verbringe er den Großteil seiner Zeit auf einer Segeljacht. Sein Name ist Ziegler, und sein Elan ist enorm. Herr Tröger und ich lassen uns beim Rundgang gerne anstecken.

»Hier werden wir eine Stützkonstruktion anbringen«, erklärt er in der Turnhalle und fuchtelt über unseren

Köpfen herum. »Säulen wären einfacher, aber dann rennen die Kinder beim Völkerball dagegen.«

»Spielt man wirklich noch Völkerball in der Grundschule?« Ich habe unschöne Erinnerungen daran und finde den Gedanken, Kindern beizubringen, dass eine natürliche Feindschaft zwischen Völkern besteht, auch nicht mehr ganz zeitgemäß.

»Klar«, sagt Herr Tröger entspannt. Ich verzichte auf eine weltanschauliche Diskussion zum Thema und wende mich lieber Fragen der Statik zu, über die Herr Ziegler eifrig referiert. Im Wesentlichen verstehe ich: Lassen Sie mich nur machen, ich bin Architekt, das wird alles super.

Weil ich ihm das vollkommen abnehme, bin ich auch bald sehr entspannt. Herr Ziegler notiert auf einem Klemmbrett, welche Wände aufgeklopft werden müssen (ungefähr alle), ordnet eine völlig neue Stromverkabelung an, sinniert über Fußbodenbeläge und Heizungen. Außerdem redet er die ganze Zeit über Lampen. Lampen scheinen im Leben von Herrn Ziegler eine sehr wichtige Rolle zu spielen. Er nennt sie allerdings Leuchten. Das macht man wohl so als Experte. Die Leuchten jedenfalls sollten seiner Ansicht nach zum sachlichen Stil passen, eine Art Hommage ans Äußere, das koste auch nicht mehr als andere Leuchten und erziele einen hervorragenden Effekt. Ich betreibe höflich Konversation, weil Herr Tröger sich ganz offensichtlich nicht die Bohne für Lampen interessiert. Nicht mal für Leuchten.

Nach einer Weile kommen wir allerdings zu einem Thema, für das wir uns brennend interessieren: Fenster. Ich erkläre, dass von außen keine Änderung sichtbar sein darf, aber die Kälte nicht mehr reinkriechen soll. Herr Ziegler schaut sich die Fenster genau an und klopft drumherum die Wände ab. Es wirkt sehr professionell, aber ich habe nicht die leiseste Ahnung, wozu es gut sein soll.

»Was meinen Sie? Haben Sie einen Vorschlag?«, fragt Herr Tröger hoffnungsvoll.

»Wir können Fenster von innen davorsetzen«, schlägt der Architekt vor.

»Das sieht doch scheiße aus«, entfährt es mir.

»Aber es ist sehr praktisch«, entgegnet er überhaupt nicht beleidigt. »Es muss auch gar nicht so schlecht aussehen, ich habe das kürzlich für eine Agentur in einem Gründerzeitgebäude gemacht. Im Grunde hat man dann ein Doppelfenster wie in vielen Altbauten, nur dass eben das innere Fenster diesmal wirklich dicht ist. Man kann weiterhin beide öffnen. Und von außen sieht man gar nichts davon, genauso wie Sie es wollten.«

»Gibt es eine andere Option?«, frage ich.

»Nicht zu vergleichbar niedrigen Kosten.«

»Alles klar, dann ist diese mein Favorit.«

»Sehr vernünftig. Sie wollten mir noch die Räume mit dem Wasserschaden zeigen?«

Nach Herrn Zieglers erster Einschätzung sind die Wände nicht so komplett durchnässt, dass sie erneuert werden müssten. Herr Tröger hat ohnehin mitgedacht und für die Dauer der Sommerferien das Wasser abgedreht, damit nichts mehr einsickern kann.

»Das kriegen wir alles trocken, wenn die Rohre erneuert sind«, beschließt der Architekt fröhlich. »Wegen der Türen müssen wir mal sehen. Die sind funktional, aber mit diesen schweren Schlössern doch gruselig für Kinder. Ich werde empfehlen, sie auszutauschen.«

»Es kann nur besser werden«, murmele ich leise.

Als Herr Ziegler wieder gefahren ist, sind wir ziemlich erschlagen, aber optimistisch. Ich stehe neben dem Direktor, während er mit seinem großen Schlüsselbund die Schule abschließt.

»Was ist eigentlich Ihr Traum für die Schule?«, frage ich.

»Mein Traum?«

»Ja, also, was wünschen Sie sich noch für die Schule, über ihren Fortbestand hinaus?«

»Frühstück.«

»Frühstück?« Kurz glaube ich, er macht einen Witz.

»Viele von unseren Schülern bekommen zu Hause kein richtiges Frühstück. Wenn wir die Räumlichkeiten hätten, könnte ich mich um eine gemeinnützige Organisation bemühen, die so etwas finanziert.« Gedankenverloren klimpert er mit dem Schlüsselbund. »Sie glauben ja nicht, wie schwierig es ist, Kinder zu unterrichten, deren Blutzuckerspiegel im Keller oder durch die Decke ist. Der Hunger ist gar nicht das einzige Problem, daran gewöhnen sie sich sogar, so traurig das ist. Aber wenn sie morgens einen Schokoriegel in die Hand gedrückt bekommen, ist der Hunger erst mal verflogen. Dafür sind sie erst total aufgedreht und werden zwei Stunden später richtig knatschig. Weder im einen noch im anderen Zustand können wir viel mit ihnen anfangen.«

»Das kenne ich von mir selbst«, gestehe ich.

»Ja, ich von mir auch.« Er lächelt. »Aber Sie können schon lesen und schreiben.«

»Sogar Bruchrechnung!«

»Wirklich? Respekt.«

Wir laufen über den Hof. »Wie geht es denn jetzt weiter?«, frage ich. Die Kommunikation mit den Behörden habe ich wieder an ihn abgegeben, seit sie zu Verstand gekommen sind.

»Der Architekt macht einen Entwurf mit Kostenschätzung, und dann muss die Schulbehörde entscheiden, ob sie damit leben können und wann es losgehen soll. Es eilt natürlich. Die Sommerferien dauern nicht ewig.«

»Schlimmstenfalls müssen Sie und Ihre Schüler noch einen feuchten, kalten Winter durchstehen.«

»Ja. Das wäre ärgerlich, aber es wäre keine Katastrophe. Jetzt sehen wir ja das Licht am Ende des Tunnels.« Er schüttelt mir herzlich die Hand. »Danke. Sie haben das sehr gut gemacht.«

»Ihre Schüler haben das sehr gut gemacht«, sage ich gerührt. »Ihre Bilder hätten Steine erweichen können.«

»Ich halte Sie auf jeden Fall auf dem Laufenden.«

»Unbedingt!«

Er winkt mir nach, als ich davonfahre.

Kapitel 21

Was meine Kollegen treiben, während ich mich um Forsthäuser und Schulen kümmere, habe ich in den letzten Wochen vollkommen ignoriert. Bis heute. Denn heute haben wir einen unserer regelmäßigen Termine, bei denen jeder kurz vorstellen soll, wie es in seinem Bereich so steht. Ich bin also dazu verdammt, alle ausreden zu lassen, egal wie lange es dauert.

Und es dauert lange. Ich bin die Einzige, die den Beamer nutzt, um ein paar Bilder der Gebäude zu zeigen, mit denen ich mich in letzter Zeit beschäftigt habe. Auch vom Forsthaus erzähle ich und versuche dabei, so unbeteiligt wie möglich zu wirken. Die Bilder des Hauses so groß an der Wand zu sehen verursacht mir Herzklopfen.

Lavinia hingegen findet Power Point wohl irgendwie seelenlos und hält ausgedruckte Farbfotografien von Werken der Künstler hoch, die sie ins Förderprogramm aufgenommen hat. In DIN A4. Ich erkenne fast nichts, aber das passt gut, denn ich verstehe auch fast nichts: Sobald Lavinia vor mehr als drei Leuten gleichzeitig etwas sagen muss, wird sie extrem fahrig.

»Das ist, äh, äh«, sie räuspert sich, »ist eines seiner neuesten, äh, Werke, und wie ich finde, also, äh, ein

Werk, das im Gesamtwerk, äh, des Künstlers wirklich besonders«, nervöses Husten, »ein ganz besonderes Werk.«

Ehrlich, ich weiß nicht, was mit ihr los ist. Die Frau kennt sich aus und hat was zu sagen. Wenn sie doch nur halb so viel Selbstbewusstsein wie Ödön hätte, der sich in epischer Breite über seine Erfolge in der Kontaktpflege und der Organisation von Ausstellungen auslässt. Bei Ödön läuft immer alles super. So super, dass man sofort genau weiß, dass da eigentlich etwas nicht stimmen kann. Und dann fängt er auch noch an, Amadeus reinzureden, als der mit seiner Zusammenfassung an der Reihe ist. Ob er denn mit den Zahlen ganz sicher sei. Ach, er sei ganz sicher? Na, das könne ja jeder behaupten. Amadeus müsste jetzt mal losbrüllen, schaut aber nur traurig drein. Ich bin entsetzt, aber bevor ich etwas sagen kann, macht Hortense das schon. Auf ihre Art.

»Ödön, mein Lieber, ich spüre hier ganz ungute Schwingungen. Du lässt Amadeus jetzt am besten zu Ende sprechen und versuchst dabei, dich auf dein Kronen-Chakra zu konzentrieren.«

Wir alle schauen sie fassungslos an, aber es wirkt: Ödön verstummt. Vielleicht hat sie ihn heimlich mit einem Bann belegt. Mittlerweile traue ich Hortense einiges zu. Mir ist nämlich aufgefallen, dass sie tatsächlich in letzter Zeit irgendwie jünger und frischer aussieht. Womöglich klappt das mit ihren umprogrammierten Zellen doch? Oder ich werde einfach nur allmählich genau so gaga wie der Rest dieses Ladens.

Zurück an meinem Schreibtisch greife ich nach meinem Handy. Genug gegrübelt. Ich schreib ihm jetzt einfach irgendwas. Ich will ja nicht den Pulitzer-Preis gewinnen.

Hallo, Lorenz. Nee, sofort löschen.

Wie geht's den Bäumen? Das wäre nicht mal nett.

Ich brauche Hilfe.

Felix, was schreibt man denn so zur unverbindlichen Kontaktaufnahme?

Bist du jetzt etwa bei Tinder?!

Nein! Ich will mich bei Lorenz melden. Worauf würdest du denn in so einer Situation positiv reagieren?

Auf ein Nacktbild.

Du bist erstens ein Depp und zweitens keine Hilfe!

Wenn du ihn lieber zu Tode langweilen willst, kannst du ihn auch einfach nur fragen, wie es ihm geht!

Ich überlege kurz.

Gute Idee. Danke.

Und dann mache ich genau das.

Aber was, wenn er nicht antwortet? Panisch stelle ich das Handy auf Lautlos und schiebe es ans äußerste Ende meines Schreibtisches. Dann hole ich es wieder her und gucke drauf. Noch nichts. Zwei Minuten später das Gleiche. Ich stelle den Ton doch an und lege es weg. Als es losdudelt, fahre ich zusammen.

Bestens! Schön, dass du dich meldest. Gerade kam der Bagger an, der das Fundament für die Doppelgarage neben dem Haus ausheben soll!

Du lügst!

Das ist richtig. Und wie geht's dir?

Ich bin um die geistige Gesundheit meiner Kollegen besorgt, aber sonst ist alles in Ordnung.

Du solltest dir auch Kollegen selbst zusammenschrauben und programmieren, die sind viel pflegeleichter.

Baust du mir welche? Sie müssen nicht viel können. Aber sie sollten auf keinen Fall sprechen.

Das klingt, als bräuchtest du keine neuen Kollegen, sondern dringend Urlaub.

Da hast du leider vollkommen recht.

Ich kenne da so ein Haus am Wald, das wird bald fertig, da könnte man im Spätsommer prima Zeit verbringen.

Oh Mann, ist das süß. Aber auch vollkommen abwegig! Wir kennen uns doch kaum. **Bestimmt hat der Hausbesitzer nur Angst, dass er der Apfelernte nicht gewachsen ist**, antworte ich in einem verzweifelten Versuch, mich elegant aus der Affäre zu ziehen.

Ja … das auch.

Ich gucke nachdenklich auf mein Handy und kann förmlich spüren, wie er ein paar Kilometer weiter dasselbe macht.

Dann lege ich es erst mal weg.

Abends bekomme ich wieder eine Nachricht von Lorenz: ein Selfie, auf dem es aussieht, als würde er von den

Äpfeln erschlagen, die schon ziemlich schwer an den Ästen hängen. Dazu zieht er ein verzweifeltes Gesicht. Ich kichere vor mich hin.

Na gut, ich überleg's mir!, schreibe ich zurück.

Aber sag bald Bescheid, die amtierende Miss Brasilien und eine äußerst charmante Nobelpreisträgerin der Physik streiten sich schon darum, wer von ihnen kommen darf, falls du nicht willst.

Ach so. Du hältst dir also mehrere Frauen warm!

Nachts ist es umgekehrt, da halten sie mich warm.

Eine Welle der Wut fegt durch meinen Körper und lässt mein Gesicht heiß werden. Findet der das witzig?

Dann solltest du direkt die beiden einladen, schreibe ich zurück. **Die machen das sicher besser als ich. Außerdem lasse ich mich verdammt ungern unter Druck setzen.**

Hey, es war nur ein Witz. Es gibt keine Frau, die mich nachts wärmt. Sonst bräuchte ich mir ja keinen Hund mehr anzuschaffen.

Eine Frau erfüllt für dich also die gleiche Funktion wie ein Hund. Dann weiß ich ja Bescheid.

Wütend feuere ich das Handy auf mein Sofa. Im Flur treffe ich auf eine völlig durchgedrehte Mia, die sich vor dem Spiegel seltsam verbiegt und dabei hibbelig mit den Händen in ihrem Nacken rumfuchtelt. Erst auf den zweiten Blick erkenne ich, dass sie nur versucht, ihre Halskette zu schließen.

»Lass mich«, sage ich, atme tief durch und fiesele dann den winzigen Verschluss zusammen. »Gehst du aus?«

»Andreas hat mich in seine Wohnung eingeladen!«, platzt sie heraus. »Wir wollten uns heute Abend treffen, und nun treffen wir uns bei ihm.«

»Oh, wow! Da brauche ich heute Nacht wohl nicht auf dich zu warten.« Außerdem brauche ich sie dann jetzt nicht schon wieder mit meinem Ärger über Lorenz zu belasten. Sie soll sich lieber weiter auf ihren Abend freuen.« Und zu diesem Anlass ziehst du überflüssige Dinge wie eine Kette an, die du dann ohnehin wieder ausziehst?«

»Das ist nicht überflüssig, das ist ein integraler Bestandteil meines Outfits«, belehrt sie mich.

»Zum Glück verschlägt's dir nie die Sprache. Was hat er denn gesagt, als er dich eingeladen hat?«

»Er sagte: ›Meine Wohnung ist jetzt fertig eingerichtet und will dich kennenlernen.‹«

»Oh, die Wohnung als Person. Wie lyrisch.«

»Ja, nicht wahr?« Mia zieht mich mit sich ins Badezimmer und schraubt ihren flüssigen Eyeliner auf.

»Mia, du weißt, dass du vorsichtig sein musst, ja?«, sage ich. »Andreas ist sicher ein anständiger Kerl, aber wenn er doch noch nicht über seine Trennung hinweg ist, könnte er dir entsetzlich das Herz brechen, ohne es zu wollen.«

Meine Freundin setzt den Eyeliner ab und schaut mich verblüfft an. »Carla, das ist der einzige Mann, der mich in den letzten zwei Jahren ernsthaft interessiert hat. Ich will mit ihm zusammen sein. Es gibt tausend Gründe, dieses

Risiko einzugehen, und nur einen einzigen, es nicht zu tun: Angst.«

Ich muss schlucken. »Du warst doch immer die Kopfgesteuerte von uns. Wann bist du eigentlich jemand geworden, der auf sein Herz hört, und ich ein streitsüchtiger Idiot?«

»Als wir uns verliebt haben«, sagt sie schlicht und nimmt mich fest in den Arm. »Aber du bist kein Idiot. Du kommst nur nicht über deine Vorbehalte gegenüber Lorenz hinweg.«

»Was mich nicht zu einem Idioten macht?«

»Nein. Zu einem starrköpfigen Biest.«

»Das gefällt mir schon viel besser!«

»Wusst ich's doch.« Mia schiebt mich aus dem Weg und schlüpft in schicke blaue Schuhe. »Ich muss jetzt los. Wir sehen uns spätestens morgen Abend!«

Felix, meinst du, ich bin bereit für eine Beziehung?

Ist das ein Antrag?

Einmal, nur EIN EINZIGES MAL will ich auf eine Frage keine ironische Gegenfrage von dir bekommen!

Ich verstehe das als Nein. Also, die Frage ist doch: Warum denkst du, dass du vielleicht nicht bereit bist?

Weil ich mit Lorenz immer anfange zu streiten, bevor es zu nett werden könnte.

Och. Ihr seid eben ein leidenschaftliches Paar.

Ja, wie Stalin und Mussolini!

Du bist eine solche Drama Queen, Carla. Sei mal ein bisschen netter zu dem armen Mann.

Dass ihr Kerle aber auch immer zusammenhalten müsst!

Oh Gott, jetzt geht das wieder los. Lass uns mal wieder zusammen ins Kino gehen, das ist immer so angenehm mit dir, weil du abgelenkt bist und die ganze Zeit Popcorn isst.

Du meinst, weil ich die Klappe halte?

Ähm, ja.

Okay, ich such den Film aus. Du hast nichts gegen Musicalfilme mit Meryl Streep, oder?

Ha. Haha.

Mia kommt nicht nach Hause, schickt mir aber gegen Mitternacht eine Nachricht, die nur aus Herzchen, Einhörnern, Regenbögen und Eisbechern besteht. Da liege ich gerade im Liegestuhl auf dem Balkon, genieße die Ruhe der nächtlichen Stadt und das Licht der Kerzen aus unseren zwei kleinen Laternen. Ich sollte ins Bett gehen, aber ich grüble die ganze Zeit. Bin ich bescheuert, nicht auf Lorenz' Flirtversuche einzugehen, oder einfach nur vernünftig und professionell? Ich kann doch nicht einwilligen, dort ein paar freie Tage zu verbringen, und dann als Denkmalschützerin die Fertigstellung des Hauses beurteilen. Interessenkonflikt allerorten. Und außerdem: Wie stellt er sich das eigentlich vor? Wäre er auch da? Würde ich im Gästezimmer schlafen, Wand an Wand mit ihm? Oder etwa – ohne Wände zwischen uns?

In meinem Schoß liegt mein Handy, so wie immer in letzter Zeit. Ich bin genauso schlimm geworden wie Mia und habe es permanent in Reichweite. Aber im Gegensatz zu Mia warte ich nicht darauf, dass Lorenz sich meldet. Ich überlege nur die ganze Zeit, ob ich mich wieder bei ihm melden soll. Und wenn ja, womit. Ich bin fast erleichtert, als Pumpkin in meinen Schoß springt, sich auf dem Handy zusammenrollt und maunzend Zuneigung einfordert. Obwohl die Luft immer noch zu warm ist für so eine warme Felldecke.

»Was geht bei dir eigentlich so mit den Mädels?«, frage ich ihn.

Pumpkin schnurrt. Er ist ja auch noch ein Kind.

Kapitel 22

Die nächsten Tage verbringt Mia im Wesentlichen singend, tanzend und schwebend. Ich schaue ihr neidisch beim Glücklichsein zu und bemühe mich, mir das nicht anmerken zu lassen. Trotzdem beschließe ich, dass sie mit dieser blendenden Laune bei Rebeccas Familienfeier die nervigeren Aufgaben übernehmen kann, während auf meine Contenance derzeit kein Verlass ist. Um genau zu sein, habe ich innerhalb von drei Tagen zweimal Menschen angeschrien, die mir im Supermarkt ihre Einkaufswagen in die Achillessehne gerammt haben. Danach war es mir immer schrecklich peinlich, obwohl die meisten Leute um mich herum beifällig nickten. Der erste Typ reagierte so gleichgültig, dass ich ihn jederzeit wieder anschreien würde. Aber beim zweiten Mal habe ich der vollkommen zerknirschten Frau als Entschuldigung eine Tafel Schokolade dagelassen, die ich gerade gekauft hatte.

Wie sich herausstellt, gehört zu den weniger nervigen Aufgaben beim Familienfest, auf den Schlagbaumschlüsselmann zu warten. Der zum Gemeindesaal gehörige Parkplatz ist mit einer Schranke versehen, die man hätte aufschließen und öffnen müssen, aber der Hausmeister hat das vergessen und verspricht mir telefonisch, so schnell wie möglich vorbeizukommen. Rebecca und Mia sind drinnen beschäftigt, und ich darf draußen im Schatten sitzen, die ankommende Verwandtschaft bitten, mangels Alternative die umliegenden Straßen zuzuparken, und langsam verstehen, dass Zeit wirklich relativ ist und »so schnell wie möglich« für jeden Menschen etwas anderes bedeutet.

Irgendwann kommt Schlagbaumschlüsselmann dann doch auf seinem Mofa an, und ich erhalte die grandiose Gelegenheit, mit der knarzenden alten Lautsprecheranlage des Gemeindesaals eine Durchsage zu machen: Der Parkplatz sei nun offen, man könne und möge die Autos umparken. Bisher gefällt mir dieser Aushilfsjob hier ziemlich gut. Rebeccas Familie ist so charmant wie unübersichtlich, und das Kuchenbüffet hat ganz erstaunliche Ausmaße. Ich halte die absolut reizenden, aber rotzfrechen Zwillingsjungs davon ab, die Streusel vom Apfelkuchen zu klauen, und entscheide mich für Sekt statt Kaffee – so wie ungefähr alle Damen über Fünfzig. Das verspricht ein sehr lustiger Abend zu werden.

»Tante Carla, dürfen wir Cola trinken?«

»Warum fragt ihr mich?«

»Weil du es vielleicht erlaubst?«, sagt Lukas. Das mit den Streuseln hat er offenbar schon wieder vergessen.

»Und weil Papa das Auto umparkt und Rebecca Hochstühle sucht«, fügt Jonathan schnell hinzu.

»Einigen wir uns auf Fanta, ja?«, sage ich und stehe auf, um Rebecca tragen zu helfen. Der Rest meines Schokokuchens wird von den Jungs mit verblüffender Schnelligkeit vernichtet, wie ich im Weggehen feststelle. Egal. Hauptsache, sie trinken nicht auch noch meinen Sekt aus.

Tatsächlich kommt nicht nur Rebecca dazu, in Ruhe mit ihrer Verwandtschaft zu reden – auch wir sitzen bald inmitten von Onkels, Tanten, Cousins und Cousinen, nachdem wir die Hochstühle, von denen immerhin zehn existieren, strategisch über den Raum verteilt haben. Daniel versucht mir die komplizierten Verwandtschaftsverhältnisse zu erklären, aber ich komme kaum mit.

»Also, Gudrun war mit Großonkel Karl verheiratet und hat zwei Kinder mit ihm bekommen, aber dann hat sie ihn für eine Frau verlassen, Heike. Die kann heute nicht da sein, weil sie ihre alte Mutter pflegt. Und Karl hat wieder geheiratet, Marianne sitzt neben Gudrun, das ist also die Stiefmutter der Kinder, die sind jetzt auch schon Mitte zwanzig und sitzen da hinten, die eine mit ihrem Baby auf dem Arm. Karl ist aber vor acht Jahren gestorben, seitdem kümmern Gudrun und Marianne sich gemeinsam um die Kinder. Und Heike natürlich auch.«

»Ein ziemlicher Fleckenteppich. Sehr verwirrend.«

»Allerdings.«

In diesem Moment kommt ein bärtiger Mann an den Tisch und begrüßt Gudrun. »Herzlichen Glückwunsch! Ich habe gehört, du bist Großmutter geworden!«

»Wir beide!«, sagt Gudrun und zeigt auf Marianne und sich. »Danke!«

»Oh Gott, diese Harmonie macht mich ganz fertig«,

sage ich leise zu Daniel. »Bin ich die Einzige, die das wahnsinnig rührend findet?«

»Nein.« Er grinst. »Es ist wie ein etwas kitschiger Hollywood-Familienschinken, aber keine Sorge, die können auch ganz gut streiten. Trotzdem, seit ich die alle kenne, funktioniert meine eigene Patchwork-Familie auch besser. Rebeccas Familie hat mir eines gezeigt: Es ist egal, wer mit wem wie verwandt oder verheiratet ist, solange man füreinander da ist.«

»Apropos, wo sind die Jungs eigentlich?«

»Spielen draußen mit ihren Cousins. Oder verticken Drogen oder was man in dem Alter halt so macht.«

Es ist wie verhext: Je mehr Familienglück ich hier sehe, desto mehr denke ich an Lorenz. Er sollte hier sein. Und jedes Mal, wenn ich mich bei diesen Gedanken ertappe, bin ich genervt von mir selbst. Als ich später vor dem Klo stehe und meine Hände wasche, kommt Gudruns Tochter mit besagtem Enkelkind an.

»Hallo, ich bin Laura«, sagt sie. »Carla, stimmt's? Kannst du mal halten?« Damit drückt sie mir ihr Baby in die Hand. Der Kleine hat unglaubliche Wimpern und schaut mich ähnlich erstaunt an wie ich ihn, macht aber einen ganz zufriedenen Eindruck.

»Klar«, sage ich schnell, und Laura verschwindet in der Kabine.

»Hast du auch Kinder?«, ruft sie heraus, während sie an ihren Klamotten nestelt.

Ich habe schon davon gehört, dass junge Mütter das

Bedürfnis nach Privatsphäre auf der Toilette notgedrungen verlieren. Laura wirkt, als würde ich ihr jeden Tag beim Pinkeln zuhören. «Nein«, antworte ich etwas verlegen und schaukele ihr Baby. »Wie heißt er denn?«

»Emil.«

Emil fängt an, an meinen Haaren zu zupfen, aber ganz vorsichtig. Ich ziehe eine Grimasse, und er lächelt. Himmel, ist dieses Kind niedlich. Es ist eine Weile her, dass ich ein Baby auf dem Arm hatte. Meine Hormone versammeln sich zu einer Massendemo und wollen auch ein Kind. Die Szenerie würde meiner Mutter sehr gefallen.

»Ist er immer so hinreißend?«, frage ich.

»Was?« Laura lacht. »Nee. Manchmal will ich einen Exorzisten rufen!«

Die Klospülung rauscht. Emil guckt mich an, ich gucke verzaubert zurück. Hätte ein Kind von Lorenz wohl dessen himmelblaue Augen? Und wie bekloppt bin ich eigentlich, dass ich mich so was frage?

Laura wäscht sich die Hände und nimmt ihr Kind wieder in Empfang, das in ihren Armen fröhlich gluckst. Gemeinsam gehen wir wieder in den Saal.

»Rebecca hat erzählt, dass du was mit Denkmalschutz machst«, sagt sie. »Kennst du eigentlich meine Tante Tinka? Sie renoviert seit zehn Jahren mit ihrem Mann einen denkmalgeschützten Gutshof und freut sich sicher, wenn sie mal mit jemandem darüber reden kann, der mehr davon versteht als wir. Soll ich euch vorstellen?«

»Ja, bitte, unbedingt!«

Tante Tinka erzählt mir nicht nur von ihrem Gutshof,

den sie vor zehn Jahren in einem Anfall von Übermut gekauft hat und seitdem in ihrer Freizeit restauriert. Sie erzählt mir auch weitere Familiengeschichten.

»Weißt du, ich bin ja in der Gegend aufgewachsen, in der wir wohnen! Mein Vater war Tierarzt. Der kannte jede Kuh im Umkreis von fünfzig Kilometern.« Sie kichert. »Einmal hat er seinen Ehering in einer schwangeren Kuh verloren, da war meine Mutter vielleicht sauer!«

»Oh, pfui. Hat er ihn wiederbekommen?«

»Ja, der kam bei der Geburt mit dem Kalb raus!«

Die Leute vom Catering beginnen mit dem Aufbau des Büfetts für den Abend, und ich verabschiede mich, um zu sehen, ob ich irgendwo helfen kann. Aber Mia hat alles im Griff. Der Geräuschpegel im Gemeindesaal ist ziemlich abenteuerlich, obwohl die meisten Kinder draußen toben: Die Babys schreien, um sich verständlich zu machen, und die schwerhörigen Omas und Opas werden angeschrien und verstehen doch nichts. Keine Ahnung, wie der DJ da später überhaupt durchdringen soll, ohne dass wir anschließend alle taub sind. Ich nutze die Gelegenheit, mich für fünf Minuten Ruhe in einen Nebenraum zu verziehen und mal kurz auf mein Handy zu schauen.

Lorenz hat Fotos von der Veranda geschickt. Sie sieht fantastisch aus. Ich zoome begeistert in alle Ecken. Der Handwerker hat ganze Arbeit geleistet. Meine Wut auf Lorenz ist sowieso verraucht, und jetzt freue ich mich richtig.

Was für Veranda-Möbel mögen Frauen denn so?, schreibt er. **Du bist doch Expertin!**

Da muss natürlich eine Hollywoodschaukel hin, antworte ich. **Weiß doch jeder!**

Eine Hollywoodschaukel?, kommt postwendend zurück. **Nee, das ist nichts für mich. Lieber eine Bank!**

Wieso fragst du mich denn, wenn du es eh schon weißt?

Hätte ja sein können, dass du einen guten Vorschlag hast.

Aha. Und mein Vorschlag war also nicht gut.

Lorenz schreibt, dann geht er kurz offline, dann schreibt er wieder, aber es kommt nichts.

Mach dir keine Mühe, tippe ich wütend und stecke das Handy wieder weg. Ob er das wohl mit seinen Kolleginnen auch so macht? Erst nach Ideen fragen, dann über die Ideen die Nase rümpfen und anschließend sein eigenes Ding durchziehen?

Ach, was grüble ich. Der Mann entwickelt Roboter, wahrscheinlich hat er gar keine Kolleginnen. Ich sollte nicht mit Männern ausgehen, die in so frauenfeindlichen Branchen arbeiten. Wie viele Frauen entwickeln schon Roboter? Wenn er im Job nur Frauen sieht, die neues Klopapier bringen und Anrufe entgegennehmen, ist es ja kein Wunder, dass er den Rat von Frauen für nicht besonders hilfreich hält.

Überhaupt: Roboter entwickeln, was für ein Job soll das eigentlich sein? Das ist doch was für Typen, die sich von ihren Kindheitsträumen nie verabschiedet haben und jetzt ausrasten vor Begeisterung, wenn eine Maschine fünf Spielkarten halten und die Poker-Regeln lernen kann. Dann brauchen sie ja auch keine Freunde mehr, wenn sie Texas Hold'em mit Robotern spielen können. Ich wüsste eh nichts davon, dass Lorenz richtige Freunde hat. Er hat nur mal am Rande was erwähnt, das könnten auch Bekannte gewesen sein. Oder er hat seinen Robotern Namen gegeben und ist mit denen in Skiurlaub gefahren.

Ich kichere irre. In diesem Moment geht die Tür auf.

»Carla? Warum sitzt du hier alleine rum und guckst wie ein Serienkiller?« Mia sieht mich misstrauisch an.

»Was macht Andreas eigentlich beruflich?«, frage ich zurück.

»Er ist Kinderarzt«, sagt sie und beginnt schon wieder so komisch von innen zu leuchten.

»Ah.« Kinderarzt. Das ist ein anständiger Beruf. Mit richtigen Menschen. Sehr kleinen Menschen. Ich muss schon wieder kichern.

»Bist du betrunken?«, fragt Mia.

»Vielleicht ein bisschen.« Bei Weitem nicht betrunken genug für mein Verhalten, wenn ich ehrlich bin, aber ich will sie nicht beunruhigen.

»Na dann komm mit, es gibt Abendessen, du brauchst was im Magen.«

»Du meinst, etwas außer vier Stück Kuchen.«

Bei Schnitzel und Kartoffelsalat sitze ich neben einem von Rebeccas zahlreichen Cousins. Weil ich gerade etwas seltsam drauf bin, frage ich ihn als Erstes nach seinem Namen und als Zweites nach seinem Job. Das finde ich eigentlich fürchterlich. Wofür sich jemand in seiner Freizeit begeistert, ist doch meistens viel interessanter. Aber Justus begeistert sich offenbar sowieso am meisten für seine Arbeit – irgendwas mit Marketing für einen Verlag, immerhin, hat was mit Büchern zu tun – und redet auch gerne darüber. Ich höre nur mit halbem Ohr zu, weil mich mein Schnitzel mindestens genau so sehr interessiert. Aber als ich mit dem Essen fertig bin, drehe ich mich zu Justus und schaue ihn mir einmal richtig an. Für einen Moment bin ich ganz verblüfft: Seine Augen sind fast so blau wie die von Lorenz. Nur ein bisschen dunkler. Fasziniert schaue ich ihn an.

Justus guckt erfreut zurück. Dann reden wir über unsere gemeinsame Vorliebe für Jonathan Frantzen und Miles Davis. Dazwischen beäuge ich unauffällig seine Hand. Kein Ring. Und wenn ich den zustimmenden Blick richtig deute, den Rebecca mir quer über den Tisch zuwirft, hat Justus auch keine Freundin, keine geisteskranke Exfrau und keine fünf Kinder. Ich verbringe die nächste Stunde damit, seine Augen anzuhimmeln.

»Wo wohnst du eigentlich?«, frage ich irgendwann und schäme mich ein bisschen, weil er denken könnte, ich hätte Hintergedanken. Und weil er damit richtigläge.

»In Gütersloh.« Er sieht etwas entschuldigend drein. »Da ist eben mein Arbeitgeber, aber man kann es dort gut aushalten, es gibt viele tolle Konzerte.«

Und es ist verdammt weit weg, denke ich.

»Dann bist du wahrscheinlich einer von denen, die Rebecca in den Pensionen hier untergebracht hat.«

»Richtig. Sie heißt Schifferstube, liegt an der Nidda und wird von einer alten Dame geführt, die mich vorhin fragte, ob ich ernsthaft ohne Anzug und Krawatte zum Familientreffen gehen wollte.«

»Tja, ich wollt's dir nicht so unverblümt sagen, aber du bist schon gewaltig underdressed in deinem schicken Polohemd.«

»Ach, das trifft mich jetzt sehr.« Justus grinst. »Jedenfalls beehre ich die alte Dame noch eine Nacht länger und fahre erst Montagfrüh, weil ich morgen Nachmittag einen Freund in Frankfurt treffen will.«

»Sicher bist du schon ganz gespannt, welche Kleidung sie dafür angemessen findet.«

Irgendwann blasen die ersten Familien mit kleinen Kindern zum Aufbruch, und ich kann mich nicht mehr mit Justus befassen – ich muss Taxis bestellen und verlorene Taschen und Jacken suchen. Die Gemeindehalle leert sich, während die Tanzfläche sich füllt. Anschließend stelle ich für die älteren Semester ein paar Stühle um die Tanzfläche herum, weil sie gerne was zum Gucken haben und sich dabei unterhalten möchten. Dazwischen werfe ich neidische Blicke zum tanzenden Jungvolk.

Später lande ich an der Bar und bitte um einen Kaffee. Ich fühle mich überhaupt nicht mehr angetrunken, aber ich habe das Gefühl, das hier könnte ein längerer Abend werden. Mia unterhält sich mit zwei Frauen, Rebecca schwirrt fröhlich herum. Als sie bei mir vorbeikommt, halte ich sie kurz fest und bringe meinen Mund an ihr Ohr.

»Dein Cousin Justus – gibt's da irgendwas, das ich wissen sollte?«

»Technisch gesehen ist er mein Onkel!«

»Okay, das ist natürlich schon mal ziemlich entscheidend. Und sonst?«

»Er ist ein prima Kerl. Freundlich, verlässlich, intelligent. Und er sieht ziemlich gut aus, oder?«

»Schon. Das ist mir aber erst spät aufgefallen. Und was steht auf der Contra-Liste?«

»Nichts Gravierendes. Er kann mit meinem Humor nicht viel anfangen, aber wir mögen einander trotzdem. Oh, ich glaube, er hat eine Katzenhaarallergie.«

»Ach.« Ich seufze. »Irgendwas ist immer, oder?«

»Immer.« Rebecca schwirrt weiter.

Ich trinke meinen Kaffee aus und ziehe für einen Moment meine Füße aus den Pumps, die sich doch nicht als ideales Schuhwerk erwiesen haben. Sneaker wären definitiv eine vernünftigere Wahl gewesen. Aber dafür war ich einfach zu eitel.

Als Justus sich aus der Menge der Tanzenden löst und auf mich zukommt, kann ich ihn endlich von oben bis unten betrachten. Er sieht wirklich ziemlich gut aus. Und lächelt mich an. Ich lächle zurück.

»Na, willst du auch einen Kaffee oder was Stärkeres?«, frage ich, als er mich erreicht hat.

»Weder noch! Ich will mit dir tanzen. Oder tanzt du nicht?«

»Eigentlich schon, sehr gerne sogar, aber meine Füße …« Ich weise auf meine Schuhe.

Justus zuckt mit den Schultern. »Zieh die Schuhe doch aus. Die Tanzfläche müsste ziemlich sauber sein von den ganzen Babys, die da heute drübergerobbt sind.«

»Okay, das überzeugt mich!« Lachend streife ich die Pumps ab und stelle sie auf dem Weg zur Tanzfläche unter einen Stuhl.

Der DJ hat genau erkannt, mit wem er es hier zu tun hat, nämlich mit einer musikalisch ziemlich heterogenen Horde von etwa sechzehn bis sechsundsechzig Jahren. Und er tut sein Möglichstes, allen gerecht zu werden: Auf Katy Perry folgen die Backstreet Boys, dann Bruce Springsteen, ABBA, Elvis und Eddie Cochran. Ich fühle mich wie in einer Kunstausstellung, bei der man sich die Einteilung nach Epochen gespart hat und Dürer neben Dix, Dali neben de Goya hängt. Immerhin habe ich aber als Vertreterin der mittleren Generation den Vorteil, alle Lieder zu kennen und für tanzbar zu halten. Die Teenager hingegen sind offenbar keine Rock'n'Roll-Fans und fliehen bei Guns N'Roses zu ihren Großeltern an die Seite, um gleich darauf bei Rihanna wieder auf die Tanzfläche zu stürmen.

Justus und ich hampeln mit sittsamem Abstand voreinander herum. Es ist ja auch nicht die richtige Gelegenheit für einen langsamen Walzer. Außerdem hätte ich Angst um meine nackten Füße, trotzdem: Ein bisschen näher könnte er schon kommen. Als ich mir gerade zu Billy Joel überlege, ob ich etwas unternehmen sollte, kommt eine Frau auf die Tanzfläche, steuert geradewegs auf ihn zu und sagt ihm etwas ins Ohr.

Nicht schon wieder! Bitte lass es nicht seine Freundin sein, bete ich innerlich. Nach einem kurzen Wortwechsel geht sie wieder, und Justus kommt mir endlich näher, aber nur, um mir zu sagen: »Ich muss jetzt leider gehen!«

»Was, wieso denn?«, frage ich überrumpelt.

»Ich habe versprochen, meine Schwester und meine Eltern in die Pension zu bringen, wenn sie müde sind. Und morgen früh um sieben bringe ich sie zum Bahnhof.«

»So früh?«

»Ja, sie sind Frühaufsteher und haben das einfach gebucht. Ich war damals schon nicht begeistert, aber jetzt finde ich es besonders schade.«

»Ich auch.« Wir schauen uns kurz in die Augen.

»Wir könnten uns vielleicht morgen Abend zum Essen treffen, wenn du Zeit hast. Ich möchte so gern mal wieder zu einem guten Japaner, da ist Gütersloh nicht der richtige Ort dafür, aber Frankfurt doch bestimmt, oder?«

»Klar!«, sage ich und nehme mir vor, Felix zu fragen, der so was immer weiß. »Ich geb dir einfach meine Nummer, und dann kannst du ja anrufen, wenn dein Freund und du euch verabschiedet, ja?«

»Das wäre super.« Justus reicht mir sein Handy, damit ich meine Nummer einspeichern kann. Wir verabschieden uns mit Wangenküsschen. Und dann richte ich mich an der Bar häuslich ein.

Kapitel 23

Auch mich weckt am nächsten Morgen jemand um sieben Uhr früh: Pumpkin benutzt meinen Bauch als Trampolin.

»Hör schon auf, Kater«, murmele ich und weiß selbst nicht, ob ich den in meinem Kopf oder den auf meinem Bauch meine. Es hört sowieso keiner auf mich. Fluchend winde ich mich aus dem Bett, angefeuert von einem begeistert miauenden Pumpkin, trotte in die Küche und fülle ihm sein Frühstück in den Napf. Er stürzt sich darauf, als hätte ich ihn tagelang hungern lassen. Ich gehe zurück ins Bett und schlafe noch drei Stunden. Erst danach fühle ich mich bereit, selbst wieder Nahrung zu mir zu nehmen. Ich mache mir ein Rührei mit Tomaten und schreibe Felix, ob er einen guten Japaner kennt.

Mit mir gehst du nie zum Japaner!, antwortet er.

Weil ich japanisches Essen halt nicht besonders mag. Aber mich hat jemand danach gefragt, der sich hier nicht auskennt. Also, kennst du einen?

Ja. Ich schick dir gleich den Link. Sag ihm, er soll alles mit Tintenfisch nehmen.

Zu Befehl! Dass ich mitgehe zum Japaner, verschweige ich sicherheitshalber. Tintenfisch, na gut. So wenig ich mich für japanisches Essen begeistern kann, so sehr schätze ich Sake. Das genügt für einen gelungenen Abend.

Das traute Familienglück gestern Abend hat mich offenbar zum Nestbau motiviert: Ich fege den Balkon, putze die Wohnung und backe schließlich sogar Brownies. Während sie im Ofen sind, spiele ich Schumann auf dem Klavier, aber diesmal wirklich adagio und nicht zum Aggressionsabbau. Mia kann es kaum fassen.

»Hallo, ich finde Sie zwar sehr sympathisch, aber ich hätte doch gern meine Freundin zurück. Sie heißt Carla und sieht genauso aus wie Sie.«

»Mein besseres Ich gefällt dir wohl nicht«, sage ich und klappe den Klavierdeckel zu.

»Es ist ein bisschen unheimlich. Aber wenn die Aliens, die deinen Körper gekapert haben, auch noch Fenster putzen, gewöhne ich mich bestimmt schnell daran.«

»Ich werde mit meinem Volk beraten, was sich da tun lässt, Erdling. Und was machst du heute?«

»Andreas kommt gleich vorbei, wir gehen ins Kino. Hat sich dein Date schon gemeldet?«

»Nein. Aber Moment mal – er kommt hierher? Was ist mit seiner Ex?«

»Ist im Urlaub, sagt die Nachbarin von unten.«

»Hey, dann lerne ich ja heute Andreas noch mal so richtig kennen! Wie aufregend!«

»Müssen wir da so eine große Sache draus machen? Du kennst ihn doch schon.«

»Als Nachbar, aber nicht als deinen Freund. Jetzt muss ich natürlich ganz andere Fragen stellen!«

»Du bluffst, oder? Bitte sag, dass du bluffst.«

»Ich bluffe. Ich werde ihn nicht fragen, ob er dich ernähren kann und wie er zu eigenen Kindern steht.«

»Danke.« Mia wirkt erleichtert. Dabei habe ich nicht versprochen, keine Fragen zu seiner Altersvorsorge zu stellen. Aber ehe sie mir weitere Versprechen abnehmen kann, klingelt es an der Tür. Ich bleibe taktvoll in meinem Zimmer, während aus dem Flur Kussgeräusche dringen. Dann geselle ich mich zu den beiden in die Küche. Ich muss sowieso die Brownies aus dem Ofen holen.

Mia und Andreas stehen vor dem Backofen wie zwei kleine Kinder, schauen durch das Glas und halten sich dabei fest im Arm. Als ich dazukomme, schauen beide begeistert – Andreas umarmt mich zur Begrüßung, was mich freut, weil wir uns eigentlich kaum kennen, und Mia deutet auf den Ofen.

»Können die jetzt raus? Sie sehen fertig aus!«

»Klar.« Ich beuge mich wie immer zu früh vor und bekomme den ganzen Schwall warme Luft aus dem Backofen ins Gesicht. Und das im Hochsommer. Wer backt eigentlich im Hochsommer Brownies?

»Kannst du kochen?«, frage ich Andreas, weil ich die beiden natürlich nicht einfach so davonkommen lassen kann.

»Geht so. Wenn man alle acht Tage das Gleiche essen will, ja.«

Ich mag ehrliche Männer. »Immerhin. Hast du den

kulinarischen Zyklus mit Mia schon vollständig durchlaufen?«

»Nein, mein Chili und meine Fischsuppe kennt sie noch nicht. Das hebe ich mir für den Herbst auf.«

»Oh, das finde ich toll!«, quietscht Mia begeistert. Offenbar plant auch sie bis Herbst mit ihm. Und wenn ich ihr Gesicht richtig deute, noch weit darüber hinaus.

Wir essen warme Brownies und plaudern. Würde ich sagen. Mia würde sagen, ich frage Andreas aus. Tatsächlich interessieren mich seine Antworten aber viel weniger als sein Verhalten gegenüber Mia. Und da schneidet er wirklich hervorragend ab: liebevoll, zugewandt, schmerzresistent. Ihre kleinen Witze nimmt er lächelnd mit einer demonstrativ hochgezogenen Augenbraue entgegen. Wahrscheinlich bedenkt er mit diesem Gesicht auch die Kinder, die sich nicht untersuchen lassen wollen.

Am späten Nachmittag verabschieden sich die beiden, um ins Kino zu gehen. Ich schaue auf mein Handy, aber Justus hat sich immer noch nicht gemeldet. Also wende ich die absolut todsichere Methode an, die auch immer funktioniert, wenn man zu lange aufs Essen warten muss: Ich gehe aufs Klo. Während man auf dem Klo sitzt, kommt immer der ersehnte Anruf, die bestellte Pizza, der verspätete Zug; die Hölle friert zu, und es schneit grün. Es ist ein magischer Ort.

Tatsächlich höre ich mein Handy in der Küche klingeln, als ich gerade den Wasserhahn wieder abdrehe. Siegessicher greife ich nach der Türklinke, drücke sie herunter – und höre, wie etwas im Inneren der Tür bricht. Ich ziehe, aber die Tür geht nicht auf. Ich rüttele. Nichts.

Das Klingeln verstummt, und ich stehe noch immer ratlos da. Wieder und wieder drücke ich die Klinke herunter. Die Tür ist blockiert. Und ich sitze hier ohne Handy fest. Ich werfe einen Blick hinauf zum Fenster, aber erstens sind wir im dritten Stock, und zweitens sind die Fenster ganz oben an der Wand angebracht und mittels einer langen Vorrichtung zu kippen. Man kann es nicht richtig öffnen. Außerdem wüsste ich gar nicht, wie ich da hochkommen sollte.

Ich setze mich auf den Badewannenrand und überlege. Es kann doch nicht sein, dass es keinen Ausweg gibt. Es gibt immer einen Ausweg. Nur fällt mir leider auch nach minutenlangem Grübeln keiner ein. Ich bin hier gefangen. Von außen könnte man vielleicht etwas tun, weil die Tür nicht besonders eng schließt und sich die Blockade womöglich entfernen ließe. Aber von innen habe ich keine Chance, an den Spalt zwischen Tür und Rahmen zu kommen.

Zum Glück bin ich wenigstens hier gefangen und nicht in unserem winzigen Gästeklo, das inzwischen eigentlich nur noch Pumpkin betritt – und ich, wenn ich die Katzenstreu austausche. In der Küche beginnt das Handy wieder zu klingeln. Gleichzeitig maunzt Pumpkin vor der Tür los. Ich maunze von drinnen zurück. Er mag es nicht, wenn ich ihn zu lange aussperre, und ich hätte auch gerne Gesellschaft.

Mein Blick fällt auf den Lüftungseinsatz unten in der

Tür. Ich fand den immer bekloppt. Wenn ich möchte, dass mich alle pinkeln hören, kann ich die Tür gleich offen lassen. Eine ziemlich intensive halbe Stunde verbringe ich damit, die kleinen Schräubchen mit einer Nagelschere aufzudrehen. Das klappt genauso schlecht, wie man sich das vorstellt, aber am Ende kann ich den Einsatz tatsächlich herausziehen und halte gleich darauf einen schnurrenden Kater im Arm.

»Na, Pumpkin? Kannst du mir noch einen Brownie holen?«

Pumpkin schaut mich arrogant an. Er kann es sich leisten, er passt ja durch das Loch in der Tür und ist damit zum ersten Mal freier als ich. Außerdem ist er wahrscheinlich beleidigt, weil ich die Brownies natürlich in den Kühlschrank gestellt habe, bevor ich die Küche verlassen habe. Ich esse so ungern Backwaren, die zuvor von einer Katze angeleckt wurden.

Ich lege mich auf die Matte vor der Badewanne und versuche mich darauf einzustellen, dass ich die Nacht auf diesen sieben Quadratmetern verbringen werde. Mia und Andreas gehen nach dem Kino bestimmt noch essen. Ich hoffe, sie kommen überhaupt wieder hierher zurück und gehen nicht zu Andreas. Keine Ahnung, wie lange ich mit Leitungswasser überleben kann. Also, körperlich bestimmt Wochen. Aber nervlich? Vielleicht vierundzwanzig Stunden, bevor ich durchdrehe. In der Küche klingelt das Handy wieder los. Das ist bestimmt Michael, der sich fragt, wo ich bleibe.

»Lass mich doch in Ruhe!«, brülle ich. Pumpkin

weicht erschrocken vor mir zurück und fängt dann an, das herabbaumelnde Kabel des Föns zu jagen.

Durchatmen. Dies ist eine wunderbare Zen-Übung. Ich werde sie durchstehen und daran wachsen. Ganz bestimmt. Wann war ich eigentlich zuletzt so viele Stunden ohne Handy – Stunden, in denen ich nichts, aber auch gar nichts zu tun hatte? Wahrscheinlich noch nie. Ich kann mich aber auch an vergleichbare Langeweile nicht erinnern, nicht mal aus meiner Kindheit. Ich fand immer etwas zu tun. Und wenn ich nicht erst vor vier Stunden das Bad gewienert hätte, könnte ich das jetzt wenigstens nachholen. Aber ein sauberes Bad noch mal zu putzen, nur weil man sich langweilt – nein, das ist sogar mir zu viel Aktionismus. Ich könnte meine Beine noch mal sorgfältiger epilieren, aber ich finde, ich bin schon gestraft genug und muss mich nicht auch noch körperlich quälen.

Weil der Fliesenboden auch durch die Matte hindurch zu kalt und hart ist, breite ich all unsere Handtücher darüber aus. Pumpkin denkt offenbar, das sei sein neues Bettchen, und wundert sich, als ich mich neben ihn lege und selbst Platz beanspruche.

Am liebsten würde ich jetzt einfach einschlafen und erst wieder aufwachen, wenn Mia die Tür öffnet. Aber es ist taghell, und ich bin noch nicht müde. Frustriert und genervt bin ich. Außerdem merke ich nach einer Weile, dass meine Enttäuschung über das geplatzte Date größer sein könnte. Ich fand Justus doch wirklich nett. Wir hätten sicher einen schönen Abend gehabt, außerdem denkt er jetzt wahrscheinlich, ich wäre unzuverlässig oder wollte ihn gar nicht sehen. Warum macht mir das nichts aus? Warum ist es mir vollkommen egal, ob er gerade stinkwütend meine Nummer löscht?

Mein Rücken schmerzt jetzt schon vom unbequemen Liegen. Ich lasse das Wasser laufen und trinke. Außerdem putze ich meine Zähne, heute bekomme ich ja ohnehin nichts mehr zu essen. Dann lege ich mich wieder auf den Handtuchstapel, schaue zur Decke und streichle gedankenverloren Pumpkins weiches Fell. Bei Georg war es mir auch egal, aber da dachte ich, es läge daran, dass ich schon vor langer Zeit mit ihm abgeschlossen habe. Mit Justus habe ich nicht abgeschlossen. Ich hatte noch nicht mal richtig aufgeschlossen. Und jetzt ist die Tür blockiert.

Lorenz hat sich seit unserer Anpamperei gestern nicht mehr gemeldet. Himmel, das war auch schon wieder so überflüssig. Ich weiß wirklich nicht, warum wir keine zehn Worte wechseln können, ohne in Streit zu geraten. Aber ich merke, dass es mir etwas ausmacht. Dass es mir deutlich mehr ausmacht als ein geplatztes Date und ein enttäuschter Exfreund. Gleichzeitig will ich es gar nicht ändern. Ich will mich eigentlich gerne zweimal am Tag mit Lorenz ankeifen. Das hält uns wenigstens auf Distanz. Die Vorstellung, wir würden mal nicht aneinandergeraten, ist …

Tja, wie wäre das eigentlich? So wie bei unserer Verabredung damals. Nur länger als ein Abend. Wahrscheinlich wäre die Nacht dabei und der nächste Tag und noch ein paar mehr davon. Viele Tage mehr. Wir würden sehr viel miteinander lachen. Wir würden wahnsinnig oft knutschen. Ich würde mich über ihn lustig machen und er sich über mich. Wir würden gemeinsam die feudale Riesendusche benutzen und im Winter Feuer im Holzofen machen. Ich würde jeden Morgen seine blauen Augen sehen und mich jeden Abend auf ihn freuen. Wir müssten uns manchmal dann doch wieder streiten, weil es sonst zu schön wäre, um es auszuhalten.

Herrgott, ich muss mir diesen Mann aus dem Kopf schlagen. Ganz dringend. Ich muss aufhören, mich in komplizierte Gefühle zu stürzen. Ich werde einfach einen Mann kennenlernen, der mir gefällt und dem ich gefalle, und dann verabreden wir uns. Er wohnt in einem Neubau, damit wir nicht über Denkmalschutz streiten müssen. Es läuft ohne Verwicklungen und Drama ab, wir verlieben uns, alles ist gut. So gehört sich das doch, oder etwa nicht? Das mit Justus war auch nur der Probelauf. Beim nächsten Mal klappt es bestimmt.

Kann man einer Katze beibringen, ein Handy zu apportieren? Ich wünschte, ich könnte das jetzt googeln.

Die Grübelei macht mich allmählich müde. Ich schließe die Augen und gehe in Gedanken durch den Obstgarten hinter dem Forsthaus. Die Sonne scheint, die Bäume tragen duftende Früchte. Außerdem ist der Garten plötzlich zehnmal so groß wie in echt. Ich laufe und laufe, esse ein paar Kirschen direkt vom Baum, bis ich am Wald angekommen bin. Dort drehe ich mich um und blicke auf das Haus zurück. Es liegt wunderschön und friedvoll am

Ende des Gartens. Dann höre ich plötzlich Geschepper. Im nächsten Moment biegt ein gelber Bagger ums Haus und beginnt, die ersten Bäume mit seiner Schaufel unter der Krone abzuknicken. Der große Apfelbaum bricht mit einem fürchterlichen Knirschen. Ich renne los, um den Bagger aufzuhalten, aber ich komme nicht vom Fleck. Mit einem dumpfen Knall saust die Schaufel auf den Johannisbeerstrauch.

»Carla! Wach auf!« Jemand schüttelt mich.

Ich öffne die Augen und sehe Mia, die im Badezimmer vor mir kniet.

»Wach auf! Was ist denn hier bloß passiert? Grundgütiger, du hast wirklich einen festen Schlaf.«

»Die Tür ist kaputtgegangen.« Verschlafen deute ich nach links, wo Andreas' Silhouette in einem hell erleuchteten Rechteck steht.

»Ja, das haben wir gemerkt. Die Falle war gebrochen.«

»Was ist die Falle?«

»Das angeschrägte Teil, das beim Schließen einschnappt. Haben wir vorhin alles gegoogelt, weil wir nicht wussten, ob wir einen Schlüsseldienst brauchen. Das Metall ist gebrochen und hat sich quer in die Tür geschoben.«

»Und dann?«

»Andreas hat es mit einem Messer zurückgeschoben, so ungefähr im fünfzehnten Versuch. Wir haben ziemlichen Lärm gemacht. Ich kann nicht fassen, dass du nicht davon aufgewacht bist.«

»Hmmm. Wie spät ist es?«

»Kurz vor Mitternacht.«

»Oh je. Ich muss in mein richtiges Bett. Danke, dass ihr mich befreit habt.« Ich umarme Mia ungelenk, rappele mich auf und drücke auch Andreas.

»Ist alles okay mit dir?«, fragt er. »Du wolltest doch jemanden treffen?«

»Ja. Das hat sich erledigt, ich konnte ja nicht raus. Macht aber nichts.« Schon der Gedanke an mein Handy in der Küche und die Anrufe und Nachrichten, die dort wahrscheinlich inzwischen eingegangen sind, strengt mich an. Außerdem tut mir alles weh, weil ein paar Handtücher als Matratze wirklich nicht taugen. »Ich gehe einfach schlafen.« Damit schiebe ich mich an Andreas und Mia vorbei, sehe aber noch, wie sie einen verwirrten Blick wechseln.

»Gute Nacht!«, ruft Mia mir hinterher.

Ich lasse das Handy liegen, krieche direkt in mein Bett und brauche dort eine quälende halbe Stunde, bis ich eine Position gefunden habe, in der weder mein Kreuz noch meine Schultern schmerzen. Zur Ablenkung versuche ich an etwas Schönes zu denken. Die Erinnerung an Lorenz und mich auf der Mainbrücke ist sofort sehr lebendig. Aber von der versuche ich mich auch abzulenken. Trotzdem lande ich immer wieder dort: Wir beide, ganz nah voreinander, seine Hände um mein Gesicht. Irgendwann kapituliere ich und spüre noch einmal Lorenz' Wärme.

Dann schlafe ich endlich ein.

Kapitel 24

Justus hat es mit Anstand und Größe genommen, das muss ich ihm lassen. Er muss gedacht haben, ich hätte ihn absichtlich versetzt, aber er hat nach mehreren Versuchen, mich anzurufen, sehr freundlich geschrieben:

Dann klappt es heute wohl nicht mehr, schade. Meld dich doch, wenn du mal in Gütersloh bist!

Natürlich werde ich niemals nach Gütersloh kommen. Das weiß er auch, damit hat er den Kontakt wirklich auf sehr diplomatische Weise abgebrochen. Justus ist ein netter Mann. Schade, dass ich mich nicht für ihn interessiere. Stattdessen ertappe ich mich dabei, dass ich meinen Chat mit Lorenz öffne und unsere letzten Nachrichten noch einmal lese. Balkonmöbel, meine Güte. Wahrscheinlich gibt es kein Thema auf der Welt, über das wir nicht streiten könnten.

Es juckt mir in den Fingern, Lorenz zu schreiben, aber ich komme mir furchtbar blöd vor, weil ich mit dem Gedanken an ihn eingeschlafen bin. Also tippe ich anstandshalber eine Nachricht an Justus und versuche zu erklären, was letzte Nacht passiert ist. Die Geschichte klingt vollkommen hanebüchen, aber falls er denkt, ich hätte mir das nur ausgedacht, weiß er vielleicht wenigstens zu schätzen, dass ich mir diese Mühe gemacht habe.

Als das Telefon im Büro klingelt, zucke ich zusammen. Am anderen Ende höre ich röhrende Motoren und metallische Schläge.

»Hallo? Wer ist da?«

»Tröger! Hallo, Frau Wonneberger!« Er spricht sehr laut. »Hören Sie das?«KLONK KLONK KLONK. RÖHR.

»Laut und deutlich!«

»Raten Sie, was das ist!«

»Armageddon?«, brülle ich zurück.

»Armawas? Das sind die Container, die werden gerade angeliefert und miteinander verbunden!«

»Oh, wirklich? Das ist ja toll!«

»Ja! Die haben richtige Heizungen drinnen! Und Rollläden!« KLONK KLONK KLONK.

»Ich freue mich sehr, Herr Tröger! Vielleicht telefonieren wir die Tage noch mal, wenn es etwas ruhiger ist bei Ihnen.«

»Etwas was?«

»RUHIGER!«

»Ach ja! Ja, das machen wir! Auf Wiederhören!«

Beschwingt wende ich mich wieder meinem Computer zu, um meinen Eltern zu schreiben, dass mit der Schule alles gut ausgegangen ist. Aber bevor ich eine neue Mail öffne, landet eine im Posteingang. Von Lorenz. An Brunhilde und mich, ganz offiziell. Das Forsthaus sei nun fertiggestellt, er bedanke sich für die Förderung der Stiftung und werde uns bei Interesse gerne zeigen, was daraus geworden ist. Mit freundlichen Grüßen, Lorenz Reichart.

Ich atme. Auf keinen Fall fahre ich da hin. Ich schäme mich viel zu sehr für mein Verhalten. Vielleicht noch ein bisschen mehr für meine Gefühle. Und außerdem streiten wir uns ja doch nach fünf Minuten wieder. Entschlossen lösche ich die Mail. Ich will nicht mal in Versuchung kommen zu antworten.

PING.

Sehr geehrter Herr Reichart,

vielen Dank für Ihre Mail. Wir sind sehr gespannt und würden gerne morgen gegen 17 Uhr vorbeischauen, wenn es Ihnen passt.

Mit freundlichen Grüßen

Brunhilde Schöffer

Zwei Sekunden später stehe ich in ihrem Büro.

»Brunhilde, ich hätte da doch auch einen Termin haben können!«

»Hast du nicht. Ich hab nachgesehen.«

Diese gottverfluchten, miteinander synchronisierten Outlook-Kalender.

»Aha.« Ich brauche eine Exit-Strategie, sofort, aber mir fällt nichts ein.

»Ist alles in Ordnung mit dir?«

»Äh, ja. Klar.«

»Gut. Wir nehmen mein Auto.« Damit bin ich entlassen.

»Ich brauche eine Tarnkappe«, jammere ich am Abend Mia und Rebecca voll. »Ich möchte mich unsichtbar machen, in Nichts auflösen!«

»Jetzt dramatisier es mal nicht so«, sagt Mia. »Es ist ein Geschäftstermin, du wirst ihn professionell durchziehen, und dann lässt du dich wieder in den Beifahrersitz sinken für den geordneten Rückzug.«

»Ich werde schon anfangen zu heulen, wenn ich das Haus von Weitem sehe!«

Rebecca hebt anmutig die Augen zum Himmel. »Vielleicht machst du es einfach so wie ich an Elternabenden, Carla: innere Emigration, freundliche Fassade.«

»Ich weiß nicht, ob ich für so was diplomatisch genug bin.«

Mia lacht. »Natürlich nicht! Aber du könntest es zumindest versuchen. Wenn du nur zwei oder drei seltsame Dinge sagst, ist das doch schon ein guter Schnitt.«

»Und was sag ich dann meiner Chefin, was mit mir los ist?«

»Also ehrlich: Nach allem, was ich von eurem Laden weiß, fällt es nicht sonderlich auf, wenn sich jemand sonderbar verhält.«

»Du musst vorher deine Haltung finden«, sagt Rebecca. »Du drehst jetzt nur durch, weil du keine Ahnung hast, als wer du da eigentlich hingehst. Such dir eine Rolle aus, leg dir notfalls ein paar Sätze zurecht. So als Begrüßung, und dann noch zwei, drei Floskeln für die Besichtigung. Das rettet dich über die erste halbe Stunde, und das reicht wahrscheinlich schon.«

»Du meinst, ich soll so Dinge sagen wie ›Schön haben Sie's hier‹?«

»Was sagst du denn sonst in solchen Situationen?«

»Ich lobe den Erhalt des Alten.«

»Dann mach das. Kannst mit der Veranda anfangen und das moderne Badezimmer mit Nichtachtung strafen.«

»Ihr habt ja recht. Ich bin hysterisch. Ich krieg das schon irgendwie hin. Lasst uns schnell über was anderes reden. Zum Beispiel über euch!«

»Ich hasse Apfelschorle«, sagt Rebecca.

»Bitte was?«

»Ich trinke seit Monaten keinen Alkohol mehr, weil ich mir doch ein Kind wünsche, und ich habe das Gefühl, ich ordne mein Leben einem Wesen unter, das es gar nicht gibt.«

»Du und Millionen strenggläubiger Katholiken«, wirft Mia ein.

»Muss das überhaupt sein?«, frage ich vorsichtig. »Ich dachte, es reicht aufzuhören, wenn man es sicher weiß. Du nimmst ja kein Crystal Meth, es geht doch nur um ein Glas Wein.«

»Ich wünsche mir mehr ein Kind als ein Glas Wein. Es fühlt sich nur so vollkommen sinnlos an.« Rebecca wendet sich Mia zu. »Erzähl lieber du vom fabelhaften Andreas.«

»Ach, das würde ihm gefallen. Wir wachsen zusammen, würde ich sagen. Es geht aber langsam voran, sehr langsam. Wenn er weiterhin so schnell Vertrauen aufbaut, bekomme ich wahrscheinlich schon in fünfzehn Jahren einen Schlüssel für seine Wohnung.«

»Heilige Ungeduld. Ihr habt doch ganz natürlich und entspannt miteinander gewirkt«, sage ich.

»Das sind wir auch. Aber ihr kennt mich ja, ich würde jetzt gern die nächsten vier Jahresurlaube und die Anschaffung einer gemeinsamen Wohnung planen.«

»Gemeinsame Wohnung? Nix da. Du wohnst doch schon mit mir zusammen!« Ich bin empört.

»Und es gefällt mir sehr, aber da du nachts nicht mit mir kuschelst, werde ich dich irgendwann durch jemanden ersetzen, der mehr Bereitschaft dazu zeigt«, sagt Mia mit Schmelz in der Stimme.

»Pfff. Na gut. Ich kuschele ja schon mit Pumpkin.«

»Siehst du. Was könnte besser sein als ein kleiner Kürbis, der sich nachts ein Nest in deinen Haaren baut?«

»Für jemanden mit weniger Körperbehaarung und mehr verbalen Fähigkeiten würde ich Pumpkin glatt von der Bettkante schubsen.«

»Na. Das dürfte ja wirklich schwer zu finden sein«, sagt Rebecca und nimmt einen großen Schluck Apfelschorle.

Kapitel 25

Am Morgen liege ich eine halbe Stunde lang einfach nur im Bett und denke nach. Aber nicht darüber, was ich sage, sondern darüber, was ich anziehe. Es ist ja keine Baustelle mehr, also müssen die Schuhe nicht robust sein. Andererseits sind die Besitzer von frisch lackierten Parkettböden auch immer wenig begeistert von spitzen Absätzen, deshalb ziehe ich nie hohe Schuhe zu solchen Gelegenheiten an – und Prinzipien wie diese sind doch genau dafür gedacht, dass sie uns in schwierigen Situationen weiterhelfen. Also Ballerinas. Und dazu? Weil ich zu faul bin zum Aufstehen, befrage ich meine Wetter-App: Sonnenschein und bis zu 28 Grad. Also kurze Ärmel. Himmel, in der Zeit, in der ich mir immer diese Gedanken mache, hätte ich – auf mein bisheriges Leben hochgerechnet – drei Fremdsprachen lernen können!

Ich ziehe ein blau-weiß gemustertes Kleid zu blauen Ballerinas an. Mia will gerade die Wohnung verlassen, als ich in die Küche schlurfe, und umarmt mich zum Abschied.

»Das wird schon. Sei bloß nicht du selbst!«, sagt sie.

»Versprochen«, grummele ich. Mein Bewusstsein wird sich sowieso ablösen, an der Zimmerdecke hängen und meinen Körper von oben beobachten. Aber das sage ich nicht laut, sonst stehe ich wieder als Drama Queen da.

Die größte Herausforderung dürfte sein, dass Brunhilde nichts davon mitbekommt. Was Lorenz von mir denkt, kann mir inzwischen egal sein, aber meine Chefin soll bitte, bitte nicht erfahren, dass ich mit ihm geknutscht habe. Ich würde sterben vor Scham. Andererseits hat sie auch im Bayerischen Wald nicht bemerkt, dass dieser Michael mir den Kopf verdreht hat. Ich schätze meine Chancen also auf fifty-fifty. Hoffentlich hält Lorenz die Klappe und macht keine ironischen kleinen Andeutungen.

An meinem Schreibtisch schaue ich noch einmal die Entwürfe fürs Haus an. Es fühlt sich an, als würde ich auf den Gang zum Schafott warten. Obwohl man da wahrscheinlich was Schöneres macht. Noch einmal die Briefe der Liebsten lesen. Oder eben essen.

Meine Henkersmahlzeit sind ein riesiger Haufen ausgezeichneter Süßkartoffelpommes und Frühlingsrollen. Fritteusen sind toll. Wenn die Maschinen eines Tages die Weltherrschaft an sich reißen, soll eine Fritteuse Präsident werden.

Eine halbe Stunde vor unserem Termin steht Brunhilde in meiner Tür und klappert ungeduldig mit ihrem Schlüssel. »Carla, können wir los?«

»Ja, ich bin fertig.« Mit den Nerven. Ich folge Brunhilde durch die Tiefgarage zu ihrem Audi. Wir haben kaum die Schranke passiert, als sie laute Musik anstellt. Wagner, natürlich, irgendeine Zusammenstellung quer durch den Ring der Nibelungen. Ich finde es schön, wenn Leute genau den Musikgeschmack haben, den man von ihnen erwartet. Das gibt mir ein Gefühl von Ordnung in einer chaotischen Welt. Außerdem bin ich ganz froh, dass Brunhilde offenbar mal wieder keinerlei Konversation wünscht. Ruhig und konzentriert lenkt sie den Wagen aus der Stadt hinaus.

Wir schweigen einträchtig und lauschen der Musik, während wir über die Autobahn fahren. Als wir auf den Wald zusteuern, setzt der Walkürenritt ein. Pompös und finster blasen die Hörner zum Angriff. Der Audi fühlt sich plötzlich an wie eine Kutsche mit schwitzenden Rössern davor, in der wir zur Schlacht reiten. Mir wird auf der Stelle kriegerisch zumute. Brunhilde bremst ab und fährt in gemächlichem Tempo an einem Haus vorbei, das am Eingang des Waldwegs steht. Im Vorgarten steht eine Frau und hängt Wäsche auf. Sie erinnert mich an jemanden.

»Halt an!«, schreie ich und löse schon meinen Gurt.

Brunhilde macht eine Vollbremsung und bleibt mit quietschenden Reifen stehen. Ehe sie fragen kann, was das soll, bin ich schon aus dem Auto gesprungen und renne auf Maike zu. Sie erkennt mich sofort und will ins Haus gehen, aber ich bin schneller und halte sie am Arm fest.

»Aua!«, sagt sie.

»Was ist hier los? Wer bist du eigentlich?« Das frage ich mich schließlich schon seit Wochen.

»Ich wohne hier.« Maike windet sich.

»Was soll das heißen, du wohnst hier? Heißt du überhaupt Maike?«

»Ja. Nur der Nachname war falsch.«

»Aber warum? Was sollte das Ganze?« Am liebsten würde ich sie kräftig schütteln. Ihretwegen habe ich mich vollkommen lächerlich gemacht, und jetzt steht sie in ihrem Vorgarten, als ob nichts gewesen wäre.

»Schau doch hin!« Maike hebt beide Arme, um auf den Weg zu zeigen. Ich lasse sie los und sehe in dieselbe Richtung. Neben der Straße liegen Reste von Bauschutt; ein paar Bäume wurden gefällt, damit die breiten Baumaschinen zum Forsthaus durchfahren konnten. »Es ist furchtbar hier, seit das Haus renoviert wird. Dauernd fahren diese riesigen Maschinen vorbei, es ist laut, es ist staubig.«

»Und deshalb wolltest du es verhindern?«

»Ja. Weil ich von dem Denkmalpreis damals in der Lokalzeitung gelesen habe, habe ich es bei dir versucht: Du musstest ja die gleichen Interessen haben wie ich. Ich dachte, ich könnte da irgendwas tun, aber als du mir sagtest, ich müsse die Unterlagen mitbringen, wurde mir klar, dass es nicht funktioniert.«

»Du hast mich reingelegt!« Ich bin stinkwütend.

»Ich hab's versucht. Aber es tut mir leid, wirklich! Ich wollte doch nur weiterhin meine Ruhe. Ich bin extra hier rausgezogen mit meinen Kindern, damit sie spielen können, ohne von Lastern überrollt zu werden.«

Ach ja, Kinder. Ich schaue mich um: Der Vorgarten liegt voller Spielzeug. Gegen meinen Willen entwickle ich Verständnis für Maike. Trotzdem finde ich ihr Verhalten indiskutabel. Aber bevor ich ihr abschließend die Meinung geigen kann, hupt Brunhilde und deutet auf ihre Uhr.

»Das Haus ist jetzt fertig«, sage ich nur. »Also habt ihr hier wieder eure Ruhe.«

»Danke«, sagt Maike. »Bitte entschuldige den Aufruhr.«

Ich will noch irgendwas sagen, aber es kommt nichts Nettes raus. Deshalb schüttle ich nur den Kopf, drehe mich um und steige wieder in den Wagen. Was auch immer mich im Forsthaus erwartet – seltsamer kann es nicht werden.

»Eine alte Bekannte von dir?«, fragt Brunhilde.

»Ja, genau.«

Zu Geigenklängen fahren wir am Forsthaus vor. Lorenz muss das Auto gehört haben und steht plötzlich auf der Veranda. Er trägt eine dünne, helle Stoffhose und ein zartrosa Hemd mit hochgekrempelten Ärmeln. Sein Anblick haut mich um.

Ich trödle beim Aussteigen, damit er Brunhilde zuerst begrüßt. Als ich hinzutrete, gehört ihre Aufmerksamkeit schon der Veranda. Ich reiche Lorenz die Hand und bemühe mich, nicht in seine Augen zu schauen.

»Sind das Originalteile?«, fragt Brunhilde, die von Architektur etwa so viel versteht wie ich von Mechatronik. Lorenz wendet sich ihr sofort zu und erklärt ausführlich, wie die Veranda wieder aufgebaut wurde. Irgendwie taut er meine sonst so kühle Chefin damit auf: Sie nickt zufrieden und sagt die ganzen höflichen Floskeln, die ich sonst sage. Anschließend gehen die beiden ins Haus. Ich atme tief durch, trotte hinterher und hoffe, dass mich keiner beachtet.

In der Küche vermisse ich die ulkigen alten Kacheln an der Wand, sage aber nichts. Es ist schick geworden, das muss ich zugeben. Der große Holztisch wurde abgeschliffen und neu eingelassen. Vorsichtig fahre ich mit den Fingern über die Oberfläche, während Lorenz und Brunhilde vom Kochen mit Gas schwärmen. Ich bin irritiert. Brunhilde kocht? Und vor allem: Lorenz kocht?

Auf jeden Fall hat Lorenz selbst Eistee zubereitet und schenkt uns nun zwei Gläser ein. Er sagt irgendwas von Birne und Minze aus dem Garten, und das Ergebnis ist so erfrischend, dass ich das Glas direkt austrinke und in die Spüle stelle. Könnte es bitte mal was geben, was der Mann nicht kann? Außer friedlicher Kommunikation, natürlich.

Schweigend folge ich den beiden durch das hübsche lindgrüne Esszimmer ins Wohnzimmer.

»Na, wer bist du denn?«, höre ich Brunhilde.

»Das ist Tara!«, sagt Lorenz.

Besorgt spähe ich an ihm vorbei. Hat Lorenz ein Kind und mir das verschwiegen?

Die beiden stehen vor einem etwa hüfthohen Roboter mit freundlichem, rundem Gesicht. »Ich entwickle Roboter, und die neuen Modelle teste ich manchmal zu Hause.«

»Und was macht Tara?«

»Tara ist sozusagen Klinikclown. Wir setzen sie in Krankenhäusern auf der Kinderstation ein.« Lorenz beugt sich vor und drückt einen Knopf an Taras Hüfte, woraufhin kleine gelbe Dioden in ihrem Gesicht aufleuchten. »Hallo, Tara«, sagt er.

»Hallo, Lorenz!«

»Tara, wollen wir tanzen?«

»Ja, lass uns tanzen!«, sagt der Roboter. Plötzlich erschallt »Waka Waka« von Shakira im Wohnzimmer, und Tara wippt in den Knien und schwenkt die Arme.

»Wie ulkig«, sagt Brunhilde. »Was kann sie noch?«

»Sie lernt, die Stimmen der Kinder zu unterscheiden und auseinanderzuhalten, um sie mit Namen anzusprechen. Sie erinnert die Kinder an ihre Medikamente, und wenn sie physiotherapeutische Übungen machen sollen, macht sie sie ihnen vor. Außerdem erzählt sie ihnen Geschichten und Witze, wenn sie das möchten. Als Nächstes soll sie lernen, Vokabeln abzufragen und Matheaufgaben zu stellen, weil manche Kinder sich im Krankenhaus auch intellektuell langweilen.«

Ich will ein Loch in den Boden buddeln und mich zum Sterben hineinlegen. Ist das der Lorenz, dessen Job ich für hohl und technikfixiert gehalten habe? Der Lorenz, der der Gesellschaft nichts zurückgibt? Argh. Lorenz baut freundliche kleine Helfer für kranke Kinder, und ich streite mich wegen Plastikfenstern herum.

Ich schäme mich so sehr, dass ich die Röte in meinem Gesicht aufsteigen fühle. Sicherheitshalber drehe ich mich zur Seite, schiebe meine Haare vor meine Wange und gebe vor, das Sofa zu betrachten. Die Einrichtung ist noch nicht ganz ausgereift, finde ich. Lorenz hat seine modernen Möbel mit den alten Möbeln seiner Großtante vermischt, alles steht kreuz und quer herum. An manchen Stellen passt das ganz gut, an anderen noch nicht so recht.

Lorenz stellt Tara wieder aus, ehe sie anfangen kann, uns Italienischvokabeln abzufragen. Ich werfe einen Blick aus dem Fenster und sehe den großen Kirschbaum direkt vor uns. Kein Anbau. Nur Bäume. Aber da hinten steht irgendetwas. Was hat er denn da hingebaut?

Falls Brunhilde sich wundert, dass ich hier im Haus noch kein Wort gesagt habe, überspielt sie das gut. Zum nächsten Programmpunkt, dem Badezimmer, scheuchen die beiden mich vor sich her. Um nicht im Weg zu stehen, gerate ich schließlich zwischen Dusche und Waschbecken – die Raumaufteilung ist ganz anders als früher, ich erkenne nichts wieder und fühle mich wie in einem Gebirgssee wegen all der eleganten Blautöne. Brunhilde nickt anerkennend und lobt die altmodischen Armaturen. Ich fühle mich eingekeilt und will an Lorenz vorbei, als Brunhilde sich zum Gehen wendet. Allerdings versucht er im gleichen Moment durch den Türrahmen zu kommen. Kurz bevor wir uns berühren müssten, machen wir gleichzeitig einen Rückzieher. Ich drücke mich an die Glaswand der Duschkabine und fixiere den kleinen Handtuchstapel auf der Ablage.

»Bitte, nach dir«, sagt Lorenz. Oh Gott, er hat mich geduzt. Hoffentlich hat Brunhilde das nicht gehört. Ich husche aus dem Badezimmer und verstecke mich wieder hinter ihr. Die beiden scheinen sich ja blendend zu verstehen.

Wir gehen nach oben über die enge Treppe. Das gedrechselte Geländer hat Lorenz tatsächlich unverändert gelassen. Fast unverändert: Es ist frisch lackiert und glänzt edel. Das gefällt mir, aber richtig bezaubert bin ich erst vom Boden im ersten Stock. Die Handwerker haben die Holzdielen unter dem Teppichboden freigelegt und aufgearbeitet, und jetzt liegt der Fußboden da wie flüssige Vollmilchschokolade.

Im oberen Bad stehe ich plötzlich vor einem Bidet, das Brunhilde glücklicherweise unkommentiert lässt. Ansonsten ist sie nämlich ungewohnt redselig. Ach, und diese Vitrine stammt wohl von Ihrer Großtante? Und in welchem Zustand war denn die Dämmung? Mussten Sie das alles neu verputzen lassen? Was ist das für ein Holz?

Ich hingegen habe immer noch keinen Ton gesagt. Einerseits finde ich mich total unsouverän, andererseits bin ich ein bisschen stolz auf mich: Wer nichts sagt, redet auch keinen Unsinn, und es gelingt mir ja nicht so häufig, die Klappe zu halten.

Aber dann führt Lorenz uns ins Gästezimmer, und ich sage: »Wow.« Zwei Fenster zeigen zum Wald hinaus, drumherum ist ein Bücherregal gebaut. Darunter liegen Polster und Kissen auf einem niedrigen Regal. Wer hier liest, kann sich in die Nische kuscheln und aus dem Fenster schauen. Bestimmt sieht man hier abends manchmal Rehe. Und Füchse. Ich liebe Füchse.

»Sie haben ja nicht besonders viele Bücher!«, sagt Brunhilde in mahnendem Tonfall. »Da ist ja noch das halbe Regal leer.«

»Ja. Ich dachte, ich lasse noch etwas Platz.«

Ich fixiere meine Füße in den blauen Ballerinas und bin erleichtert, als wir wieder hinuntergehen. Aber Brunhilde und Lorenz streben nicht zum Ausgang, sondern zur Hintertür.

»Sie müssen natürlich noch den Garten sehen!«, sagt er. »Beziehungsweise das Haus von hinten, was Ihnen womöglich wichtiger ist.«

»Oh, Gärten interessieren mich auch!« Herrgott, wenn Brunhilde so freundlich und verbindlich ist, geht sie mir fast auf den Keks. Ich will den Garten nicht besichtigen. Ich will abhauen, ohne Lorenz in die Augen sehen zu müssen. Bockig trödele ich hinterher.

Als ich aus der Hintertür trete, scheint mir die Sonne ins Gesicht. Ich bin einen Moment lang geblendet und verliere den Anschluss zu den anderen, die bereits in Richtung Wald streben. Allein bleibe ich zurück und bemerke, dass ich auf einer neuen Terrasse stehe. Auf einem hellblauen Liegestuhl liegt ein Buch, so als hätte Lorenz hier gerade noch gelegen und gelesen. Daneben stehen ein Tischchen und ein Sonnenschirm, beide in leuchtendem Gelb.

Direkt neben der Terrasse liegt jetzt das Kräuterbeet. Lorbeer, Thymian und Rosmarin haben sich offenbar gut erholt. Daneben wächst ein Lavendelstrauch. Ich lasse meine Hand hindurchgleiten und rieche daran. Dann erst fühle ich mich gewappnet, die Bäume zu zählen. Es sind alle noch da. Und dann gibt es noch diese Stelle dahinten, an der Lorenz und Brunhilde stehen – da ist irgendetwas anders als vorher. Glas glitzert in der Sonne.

Ich nähere mich den beiden und sehe Bäume, immer mehr Bäume. Fünf junge Bäume stehen hier. Um ihre Stämme sind Zäune gezogen, damit das Wild sie nicht abnagt. Gerührt bleibe ich davor stehen. Dann schließe ich zu den anderen auf und gerate mitten in ein Gespräch über alte Apfelsorten. Lorenz hat alte Apfelsorten gepflanzt. Das fühlt sich genau richtig an. Wie eine Versöhnung mit dem alten Forsthaus.

Und dann ist da noch das glitzernde Glas: ein Gewächshaus. Es steht in der Abendsonne, und auch wenn jetzt im Spätsommer nur ein paar Gartengeräte darin liegen, stelle ich mir bereits vor, wann man dort mit dem Ziehen von Tomaten anfangen müsste. Im März wäre es bestimmt gut.

»Was haben Sie denn mit dem Gewächshaus vor?«, fragt Brunhilde.

»Ich dachte an Gurken und Zucchini, und natürlich Tomaten. Ich will Hochbeete einbauen, damit man leichter an alles drankommt.«

»Das ist eine gute Idee. Haben Sie denn einen grünen Daumen?«

»Na ja. Es geht so. Man kann das doch sicher lernen, oder?«

»Natürlich«, sagt Brunhilde, in deren Büro ich schon zig Zimmerpalmen verrecken sah.

Schweigend stapfe ich hinter den beiden her zurück zum Auto. Sie tauschen noch ein paar Artigkeiten aus, und Brunhilde versichert Lorenz ungefragt, er könne sich auf die weitere Unterstützung der Stiftung verlassen. Dann wendet sie sich zum Auto.

Lorenz steht vor mir und streckt die Hand aus. Ich ergreife sie und halte sie einfach nur fest. Eine Sekunde lang schaue ich ihm in die Augen und versuche, darin zu lesen. Aber ich sehe nur klares Himmelblau. »Carla«, sagt er, nicht als Auftakt, sondern im Ton des Abschieds.

Ich reiße mich vom Himmelblau los und gehe ohne ein Wort zum Auto. Der Ledersitz nimmt mich auf wie eine Umarmung. Brunhilde winkt Lorenz im Losfahren ein letztes Mal zu. Ich bin auf der abgewandten Seite, mein Winken würde er ohnehin nicht sehen.

»Das ist doch wirklich toll geworden!«, sagt Brunhilde, während sie langsam über den Waldweg fährt.

»Na ja. Mir hat es vorher besser gefallen«, lüge ich.

»War es nicht ziemlich alt und heruntergekommen? Ich habe ja damals nur Fotos gesehen.«

»Doch, das war es. Aber es hatte seinen Charme.«

»Ach so. Na, was das Haus an Charme verloren haben mag, wiegt der Bewohner aber wieder auf!«

Ich starre durch die Windschutzscheibe. Plötzlich gehen mir tausend Dinge durch den Kopf, die ich den ganzen Tag wegschieben konnte. Wie wir hier hinterm Haus standen und das Gewitter kam. Wie Lorenz meine Hand nahm, als wir zu seinem Auto rannten. Wie wir uns zum ersten Mal in der Küche trafen, beide auf hundertachtzig.

Wie wir beim Italiener saßen, über das Haus verhandelten und danach über die Brücke spazierten. »Ich pflanze dir noch fünf Obstbäume dazu«, hat er versprochen, bevor er mich geküsst hat. Und was mache ich? Die Bäume angucken, keinen Ton sagen und wieder wegfahren.

Die Bäume lichten sich; wir nähern uns dem Waldrand. Gleich kommt hier wieder das Haus von Maike, und dann die Landstraße, dann die Autobahn, dann Frankfurt und meine Wohnung und kein Lorenz. Kein Lorenz. Ich schließe die Augen und ziehe meine Handtasche auf meinen Schoß, damit ich was zum Festhalten habe. Aber es hilft nicht. Jeder Meter, den wir uns vom Forsthaus entfernen, tut entsetzlich weh.

»HALT AN!«, brülle ich.

Brunhilde macht eine Vollbremsung, die mich nach vorne in den Sicherheitsgurt fliegen lässt. Ich öffne die Augen: Wir sind an der gleichen Stelle zum Stehen gekommen wie auf dem Hinweg. Maikes Haus und der Wald liegen still da.

»Herrgott!«, ruft Brunhilde. »Was ist es denn diesmal? Ich dachte, mir rennt ein Hirsch vors Auto!«

»Es tut mir leid!«, sage ich, drücke meine Tasche an mich und öffne die Tür. »Ich muss noch mal zurück. Ich hab was vergessen.«

»Was vergessen? Soll ich hier warten?«

»Nein, nicht nötig. Danke. Ich nehme mir dann ein Taxi«, sage ich, um wenigstens den Anschein zu wahren.

Brunhilde bedenkt mich mit einem indignierten Kopfschütteln. Ich vermute, sie fällt auf den Anschein nicht herein, rechnet mir aber auch keine großen Chancen bei Lorenz aus. Dann fährt sie davon.

Ich werfe einen letzten Blick in Richtung Stadt, ehe ich mich auf den Weg zurück in den Wald mache. Während ich mit meinen Ballerinas über den weichen, von Nadeln bedeckten Boden laufe, frage ich mich plötzlich selbst, wie eigentlich meine Chancen stehen. Ich habe Lorenz heute komplett ignoriert. Besonders höflich war das nicht. Hätte ich mich nicht doch souveräner verhalten können?

Ich bin so in Gedanken, dass ich erst spät bemerke, dass jemand vor mir auf dem Weg steht. Verblüfft reiße ich die Augen auf.

Ein Fuchs schaut mich mit seinen bernsteinfarbenen Augen von oben bis unten an. Ich bleibe stocksteif stehen. Eine Minute lang beobachten wir einander nur. Ich will ihn nicht verscheuchen, indem ich versuche, an ihm vorbeizukommen, und ein bisschen Respekt habe ich auch: Er ist ziemlich groß und steht nur fünf Meter entfernt. Dann dreht er plötzlich um und läuft vor mir her in Richtung Forsthaus. Sein rötliches Fell leuchtet aus dem Grün des Waldes. Ich folge ihm eine Weile, bis er im Unterholz verschwindet.

Ein Teil von mir möchte losrennen, ein anderer Teil fürchtet sich. Lorenz und ich hatten so ein mieses Timing – was, wenn das jetzt auch der falsche Zeitpunkt ist? Er muss sich nicht anhören, was ich zu sagen habe.

Eigentlich weiß ich nicht mal genau, was ich zu sagen habe.

Langsam gehe ich auf das Forsthaus zu, hinter dem die Abendsonne über den Wipfeln steht. Mit den Fingerknöcheln klopfe ich an die Tür. Nichts passiert. Eine Klingel gibt es nicht, einen Türklopfer auch nicht. Ich klopfe wieder, so laut ich kann. Keine Reaktion.

Vielleicht will er wirklich nicht mit mir reden. Aber das ist mir jetzt egal: Ich will mit ihm reden. Wie bei meinen heimlichen Besuchen gehe ich um das Haus herum. An der Ecke bleibe ich stehen und entdecke Lorenz auf seinem Liegestuhl, den er der Sonne zugewandt hat. Sein Buch liegt neben ihm. Er sieht nachdenklich aus und nicht besonders glücklich.

»Hallo, Lorenz«, sage ich.

Er wirkt verblüfft, aber nicht erschrocken. Ich gehe auf ihn zu, während er aus dem Liegestuhl aufsteht, und kann genau sehen, wie er sein Gesicht unter Kontrolle bringt. Als ich vor ihm stehe, hat er bereits wieder Oberwasser.

»Du hast deine Stimme ja doch nicht verloren«, sagt er.

»Nur den Verstand.«

»Ah. Das erklärt es.« Er holt zwei Stühle, die zusammengeklappt an der Hauswand lehnen, und stellt sie für uns auf. Nebeneinander, nicht gegenüber, mit Blick auf den Wald. Als wir sitzen, habe auch ich mich wieder gesammelt.

»Ich habe erfahren, wer Maike wirklich ist. Es tut mir leid, dass ich ihr mehr geglaubt habe als dir«, sage ich und erzähle kurz von unserem heutigen Zusammentreffen.

»Seltsame Geschichte.« Wir schweigen kurz. »Bist du gekommen, um mir das zu erzählen?«

»Nein.«

»Sondern?«

»Ich wollte dir sagen, dass das ja alles ganz schön hier ist, aber du hast etwas Wichtiges vergessen.«

»So, was denn?«

»Den Hund. Du wolltest doch einen Hund. Oder genügt dir Tara?«

»Nein.« Ohne ihn anzusehen, kann ich hören, wie er grinst. »Ich war schon in zwei Tierheimen, aber ich hab noch nicht den richtigen Hund gefunden.«

»Du willst Liebe auf den ersten Blick, was?«

»Genau.«

»Die gibt es nicht.«

»Da habe ich andere Erfahrungen gemacht«, sagt er gedehnt. »Wobei es nach meinen Erfahrungen durchaus sein kann, dass der Hund dann zwar genau der richtige ist, aber erst mal auf den Teppich pinkelt, beißt und dauernd abhaut.«

»Was für Erfahrungen? Ich dachte, du hattest noch nie einen Hund.«

»Stimmt.«

Fluchend stehe ich auf, nehme meinen Stuhl und setze mich frontal vor Lorenz. Er muss ein bisschen blinzeln, um mich anzusehen, aber das ist mir ganz recht.

»Es tut mir leid, okay? Ich weiß, dass ich mich blöd verhalten habe. Aber du hast das auch getan! Dauernd musst du mit mir streiten, und wenn ich mich mit dir versöhnen will, vergleichst du mich mit pinkelnden Hunden!«

»Du willst dich mit mir versöhnen?«

»Ja!«

»Warum hörst du dann nur den Teil mit dem Hund, wenn ich von Liebe auf den ersten Blick spreche?«

»Weil ich nur da sicher sein konnte, dass du mich gemeint hast!«

Lorenz schaut mich für meinen Geschmack etwas zu mitleidig an. Ich seufze.

»Danke für die Bäume«, sage ich.

»Gern geschehen. Hatte ich ja versprochen. Ich wusste nicht, welche Obstbäume du mögen würdest, die hier nicht sowieso schon stehen, deshalb dachte ich …«

»Die sind prima. Wirklich, eine gute Wahl.«

»Das freut mich.« Endlich ist Lorenz mal einfach nur ernst und nicht die ganze Zeit überheblich ironisch. Ich schaue ihn an und überlege, was ich noch sagen wollte, als mein Handy in der Tasche loslegt. Natürlich mit einem etwas speziellen Klingelton: »Thank You For Being a Friend«, dem Titelsong von *Golden Girls*.

»Was ist das denn?«, fragt Lorenz amüsiert.

»Das ist mein Klingelton für Rebecca, eine meiner besten Freundinnen.«

»Und deine andere beste Freundin hat … lass mich raten: den Titelsong von *Alf*?«

»Du bist blöd.« Mia hat »I'll Be There For You« aus *Friends*, aber das muss er nicht wissen. Das Handy verstummt, nur um sofort danach wieder zu klingeln.

»Willst du nicht rangehen?«

»Doch.« Schnell stehe ich auf und hole mein Handy aus der Tasche, bleibe aber in der Nähe. Was auch immer es ist, es wird erstens kein Geheimnis sein und kann zweitens nicht lange dauern. »Rebecca, was gibt's?«

»Carla, wo bist du? Sitzt du?«

»Ich, nein, aber ich kann mich hinsetzen.« Ich lasse mich wieder auf den Stuhl fallen und schaue Lorenz entschuldigend an, der mir signalisiert, dass es ihm nichts ausmacht. »So, jetzt sitze ich.«

»Gut! Ich bin nämlich schwanger!«

»Oh, bist du? Wirklich? Das ist so schön!« Meine liebe Rebecca, bald wird sie ein Baby haben. Ich sehe das Leuchten in ihrem Gesicht vor mir und fange schon bei der Vorstellung an zu heulen. »Ich freue mich so! Herzlichen Glückwunsch!«, schluchze ich in den Hörer.

»Danke! Aber bitte wein doch nicht, ich muss sonst sofort mitweinen, ich heule eh schon den halben Tag vor Glück! Wir feiern das morgen Abend bei mir, ja? Ich stell die Apfelschorle kalt!«

»Ja, das machen wir! Sag Daniel schöne Grüße, er soll auf dich aufpassen!«

»Das sage ich ihm nicht. Nur die Grüße. Bis morgen!«

Ich lege auf, aber ich bin bereits tränenüberströmt, und Lorenz hat sich vorgebeugt und streckt mir die Arme entgegen.

»Was ist denn los? Alles in Ordnung?«

»Ja, es ist alles gut, sie bekommt ein Baby und ich bin so glücklich!«

Er lacht leise, steht auf und zieht mich in seine Arme. Ich lasse mich einfach hineinfallen, weine sein Hemd nass und höre auf, mich für mein Verhalten zu schämen. Wenn ihn bis hierher nichts abschrecken konnte, kann ich mir jetzt auch einen Heulanfall erlauben.

Ich beruhige mich schnell wieder, aber ich lasse Lorenz nicht los. Er drückt mich an sich, legt seine Hand auf meinen Kopf und streichelt meine Haare.

»Ich habe dich vermisst«, sagt er leise.

»Ich dich auch.«

»Soll ich es noch mal so sagen, dass du es ganz sicher verstehst?«

»Ja, bitte.«

Er nimmt mein Gesicht in beide Hände.

»Ich bin verliebt in dich.«

»Wirklich?«

»Wirklich.«

»Obwohl ich anstrengend bin?«

»Nein, *weil* du anstrengend bist. Ich langweile mich nicht gerne.«

»Oh. Okay.« Ich lächle ihn an. »Und ich bin in dich verliebt.«

»Obwohl wir dauernd streiten?«

»Nein, wir streiten dauernd, weil ich in dich verliebt bin. Damit du es nicht bemerkst.«

»Ach so. Aber jetzt hast du es mir ja gesagt.«

»Stimmt.«

»Da haben wir also endlich Zeit für andere Dinge.«

Als wir uns küssen, explodieren kleine Feuerwerke in

meinem Kopf. Lorenz legt die Arme um mich, und im Konzert der Waldgeräusche steigt die Hitze zwischen uns hoch. Nach einer Ewigkeit lösen wir uns voneinander.

»Es wird spät, vielleicht sollten wir uns ... hinlegen?« Lorenz hat wieder den gleichen ironischen Unterton wie früher, aber diesmal ist er kein bisschen überheblich. Er wirkt eher etwas atemlos.

»Ja. Gute Idee.« Wir drehen uns zum Haus, das messingfarben angestrahlt in der Abendsonne vor uns liegt.

»Was sagt der Denkmalschutz eigentlich zu Mückengittern an den Fenstern?«, fragt Lorenz.

»Auf keinen Fall! Das kriegst du mit ein bisschen Knutschen bei mir nicht durch!«

»Das hab ich mir gedacht.« Ehe ich mich wehren kann, wirft er mich über die Schulter und trägt mich ins Haus.

Ich protestiere kichernd, aber eigentlich finde ich, ich bin für heute genug selbst gelaufen. »Hey! Was soll das?«

»Wenn du erst ein paar Nächte hier verbracht hast, wirst du es dir anders überlegen.«